王者时刻

继《全职高手》之后，
蝴蝶蓝回归电竞文的重量级作品！

王者荣耀 官方授权小说

蝴蝶蓝 继《全职高手》之后
回归电竞文的重量级作品

《王者时刻》
第1~6册
全国火热销售中！

以梦为马 砥砺前行
厚积游戏 全力以赴

浙江人民美术出版社

王者峡谷里险象环生 | **何遇与队友并肩作战**

一个关于电竞的梦想 | **一群勇敢逐梦的少年**

青训赛的线上赛进行得热火朝天，大家都在全力以赴。何遇向工作人员要来了赛程表，发挥他的特长，在赛前了解对手，凭借对游戏的优秀意识不断获得胜利，他的战绩引起了佟华山的注意。周沫保持了他以往的风格，稳步前进。让人担忧的反而是高歌，她的打法在线上赛里遇到了问题，她将怎么面对呢？

王者时刻 6

蝴蝶蓝 著

浙江人民美术出版社
ZHEJIANG PEOPLE'S FINE ARTS PUBLISHING HOUSE

图书在版编目（CIP）数据

王者时刻 . 6 / 蝴蝶蓝著 . -- 杭州：浙江人民美术
出版社 , 2021.5
ISBN 978-7-5340-7151-5

Ⅰ . ①王… Ⅱ . ①蝴… Ⅲ . ①长篇小说－中国－当代
Ⅳ . ① I247.5

中国版本图书馆 CIP 数据核字 (2021) 第 022506 号

责任编辑　吕逸尔
责任校对　郭玉清
特约编辑　黄香春
执行编辑　李　静　刘　芳
设计制作　曹希予
责任印制　陈柏荣

王者时刻 6

WANGZHE SHIKE 6

蝴蝶蓝　著

出版发行　浙江人民美术出版社
地　　址　杭州市体育场路347号
经　　销　全国各地新华书店
印　　刷　湖南天闻新华印务有限公司
版　　次　2021年5月第1版
印　　次　2021年5月第1次印刷
开　　本　710mm×1000mm　1/16
印　　张　18.5
字　　数　228千字
书　　号　ISBN 978-7-5340-7151-5
定　　价　30.00 元
如有印装质量问题，影响阅读，请与承印厂联系调换。
盗版举报电话：0731-82230623

目录

CONTENTS

目录

CONTENTS

目录
CONTENTS

名词解释

王者峡谷：游戏中五对五的地图，有三路兵线，每条兵线上双方各有三座防御塔，每方有一个基地水晶。

河道：敌我野区之间的那条路。

野区：位于高地以外，小兵在自然情况下不会进入的区域，有野怪分布。

蓝区：蔚蓝石像所在的野区。

红区：猩红石像所在的野区。

高地：水晶所在的地方。

水晶：即基地，先摧毁对方水晶的一方获胜。

防御塔：分布在三路兵线上的防御建筑。

兵线：双方小兵行走和交战的路线，共三路。

对线：同一线路上的双方英雄对抗博弈的过程。

上单：指地图上路单线发育的位置。

中单：指地图中路单线发育的位置。

打野：利用野区资源来获取经验和经济资源的位置。

走位：单位的移动。良好的走位可以躲避敌方的攻击。

人头：当玩家使用技能或普通攻击对敌方英雄造成最后一击时，该玩家得一个人头。

输出：指对敌方造成的伤害值。能打出高额伤害值的英雄叫输出位。

英雄池：代表玩家擅长英雄数量的多少，英雄池深代表玩家擅长的英雄多。

名词解释

辅助：帮助保护队友的位置。

ADC：物理输出核心的位置，通常是射手。

蓝：蔚蓝石像的简称，击杀可获得蓝BUFF。

蓝BUFF：减少英雄技能冷却时间，增加恢复蓝条的速度。

红：猩红石像的简称，击杀可获得红BUFF。

红BUFF：增加伤害，攻击附带减速效果。

暴君：BOSS级野怪，击杀可使全队获取经验和金币。

黑暗暴君：暴君在第9分55秒时开始遁入黑暗，第10分钟时变化为黑暗暴君，击杀可获得增加全队攻击力的BUFF。

主宰：BOSS级野怪，击杀可获得三拨取代小兵的主宰先锋。同时获得提升全队生命值、恢复法力的BUFF。

补刀：对敌人发出致命一击。

一血：每一场战斗第一个击杀对手时，就叫作拿到一血。

BP：BAN / PICK的简称。BAN意为禁用，PICK意为挑选。

KPL：王者荣耀职业联赛。

残血：生命值很低的英雄。

反蓝/反红：抢对方野区的蓝BUFF或红BUFF。

脆皮：指血量少、防御值低、容易被击杀的英雄。通常指射手和法师。

GANK：指对对方的游戏角色进行偷袭、包抄、围杀，通常是以多打少，又称"抓人"。

第278章

想要的方式

佟华山挂断了电话，有些茫然，他回头看去，就看见昨天向他汇报莫羡情况的那位，正朝他无奈地摊着手。

发觉有选手没来参加比赛，佟华山当然也在第一时间想办法去联系选手了，只是当时他打去的电话是这样的结果——无人接听。后来他能联系到对方，是在莫羡突然出现打了五场比赛后，跟着又消失，他赶快去联系才算拨通了电话。

"这人什么情况？"佟华山皱起了眉头。

所有人摇头，哪怕是在青训赛工作得最久的人，都没有遇到过这样的选手。

"看看8点开始比赛时，他会不会出现吧。"佟华山说道。

"好的。"部下点头，但显然他的内心对此并不抱太大期待，转身吩咐了一声赛事组那边，"做好'薛定谔的猫'缺赛的准备。"

所有人继续忙碌起来。确保整个赛事顺利进行才是他们当下最重要的工作。对莫羡，他们是很好奇，但这终究也不是十分要紧的事。只是在时间渐渐走向8点时，所有人心里的关注点终究还是多了这么一处。

"选手都到齐了，就差他了。"7点55分，有人说道。

"选手开始就位。"7点56分。

"选手就位完毕。"7点58分。

"他怕是又不来了……"7点59分。

"这组比赛还能顺利进行吗？"佟华山有点担心。因为莫羡的位置是补位，若他匹配到的恰好是紧缺的位置，那很可能就没有轮空的选手可以代替了。

"可以进行，我们有准备。"赛事组对莫羡缺赛已经积累起经验了。

"好。"佟华山点头。

转眼，8点到了。

"比赛开始。"佟华山亲自宣布，青训赛第二日的比赛正式开始，至于莫羡，他自然是没有出现。一场又一场本该是他出场的比赛，最终都替换成了别人。整整一上午，就这样过去了。其间，佟华山又试着拨打了两次莫羡的电话，然而，始终都是无人接听状态。

"我们要取消他的比赛资格吗？"午休时，有人向佟华山请示。

"再看看他今天会不会出现吧。"佟华山迟疑一下后说道，"昨天他是什么时间出现的？"

"午休后。"

"再等等吧。"佟华山说。

午休时间是一个小时，临近1点，选手再度集结起来，就在这时，办公室里传出一声惊呼。

"他来了！"

"哦？"佟华山闻声，立即赶到莫羡这组的比赛席，其他不用时时刻刻坐在桌前盯自己手头工作的人也纷纷凑了上来。

莫羡没有在比赛群里现身，只是比赛安排通知下去后，他就这样出现在了他早该出现的比赛席上。

"我们要趁现在给他电话吗？"有人提议。这个时候，莫羡势必是将手机拿在手上的，总不会再接不到电话了吧。

"等这场比赛结束。"佟华山说。

"我们要听赛内交流吗？"坐在电脑前盯着比赛的工作人员扭头问道。

"听听吧。"佟华山说道，对方随即把耳机递来。佟华山戴上耳机，切到了莫羡所在这一队的频道。此时，比赛已经开始，双方正在BP阶段，耳机里传来选手积极交流的声音，但是佟华山想听的那位，从开始到现在只说了三个字。

"都可以。"

这是队友在问莫羡选什么英雄时，他的回答。

"那就抢'马可波罗'吧。"有队友建议。本局莫羡分到的是下路，这个通常射手会在的位置。虽然他已经表示了他玩什么英雄都可以，但这场比赛终究是随机匹配的，队友之间的沟通相当积极，大家会从整体上考虑阵容，莫羡既然玩什么都可以，那立即就有人给他安排了英雄。

"'马可波罗'可以。"有队友对这位英雄出现在阵容中表示认可。

"好。"于是，佟华山终于又听到了莫羡的第二句话，这是莫羡对选择"马可波罗"表示同意。

随后，莫羡便再没有说过一句话，只是静静地听着队友讨论。

直至比赛正式开始，佟华山看到大家都看向了他。

"他话很少。"佟华山很无奈地对大家说道。

青训赛是为职业战队输送人才，实力固然重要，却也只体现了职业选手能力的一部分。在强调团队合作的职业圈里，职业选手之间的交流和领会队友意图的能力也是十分重要的。然而佟华山在耳机中听到的莫羡是冷漠的，莫羡从来没有主动跟队友交流，只有在被队友直接点到时，才会简单地回应对方。再加上莫羡表现出来的对青训赛的不在意，佟华山感觉莫羡这人对成为职业选手没有热情。以上的种种现象都在说明，莫羡并不具备职业选手该有的素质，可以直接筛除。

可是，偏偏莫羡又太强了。

比赛前期，他给了对方足够的线上压力，同时自己也相当谨慎，对手两次试图对他进行围剿，都被他提前洞察，从容化解。

等到莫羡买了末世这件装备，比赛就正式进入了他的表演时间。他依旧很少与队友交流，可这丝毫不影响他跟队友进行配合。其他高素质的四位队友，也飞快意识到了莫羡的"马可波罗"带来的优势，整个队伍自然而然地开始以"马可波罗"为核心，积极配合莫羡。

这场比赛最终被莫羡这个队伍顺利拿下，"薛定谔的猫"这个账号的战绩，无论是系统给出的数据统计，还是大家肉眼围观所见的发挥，无疑都是极为出色的。在看完这场比赛后，所有人竟然都陷入了短暂的沉默。

佟华山也已经缓缓摘下了耳机，在所有人的注视中，他掏出手机，再次拨打了那个他已经打了三次都未接通的号码……

"喂，你好。"这一次，电话很快被接通了，手机里传来声音。

"是莫羡吗？"佟华山说。

"是。"

"我是KPL青训赛的主管佟华山。"佟华山自报家门。

"您好。"莫羡再次问候。

"我打这个电话的用意，你想必猜得出来吧？"佟华山说。

"您是要通知我，我被取消了比赛资格吗？"莫羡问。

"这……很有可能。"佟华山被莫羡问得反倒有些迟疑，坦白说，他还没想是否要走这最后一步，更没想到莫羡会自己积极主动地提了出来。

"但在这之前，我还是想了解一下，你报名参加青训赛的原因。"佟华山紧接着问道。

"玩。"莫羡说。

"玩？"

"是的，我在游戏里看到了关于比赛的推送，就报名了。"莫羡说。

"那么，你对KPL了解多少？"佟华山问。

"没什么了解。"莫羡说。

"那你知道我们举办青训赛的目的吗？"佟华山问。

"当然。"莫羡说。

"那如果你顺利进入最终的选秀大会呢？"佟华山问。

"退出。"莫羡说。

"你不想成为职业选手？"

"不想。"

"但你应该清楚你的实力其实相当强吧？"佟华山说。

"还好吧。"莫羡说。

"你很谦虚，我只看了你最近的几场比赛，就已经可以断言，你拥有令人羡慕和嫉妒的技术实力，这是很多人特别想要拥有却又很难拥有的。我觉得你真的可以考虑一下向职业选手这个方面发展，哪怕你没有什么兴趣，但是，你确实已经具备了相当强的才能。"佟华山说着。

"谢谢你的建议。"莫羡说。

"所以呢？"佟华山说。

"所以我到底有没有被取消比赛资格？"

"暂时还没有……"佟华山下意识地说道。

"那我恐怕该去参加下一场比赛了。"莫羡说。

"如果你没被取消比赛资格，你就打算这样每天来打五场比赛吗？"佟华山说。

"不是每天五场比赛，而是每天下午的1点到2点30分，一个半小时的比赛。"莫羡说。

"这就是你每天可以用来比赛的空余时间？"

"是的。"

"好吧，我们讨论一下再联系你，我再多问一下，你什么时间方便接电话呢？"

"比赛的这一个半小时里随时可以。"莫羡说。

"哪怕是在比赛中？"

"当然最好不是。"莫羡说。

"好吧，很高兴联系到你。再见。"

"您费心了，再见。"

挂断电话后，还没等佟华山说什么呢，已经有工作人员凑了过来。

"老板，有选手在午休的时候提了一个要求。"他说道。

"什么要求？"佟华山心不在焉地问道。

"他问有没有可能提前拿到接下来的赛程表和对阵名单。"工作人员答道。

"他这是要做什么？他想提前备战吗？是谁提的这个要求？"佟华山追问。

"全能王。"工作人员道。

"是他？他今天早上的比赛结果如何？"佟华山问道。

"10场胜了4场，不过下午刚刚上来就输了。"工作人员说。

"所以他这是想研究接下来的对手，他是觉得这样可以提高自己的胜率吗？"佟华山说。

"大概是这样吧。"

"这样高密度的赛事，不把注意力集中在场上的发挥上，还想着搞这些事情。"佟华山连连摇头。赛前备战，研究对手，这当然是值得提倡的，KPL的职业战队肯定会在这个方面下功夫。可是，凡事都要具体情况具体分析。青训赛这样一天至少进行20场比赛的高密度赛事里，参赛选手根本没有足够时间赛前备战。

"所以，我们要提供给他吗？"工作人员问道。

"提供，这也不违规，就按他想要的方式来吧。"佟华山虽然很不认同何遇的思路，但也没有因此就拒绝。

第279章
青训赛的职责

　　何遇的要求，在大家眼中只是一个小插曲，比赛已经进行了一天半，优秀的选手已经通过这几十场比赛开始冒尖。拥有丰富青训赛经验的工作人员比如佟华山，很清楚在青训赛中哪些人可以脱颖而出，也很清楚这些人跟其他落选者的最大差别在哪里。

　　胜率！

　　输出值、承受伤害值、人头数、助攻数、参团率……这些数据的背后，是一场又一场的激战，它们在某种程度上反映了比赛选手在局内的贡献。可在每年的青训赛中，总会有那么一些选手，单看这方面的数据，他们都是十分优秀的，有的能打出较高的输出，有的能承担相当多的伤害，有的在场上忙忙碌碌，看起来的确参与了每场战斗，但是最后，他们还是没有赢得比赛。

　　这样的人，在游戏系统自动给出的评定里，经常被评为败方MVP。这是每位优秀选手都有过的经历，但如果总有这样的经历，他是否真的优秀就值得商榷了。

　　因为以上这些数值，大多反映的都是选手在战斗中的表现。而《王者荣耀》这个游戏实质上是一个推塔游戏，战斗是以推倒敌方防御塔为目的而存在的。只是漂亮的战斗，却不能有效地推进游戏，是无法在这个战场上赢得最终胜利的，没有胜利，那么再漂亮的数据也是没有意义的。

所以，在青训赛中，除去常规游戏中就可见的输出值、承受伤害值等数据统计，还另有一套数据模型，细化到了非常多的指标，采用了游戏中可以用到的几乎所有游戏数据，对所有参赛选手进行横向比较，最后给选手在三个方面打分。

战斗、运营、推进。

这三个方面的数据，可就把《王者荣耀》的游戏内容完全囊括进去了。从这三项评分之和来看，这个分数与选手的胜率明显是呈正比的。偶有的例外，大家亲自去掌掌眼，也一定能发现原因。

所以，胜率真的挺能说明一些问题的。就像昨天，只打了五场并全胜的莫羡，已经被大家亲自认证了实力。昨天除他以外的其他四个选手，可是在20场比赛中大获全胜，当中除了"长笑"，另外三个恰好是被大家都看好的选手，他们也正在用实力证明最终的胜势。

不过到了今早，这四人的全胜纪录都已经被破。而且从部下那边反馈的信息来看，注意到这些人实力的，并不只是他们这些工作人员，与他们同场竞争过的参赛选手也注意到了。在梳理过第一天的比赛后，这四个人显然都已经进入了被其他人重点"照看"的名单，在比赛中，他们已经先后开始被针对。

针对已经显山露水的优秀选手，大概是青训赛这种高密度赛事中可以做出的最高效的游戏思路了，至于那个拿了赛程表，试图研究对手的……想到这里，佟华山不由得笑了笑，却是丁点好奇也没有。

比赛继续进行着，佟华山转着圈巡视，没有特意去看谁的比赛。不过，那几个表现突出者，大家都挺关注的，佟华山哪怕不去刻意关注，也依然能时不时地从其他人的交流中听到关于他们的消息。

莫羡也输了。

至此，再无人保持不败的战绩。不过，对此佟华山一点也不意外。竞技场很难有100%的胜率。第一天比赛竟然有足足五人保持全胜，哪怕其中有一个参赛选手只是打了五场比赛，也已经是很让人惊讶的表现了。这在青训赛的历史上，还从来都没有过。

所以，失败总是会来的，就看是什么时候来，还要看失败会不会给选手带来什么改变。从过往的经验来看，起初进行得很顺畅，但在经历了几场失败后，心态崩溃，全天发挥不佳，连带之后都一蹶不振的选手不是没有。

那么，这一次呢？

至少在早上就已经迎来败局的四个人都没有，他们的状态依旧稳定。

莫羡呢？

怎么处理这个古怪的选手，佟华山至今还没想好，如果莫羡在一场败局之后就一溃千里，那佟华山倒是不用觉得麻烦了。

然而莫羡没有，在经历了失利的一局之后，是干脆利落的两局胜利，再然后，他就干脆利落地消失了。

"走了？"

"走了。"

赛事那边的人确认着这个消息，而后用一个无奈的眼神看向佟华山，向他汇报。

"不是每天五场比赛，而是1点到2点30分一个半小时的时间……"佟华山想起莫羡在电话里说的话，他看了眼时间，2点22分。看来，莫羡这是知道接下来再来一场比赛肯定是打不完的，所以干脆就没参加了吧。

到底该怎么办呢？佟华山有些头痛。青训赛以考察并输送人才为目的，不算什么正规比赛，所以不需要在赛制或是规则上太过苛刻。虽然莫羡缺席了很多比赛，但是说实话，凭他已经显露出来的实力，那根本不算什么事。真正让佟华山觉得难办的是莫羡对职业圈毫无兴趣的态度。

　　所以，怎么办呢？

　　佟华山还在纠结，两个赛事组的工作人员却已经一前一后凑了过来。这都两天了，莫羡这个事该怎么处理，该有个准话了吧？

　　"这样。"佟华山思考再三，终于还是有了决定，"每天下午1点到2点30分，给他安排比赛。"

　　"如此优待他吗？"

　　"我们的职责是为KPL输送优秀的选手。他的实力，大家都见识过了，尽可能地不错过人才就是我们最应该做的。"佟华山说道。

　　"明白了。"工作人员点头。

　　"去安排吧。"佟华山说着，继续转圈巡视，很快，他就发现一个观看比赛的工作人员，眉开眼笑的模样实在不像是在看比赛，倒更像是在看什么喜剧片。

　　佟华山几步走到他的身后，这位倒是专注，竟丝毫没有察觉。佟华山看向他的屏幕，除了正在进行的比赛，并没有其他，然后就听到这位"嘿"的一声笑出了声。

　　有什么好笑的地方吗？

　　同样注视着比赛画面的佟华山，真的一点也没看出有什么好笑的地方，忍不住拍了拍这位的肩膀。

　　这位回头，看到是佟华山，也没有要整理一下情绪的意思，立即一指屏幕道："全能王。"

“哦，怎么了？”佟华山问。

“分组队友里撞到认识的人，把他激动坏了，他像是进了专门上分的'车队'似的……”这位笑着道。

“这都哪儿跟哪儿啊？”佟华山不解。

“你来听听他们的交流。”这人把耳机交到佟华山手上，佟华山接过耳机就往头上戴，还没戴牢实呢，就已经听到语音频道里传来的交流声。

“师姐救我！”

第280章
全 是 威 胁

"师姐救我！"

这声真情实感的呐喊，让佟华山都有些恍惚了。他感觉自己似乎并不是在监督青训营的比赛，而是在短视频网站中不小心看到了一个声情并茂的搞笑视频。

"往我这边。"接着，佟华山就听到刚才的激情呼救得到了回应。

"'良'有闪现，没有大招。"

"他死了。"

"一技能还有2秒。"

"他跑不了。"

两人对话间，河道草丛中的"诸葛"突然冲出，跳向正在狂追残血的"良"，"诸葛"娴熟的操作瞬间打出被动法球，大招元气弹也已经挂在了"良"的身上。一次引诱后的反杀竟在瞬间完成了。

"师姐威武！"语音频道里传来一声"狗腿"的声音。

"常规操作。"师姐的声音听起来却没有十分热情。

而后就见"诸葛"奔赴下线支援，上一次死里逃生的残血是个辅助"盾山"，此时正在回城。耳机里响起他的声音："对面的蓝BUFF马上刷新了。"

正往下路去的"诸葛"闻声变向，朝对面蓝区移动，果然就见蓝BUFF正在刷新。

"对方打野在下路埋伏，在下路的勾引一下，不然这蓝'诸葛'偷不到。""盾山"继续说着。

没有人回应他，但下路的射手"公孙离"的举动明显是在听从安排，带着小兵，做出一副要向前压制的模样。

"小心些。""盾山"提醒着。

话音方落，对方上单与草丛中埋伏的打野齐齐发起了进攻。

早有准备的"公孙离"凭借灵活的位移技能轻松躲过了攻击，一打二反倒真的压制起对方来。

"哇，好优秀，'诸葛'别拿蓝了，可以从防御塔后面包抄！"已经回到泉水补充状态的"盾山"依旧不断提醒着。

在对方野区打了一半蓝的"诸葛"丝毫没有留恋，立即绕向对方边路一塔后方，与"公孙离"前后夹攻，转眼，两个人头收入囊中。

"师姐威武！"刚补好状态走出泉水的"盾山"立即又是一句夸赞。

"诸葛"这次没有回应，反身又想在对方蓝区埋伏。

"'良'应该有大招了，这次不要蹲了吧。""盾山"一边赶路一边提议。

"诸葛"停步，看起来是稍有一些犹豫，但最后还是选择听从了"盾山"的建议，准备离开。

"可以抢。"结果"盾山"还有后半句。

"话一次说完！""诸葛"有些不满地表示着，然后发出了一个"请求集合"的信号，下路"公孙离"依旧没有声音回应，但还是立即朝"诸葛"所在的位置靠了过来。

两人会合，齐朝蓝坑冲去，复活后重赴战场的"良"果然正在打蓝。看到对方两人一起不敢恋战，一边撤走，一边放了技能，想试着抢下蓝BUFF，结果……

"用大招抢蓝，师姐霸气！"吹捧的声音还在继续。

"这真是……"耳机里连续传来的谄媚终于让佟华山有些吃不消了。

"挺逗吧！"看比赛看得乐开花的那人，知道佟华山已经有所了解，在一旁咧嘴笑着。

"可以感受到他想赢的心情。"佟华山摘下耳机，递了回去。

"是吧！那是相当的迫切呀！他这就是，我人在不在旁边不要紧，但我的声音一定伴你左右啊！"这人一边接过耳机，一边笑着说道，跟着便十分迅速地将耳机戴了起来，生怕错过了什么似的。跟着，他也不知听到了什么，瞬间又沉浸进去，露出傻笑。

佟华山这时已经不知道耳机里在说什么了，看比赛画面上"盾山"与队友会合，他的脑海中还是方才"盾山"回城不在时，他们这一方从下路到对面蓝区这一回合连续的节奏。

诱杀"良"是起点，下路"公孙离"一打二的优秀操作则是能打出眼下这大好局面的重点。

担任辅助位的"盾山"虽然从开始回城后就一直不在，但一直在喋喋不休地指挥着队友。他们这边的局面能最终打开，似乎也少不了他调度的功劳。

到底也是通过报名的人，还是有两下子的。佟华山如此想着。

于是，在这一天的比赛结束后，他特意关心了一下何遇："全能王今天的战绩如何？"

"比昨天稍微好点。"已经拿到今天赛后统计数据的部下答道。

"哦？"

"7胜13负，比昨天多赢了一局。"部下说道。

佟华山摇了摇头，看来自己对这位的期待还是有点多余了。

两天比赛，共计13胜27负，胜率32.5%，从历届青训赛最终的选手成绩来看，打出这种胜率的选手还没有留到最后的。

距离优秀选手的战绩，这样的胜率实在相差太多。佟华山记得去年的状元新秀刘卓奇，在青训赛最终的胜率可是高达78.57%，比排名第二的胜率高出了足足5个百分点。凭此成绩进入KPL的刘卓奇，现在已经是列游战队的当家打野，在刚结束不久的这届KPL秋季赛中发挥不错，十分抢眼。

而在这一期的青训赛上，像刘卓奇这样抢眼的新秀还不止一个。两天比赛下来，虽破了全胜局势，但依然保持着超高胜率的那几位，让佟华山预感到，这次选秀将会大丰收，未来的场上明星说不定此时正在他们的身边。

何遇的胜率只有32.5%，在佟华山看来，未来明星怎么着也不该是这种人吧。全能补位的定位终究还是有些不靠谱啊！佟华山抛下对何遇的关注，想起了另一位选手。

"今天被他当大腿抱的，他口中的师姐是哪位选手？"佟华山打听起来。

"是和他一样来自东江大学的学生，名叫高歌，是个女孩子。"

"她目前为止的表现如何？"佟华山问。

"两天比赛里，16胜24负。"

"这，她的成绩也一般呀……"被何遇没完没了地谄媚，佟华山原以为高歌会有相当不错的实力，16胜24负，40%的胜率，比全能王的成绩确实好一些，但也远远不够。300人的线上赛部分，最终会淘汰掉超过三分之二的参赛者。就历年的数据来看，最后留下的这部分人胜率基本都在60%以上了。

所以自己这是怎么了？怎么总留心这种并不值得关注的人？

佟华山想到这里又摇了摇头，准备不再去想这些了，偏巧就有工作人员过来他身边汇报："之后的赛程安排已经交给全能王了。"

"还有其他选手有类似的要求吗？"佟华山问。

"许周桐吧，不过他没有要全部的赛程表，只是来问了一下他跟'刺猬蜂''长笑''随轻风'这三个人相遇的比赛在什么时候。"工作人员说道。

"这才对嘛。"佟华山笑着，"把并不宽裕的时间用在对自己有威胁的对手身上，尽可能地做好准备。许周桐到底是打过职业比赛啊，在这一点上，他比其他人都有经验。"

"对许周桐来说，这几个胜率跟他一样突出的人是有威胁的重点对手；可对全能王来说，大概所有人都对他有威胁吧。"工作人员说道。

佟华山听后一愣，琢磨了好一会儿后才道："你这样说的话，倒也对。"

第281章
用心记录

工作人员的话让佟华山无法反驳。许周桐所谓的经验，确实只是对他自己而言的。他有职业级的实力，这让他可以去区别对待对手，不需要在每个对手身上花费同样多的精力。

可对全能王来说，他现在的感觉可能是参赛选手个个是强者，场场遇大神。根本没有什么重点对手，青训赛的300勇士，除了他自己，剩下的人对他来说都是重点对手。

就这样，他还能把自己定义成全能补位呢？

佟华山想想有点哭笑不得。一旁的工作人员看佟华山也没什么要交代的，随即也就忙别的去了。

第二天的比赛至此结束，青训赛的工作人员整理着当天比赛的内容和数据，参赛的选手各自检讨，梳理着当天的比赛。何遇也终于拿到了赛程表，他还没来得及看呢，祝佳音就发来了微信消息。

"你遇到柳柳了吗？"

比赛两天，祝佳音仿佛报时鸟一般，早上、中午和晚上都会问一次这个问题。两天40场比赛，每场比赛4名队友，5位对手，共360人次出现在何遇的对局中。遇到重复选手的现象早已经开始，可他到目前为止都没碰上柳柳。此外，认识的像高歌、周沫、莫羡、苏格，两天下来也只有跟高歌在比赛中以队友身份相遇过。

何遇不太清楚青训赛的匹配机制是否有什么规律，但到目前还没有在比赛中相遇的人，接下来总该相遇了吧。收到祝佳音的消息，何遇一边回复着"还没有，应该快了"，接着就直接在赛程表里找起了柳柳的名字，决定先遂了祝佳音的心愿再说。

结果这一找，还真是快了，快得不能再快，明天早上的首场比赛就会碰到柳柳。

"有多快？"这边祝佳音的微信正好回过来。

"明早第一场。"何遇回。

"队友还是对手？"祝佳音问。

"如你所愿。"何遇答。

"可惜我无法观看。"祝佳音很遗憾。青训赛用的是比赛专用服，所有选手的账号都由赛方统一提供，没有任何观战渠道。

"我争取不让你失望。"何遇这边说道。

"那是必须的呀！"祝佳音说。

"但是没那么简单呀。"何遇回道。

"她的队友还有高手？"祝佳音问。

"有的。'云弓'，巅峰赛前五，国服最强'花木兰'，攻击性特别强的上单；'木易令'，中单选手，什么来头不清楚，但我在比赛里遇到过两次，他擅长用功能型中单，他的打法跟柳柳配合起来的话还是挺难缠的；'旧书'，好像是个游戏主播来着，报名的位置是边路射手，能力其实挺全面的，我一会儿再找找他的情报；还有个叫'声拾'的，位置是辅助，情况不明。"

何遇一口气就给柳柳的四位队友做了一番介绍，收到消息的祝佳音看着手机上的这一大段文字则是目瞪口呆。她虽然没有参加，但也知道青训赛是怎么一回事，参赛选手都是要到差不多开赛阶段才知道都是什么人报名。现在刚打了两天比赛，何遇对选手的情况竟然就能这样信手拈来。虽然其中有一个情况不明，但这信息量已经足够让人惊讶了。

"你是怎么知道的？"愣了好一会儿的祝佳音问道。

"我已经打了两天比赛了，遇到有印象的人就记下来了。"何遇说。

"过目不忘？你还有这本事呢！"祝佳音更惊讶了，两天有几十场比赛，参赛选手来回换，能记住名字就算不错了，何遇竟然还能记住人家的风格和特点。

"那哪儿能啊，我用笔记下来的呀！"何遇这边说着，随手拍了一张照片发给祝佳音。就见翻开的笔记本上，简单记录着一些选手的信息，大概是比赛中发现的东西，字迹潦草。照片中此时出现的，正是刚刚何遇说过的"云弓"，显示着上单、"花木兰"、四级单杀等简单的信息，大概是在一场比赛结束后的间隙之中赶忙记下的。在这些字下方，字迹比较工整的部分，则写着巅峰赛第四、国服最强"花木兰"等等内容，大概是后期网络搜集查找后补充上的资料。

"40场比赛的对手，你全都有记录吗？"祝佳音问道。

"比赛里还是能看出些东西的，另外，我记录的也不只是对手，还有队友啊。"何遇说。

"厉害，我不该打扰你的。"祝佳音顿时有些不好意思了。何遇如此认真地对待青训赛，自己却一再问他柳柳的事。柳柳在青训赛里又算得了什么，不过是诸多选手中的一个罢了，可能会在几场比赛中相遇，根本不值得大张旗鼓地玩针对。自己之所以一直强调她，那是在破坏何遇的比赛节奏呀。

"不打扰啊，我顺便注意的。"何遇知道祝佳音说的"打扰"是指什么。说实话，由于祝佳音一直强调柳柳，他也多看了柳柳几眼，但是也就几眼而已。柳柳实在不算是一个复杂的选手，何遇几眼就足够把她看穿了。观察这样一个简单的对手，根本谈不上麻烦。就像明天马上就要面对的这场对决，何遇在对方五人中，更会在意的其实是打上单的"云弓"和中路的"木易令"。

"明天比赛加油啊！"祝佳音没有多说，更不再提柳柳了。

"放心。"何遇说道。

"有什么需要我帮忙的尽管说，有不少人的情报，说不定我是可以帮你打探一下的。"祝佳音说。

"那最好了，我可不会跟你客气。"何遇说。

"千万别。"

"回头找你。"何遇说。

"好的。"

何遇不再回复消息，而是继续在赛程表上查看自己明天要面对的对手和队友。柳柳这队不过是明天的20场比赛的敌方队伍之一，上单"云弓"和中单"木易令"虽然让他觉得有几分棘手，但说实话，他们都不是这两天比赛下来打响名头的人物。

经过两天的比赛，有几位选手的强悍已经被大家注意到了。何遇第一天在比赛中遇到的队友"随轻风"就是其中之一。而且两天下来，"随轻风"这个选手的来历大家也都知道了——职业队的青训新秀，听着就比何遇他们这些素人要高级。

而这样的强大对手，很不巧，何遇明天又要碰到一个——许周桐。

在KPL里没了位置，想通过青训赛重返赛场的职业选手，许周桐并不是唯一一个，但他显然是本期青训营这类选手中最出挑的。他不是无名之辈，而跑来打青训赛，对于很多人来说都是一件很意外的事。相比起大多数选手而言，有过职业比赛经验，经历过大场面的许周桐要远比大多数人成熟，操作也稳定得多。

不过，何遇最喜欢的恰恰就是这样的对手。

对手有名气，那他就好找情报；技术成熟稳定，那他针对起来也能有板有眼。青铜玩家那可是何遇最不愿意用心去对付的选手，因为根本没用，大家的思维就不在一个层面。

所以，何遇心里是想多遇到点许周桐这样的对手的。只是很可惜，这样的选手终究不会都跑来打青训赛，有这么一个就不错了。

将明天要面对的对手和队友全看了一遍后，何遇长出了口气。

这当中的选手，有许多已经在他的本子上有记录了。暂时没有记录的，接下来他也可以有的放矢地去想办法了。

那么，就从第一场比赛开始吧。

何遇翻开他们的300勇士微信群，在名单的搜索栏中输入了他想要找的名字"不知山"。随后发去了添加好友的请求，理由是：明天的队友。

第282章
忙碌的夜

"不知山"。

在何遇的笔记本中对他也有记录，中单选手，偏好法刺英雄，爱盯后排，在何遇与他对战的那场比赛中，他是让何遇他们一方吃过苦头的。"不知火舞"用闪现突进，直抓他们双输出位的操作，直接奠定了一回合关键团战的胜负，随后赢得了比赛。

不过，赛后的数据统计上显示出的"不知山"的战绩并不起眼，18.6%的输出在很多人眼中甚至是一个极不合格的中单。

但在何遇眼中这些并不重要，"不知山"是一个有特点，同时也有缺陷的选手。作为明天第一场比赛就要遇到的队友，何遇认为"不知山"是他们这队五人中最重要的一个。

何遇发出的好友申请很快被通过了。两天的比赛还无法让大家都相识，但是来自300勇士群内的好友申请总归不是外人。

跟着，没等何遇发出开场白，"不知山"就已经主动发来消息。

"你好。""不知山"说。

"你好，明天的第一场比赛，咱俩是队友。"何遇回道。

"你怎么知道的？""不知山"发了个疑问表情。

"我向工作人员要了赛程表。"何遇说。参赛选手可以问赛事举办方要赛程表的，大多数人都不知道这一点，就算知道也不会在意，就像佟华山他们想的一样，大多数人都觉得在这样高密度的赛事里掌握赛程对比赛不会有什么帮助。

"不知山"看来也是这种看法，听到何遇说自己向工作人员要了赛程表后，既没有惊讶，也没表示出什么兴趣，只是发了："哦哦。"一个字稍嫌冷淡，两个字就让人感觉有几分热络了。果然还没等何遇回话，"不知山"这边就又跟着发来了消息。

"你是有什么想法吗？""不知山"问道。

"是的，我是有一点想法。对面中单选手比较偏爱功能型，抢线之后快速支援是他喜欢做的事，我觉得咱们可以针对这一点多做些文章。"何遇说道。

"你想怎么做？""不知山"问着，其实这水平的玩家了，都有自己成熟的思路和打法，听到对手的风格后，"不知山"这边心中已有想法。不过何遇这样热情地主动找上来，他还是愿意听听何遇的思路。

"我会尽量多配合你来抢夺线权，把他困在塔下，咱们多支援队友。"何遇说。

"就是这样吗？""不知山"说道。

"我的思路就是这样，具体细节，咱们还得在比赛里多沟通。"何遇知道自己说的其实就是个常规思路，不是什么让人拍案叫绝的锦囊妙计。可对付明天的对手确实不需要什么奇招险招，只要掌握了中路的线权即可。线权一旦拿到手，影响到的可不只是对面中单的发挥，破坏的还是对面的GANK的节奏。

一个功能型的辅助中单，说实话正是柳柳那种用贪吃蛇打法的人喜欢的。而这个"木易令"，何遇之前已经遇过两次，一次是对手，一次是队友，所以何遇对他的能耐还是比较清楚的。何遇放任他去跟柳柳配合，对方极有可能带飞全场，这人的大局观和节奏都是相当出色的。

所以，掐住他，抑制的不只是一个中路，而是对手的全局节奏。

这个情况，何遇随后也跟"不知山"简单介绍了一下，结果对面一听到柳柳的名字，瞬间发来一个"我懂"的表情。大主播就是大主播，柳柳还是非常有名的。

"前期如果我们能成功埋伏柳柳一次，那他们的节奏基本就崩了呀。""不知山"针对柳柳甚至都给出了建议。

"有机会当然很好，没有机会，我觉得没必要特意去针对她，如果可以的话，能抓到一两次上路的'云弓'就极好了。明天比赛我特别建议把'花木兰'给禁掉。"何遇说道。

"国服最强'花木兰'，不禁他禁谁！！！""不知山"的情绪突然高亢，猛然间使用了三个叹号。

"哦，你认识他？"何遇问。

"他是我朋友。""不知山"回答。

何遇发了个"流汗"的表情，倒也没太意外。在青训300勇士微信群里混了这些天，他早看出来这个微信群大概就相当于《王者荣耀》的上流圈了，很多人相互之间都是熟识的。像他、周沫、高歌，虽然跟微信群里这些人没有私交，但在巅峰赛的高分段比赛里着实撞到过不少次。

比如"云弓"，巅峰赛稳在前五的高手，何遇就在冲分时领教过，对他的实力其实早有直观的认识，说是本局对面五人中最值得忌惮的都不为过。对"木易令"中路的抑制，也是在减少他对边路的支援。

不过更重要的是，"云弓"虽然强，但这一局何遇他们这边跟他对线的边路射手也不弱。

有国服最强"马可波罗"称号的"超刃",没像"云弓"或是苏格那样死守国服第一,但是当下的十个拥有"马可波罗"国服标的玩家中,有四个都是"超刃"的账号,作为游戏主播,他在本赛季硬生生地表演了四次如何从青铜冲到最强王者,并夺得国服称号,用的全是"马可波罗"。所以"超刃"虽然没占着国服第一,但在粉丝眼中,他就是最强"马可波罗",没有之一。

两个这样名声在外的选手,让何遇可以预见这一局"花木兰"和"马可波罗"大概都要稳占一个BAN位了,两人会用什么英雄不好说,但这条边路两人总是棋逢对手,谁能占优势,那只能去看临场发挥了。

所以这场比赛,何遇并没想着事前就和每位队友沟通,他只是找了"不知山"这个他心目中最重要的节奏点。目前来看,他和"不知山"沟通得还算顺利,在知道了对手中还有"云弓"后,"不知山"的积极性明显更高了。虽然不知道"不知山"到底什么来头,和"云弓"又是什么关系,只是看他那兴奋劲,八成是喜欢在场上压制朋友,赛后还要在朋友面前嘚瑟的那种人。何遇丝毫不担心他会手下留情,只担心他过分上头,过于在意"云弓"。

于是何遇赶忙告诉"不知山",明天"云弓"对线的人会是"超刃",让他不用过分担忧这一路。

"哈哈哈。"谁知"不知山"听到这个消息,兴奋地道,"这有什么可担忧的,你知道吗?'云弓'对线时最怕的人就是'超刃',这场我建议上来就换线,因为他一定会求队友换线。"

"哦,还有这样的事。"何遇倒是没有想到,他的情报来自于交手时的观察,来自于对一些知名选手网络公开的比赛视频的研究,而对于这种朋友之间才知道的秘密，他自然不会知晓，没想到，他跟"不知山"赛前沟通竟然还得到了这样的情报。

"怕'超刃'"。

在笔记本"云弓"的名字后边，何遇赶忙又添加上了这一条，而"不知山"因为这个消息变得越发兴奋，话也多了起来，让何遇头痛不已。

何遇想说的话已经说完了，明天的比赛又不是只有这一场，他着眼的全部20场比赛，其中需要或者说是可以做些赛前布置沟通的，他都要现在去完成，否则要这赛程表又有什么用呢？

"兄弟，要不要来打一局游戏啊？我拉上'云弓'，咱们今天一起玩耍，明天我们两个就在场上蹂躏他，就问他意不意外，惊不惊喜！""不知山"这还在喋喋不休呢。

"不用了吧，我还要准备明天的比赛呢，你玩你玩。"何遇闻声，连忙拒绝。

"哦哦，那咱们明天比赛见吧。""不知山"多少有点明白了何遇的意思，随即也不再纠缠。

"明天见。"何遇同"不知山"告别，刚才一边和"不知山"沟通聊天的时候，他也一边研究了接下来几场比赛的队友和对手。他在关闭了同"不知山"的聊天窗后，马上就开始去联系其他比赛他想要事先联系一下的目标了。

这样应对比赛才对嘛！

何遇心下感慨，这忙碌的夜晚，让他感到既充实，又踏实。

第283章

赛 前 合 计

青训赛线上赛第三天，一切看起来与前两天并没有什么不同。工作人员提前检测并调试比赛服，参赛的选手则陆陆续续开始在300勇士微信群里冒泡，大家闲聊着。但是就在比赛正式开始前15分钟，青训赛主管佟华山突然在群里现身。

"诸位早啊。"他向选手打招呼。

大家纷纷回应，消息瞬间已把佟华山刚才的问候刷到不知哪里去了。

"两天的比赛，大家感觉如何？"佟华山接着发问。

马上就要开始比赛了，佟华山却在这时突然像召开座谈会似的问起大家感受，众人都是一愣，不知该如何回答，只有极个别人发出了诸如"挺好""还行"之类没营养的回应。

"两天的比赛，我相信大家已经各有一些收获。"佟华山却自顾自地发起消息，"不过在看过这两天的比赛后，我个人有一点建议给大家。"

见佟华山有话要说，群里顿时安静下来，所有人像是被禁言了一般。

"不要沉迷于个人的数据。在KPL，我们更看重的是个人帮助团队获取的胜利，再出色的个人数据，在团队的胜利面前都不值得一提，这也是我们青训营选拔新秀的重要标准。我的意思，我想大家应该能明白吧。"

"明白。"

"理解！"

"说得对！"

一堆人纷纷回应着。

"那好，祝大家今天比赛顺利。"佟华山看着聊天窗里不断向上跳动的一条又一条消息，最后说了一句，关闭了聊天窗。

他会特意跑来微信群里说这一番话，当然是有原因的。就这两天归纳总结到的比赛信息来看，本期青训赛固然有几个胜率超高的高水平选手，但沉迷于个人数据的败方MVP也尤其多。很多人似乎没把青训赛看成是团队之间的对抗，而是当成了一个展示个人水平的舞台。比赛的胜负其实不重要，只要自己的优秀操作被看到，就会进入下一轮的名单，似乎不少人就是这样理解的。

在他们看来，因为青训赛没有固定的队伍，所以也不像一般比赛一样会有积分排名。可事实上，青训赛的打分系统在汇总了两天的比赛数据，横向比对后，就在昨晚已经给所有参赛选手打出了分数。

许周桐、"刺猬蜂""随轻风""长笑"，这几个高胜率选手在这份积分表上名列前茅，莫羡因为参赛场次过少，暂未进入这个榜单。而那些个人数据乍一看极为漂亮，胜率却低的选手，在这份积分表上一览无余，他们全部都在积分表的下半部分。

佟华山就是在看到这份积分表后，才觉得有必要提醒一下本期的选手：不是个人拿出优秀的数据就可以，能赢得比赛的胜利更加重要。就比如偷敌方水晶的操作，这不会体现在输出、承受伤害、参团率等等任何数据中，但在青训赛的打分系统中，这个直接取得胜利的操作是可以在"推进"这一项上获取极高评分的，是绝对不会被他们忽视的。

"希望他们能明白吧。"看到佟华山在300勇士群里一番话的工作人员此时走到佟华山身边说着。

"嗯，准备比赛吧。"佟华山一声令下，当日首轮比赛的各组开始邀请选手进入比赛，分布在五湖四海的300个青训选手也在此时开始向着比赛服内汇集。

"1组就位。"

"3组就位。"

"7组就位。"

声音在赛事小组中传递着，每天早上准时缺席的莫羡，已经被特批安排在中午1点到2点30分的比赛，今天一早总算没有因为他的缺席造成赛程安排的临时调整，一切都在有条不紊地继续着。

"准备好的比赛组就开始比赛吧。"佟华山听着各组准备就绪的报备消息后说道。

于是，在参赛人员并不是十分整齐的情况下，青训赛线上赛第三天的比赛正式打响。负责比赛的工作人员已经全神贯注。每场比赛分配的两位工作人员拥有可以自由调换视野的观战视角，分别戴着能收听两队选手的语音频道的耳机，收听着选手的语音交流。

负责8组A队的工作人员，从选手进入到比赛席的那一刻起，就开始倾听选手们热情的寒暄。

"大家好啊，我是这场比赛的辅助，我叫何遇，请大家多多指教。"

"哈哈。昨天不是已经指教过了吗？""不知山"笑道。

"是的是的，昨天我和'不知山'稍微合计了一下，不出意外，本场对面的中单会选偏功能型的法师，以支援策应全队为主，所以我们想主压中路，尽可能把他钉死在塔下，让他动不起来。"何遇抓紧时间跟其他队友交代着。

"我还建议开场换线。""不知山"嘿嘿笑道。

"换线？"队中的"超刃"听到这个建议微怔，但随即看到了进入比赛席的对手名字，"是'云弓'啊，我跟他对线应该还行呀。"

"就是因为你打得过他，所以才让你换线啊。""不知山"笑道。

"什么意思？我不懂。""超刃"不解。

"因为'云弓'八成会要求跟队友换线的。""不知山"说。

"超刃"听了这话，顿时从头舒服到脚，"云弓"那也是名声在外的高手，国服第一"花木兰"，这种攻击型上单，都是要以击败对手为目的的，但当"云弓"面对他时选择换线，这意味着什么，简直不言而喻。

"那就换吧！""超刃"大度地说道。

"这说的都是假设吧，万一对方没有换线呢……"同队上单听着上来就安排得如此明白，发出质疑。

"大概率会如此，如果没有，咱们再针对具体情况调整。"何遇说道。这种情况，他当然早就考虑过了。

"那行吧……"上单看来也不是个难说话的主，听何遇这样说后也就没有异议了。

"打野呢？""不知山"看打野一直没说话，点名问道。

"你们中辅联动，我跟你们就好吧。"打野看来也是个明白人，已经看出本局己方的意图。

"嗯，这局可能需要一个蓝领打野，兄弟有没有问题？"何遇问是这样问，其实自家这个打野他的小本本上也有记录，擅长的正是蓝领打法的打野。

"'子龙'可以吗？"结果对方也没有炫耀这一点，开口问道。

"当然可以。"何遇收到了他期待的答案。

"何遇你呢？你用什么辅助？""不知山"这时问起了何遇。

"我会'钟馗'，本场比赛想拿出来，不知道诸位肯不肯给我这个机会呢？"何遇说道。

第284章

两轮BP

"钟馗？"

听到何遇想用这位英雄，队友都一片沉默，就连旁听他们沟通的青训赛工作人员都禁不住抬起头来左顾右盼，一副特别想与人分享的模样。大家有这样的反应，实在是因为"钟馗"这英雄让人又爱又恨。

原因无他，就凭"钟馗"的二技能湮灭之锁，可以将指定方向命中的第一个敌人拉至身前。

当"钟馗"是对手时，所有人都心惊胆战，担忧不知从哪儿飞来钩锁，将自己瞬间带进敌方的包围圈；当"钟馗"是队友的时候，一次钩不中、两次钩不中、三次钩不中……这足以让己方节奏变得混乱，让队友情绪爆发。

所以说，无论当队友还是当对手，"钟馗"都有十足的威慑力来摧毁大家的游戏体验。常用"钟馗"的玩家可能都不知道，当你选出"钟馗"的时候，场上的其他人都会觉得你很烦。

对手怕你冷不丁地钩到他，哪怕你命中率为零，对手也得防着你的钩子，这实在是很麻烦；队友怕你无法符合他期待地钩到目标，哪怕你命中率是百分百，也不会让大家对你的下一个钩子充满信心。更可怕的是，

"钟馗"钩到不该钩的目标回来，比如一些能扛伤害的英雄，反手还能控制他们的坦克英雄，如"阿起""飞"之流，那简直是在帮对手。

所以，"钟馗"虽然是一个有能力一锤定音、决定场面的英雄，但是天堂地狱只在一"钩"之间。这导致了"钟馗"在高端局乃至职业赛场上都不太常出场，用职业一点的术语来说就是：容错太低。除了开团的这一钩，"钟馗"可以说并不真的具备辅助英雄该有的素质。

青训赛无疑算得上是高端赛事了，听到何遇竟然想用"钟馗"来打辅助，大家第一时间沉默了，接着就想劝阻。

"大家有意见吗？"何遇毫不识趣，面对大家突然的沉默还问上了。

"你不说说你选'钟馗'的理由吗？""不知山"说。

"选'钟馗'还要什么理由？钩他们啊！"何遇说。

大家一想，还真是，选"钟馗"能有啥理由啊，就是要他钩中对方英雄呗！问题在于钩不钩得中，真要是钩钩必中，那不必说了，面对任何阵容，"钟馗"都可以拿出来用。

"你钩得很准吗？""不知山"随即问道。不过他问完又觉得自己这样问没多大意义，每个拿出"钟馗"的玩家都会觉得自己钩得很准，可到最后还不是要看临场发挥。

"还行吧。"结果让"不知山"备受打击的是，何遇连牛都不吹，居然只是这样回答了他。

"我是这样想的。"好在何遇马上又有补充，"对面中单喜欢功能型的法师，我的建议是，不要放'姜太公'，这样他大概率会选择'良'或者'大乔'。'良'用一、二技能分割战场，大招控制时，或者是'大乔'放二技能或者大招时，'钟馗'都是有能力扰乱对手计划的。"

"我说，你跟对面中单是有仇吗？"听完何遇的补充分析后，"超刃"忍不住问道。从头到尾，何遇三句话不离对面中单，各种处心积虑地针对对方。

"那倒是没有，我只是想掐死对面的节奏点。"何遇表明自己对事不对人的态度。

"他们的节奏全在中单吗？打野呢？辅助呢？""超刃"问道。

"他们的打野是柳柳。"何遇说。

"哦。"耳机里响起一片恍然大悟的声音，对于柳柳这个主播的实力，看来大家还是有一定共识的。只是在这一片"懂了"的反应声中，到底还是插进了一点不和谐的声音。

"啊，柳柳，我喜欢！"打野突然激动，频道里顿时一片沉默，气氛尴尬，"我喜欢她的模样……"

打野连忙解释，充分表露出了他对柳柳的实力和大家一样嗤之以鼻。

"那就这样了？"何遇问大家。

"如果一切不出意外的话。""不知山"说道。

"希望吧。"何遇说。

何遇他们这边谈妥，对面五人也已经到齐，两边的工作人员各自向选手最终确认后，比赛正式开始，进入了BP阶段。

青训赛的BP就是完全照着KPL来了，分两个阶段。何遇一方先禁先选，赛前已有了计划，把第一个BAN位给了"姜太公"。

而后对手也是没啥迟疑，将"马可波罗"送了上去。这英雄本就强势，"超刃"又号称第一"马可波罗"，不禁"马可波罗"天理不容。

随后再到何遇一方，他们将"花木兰"送上BAN位，针对国服第一"花木兰"，也是有理有据。

再到对手选择，些许迟疑后，他们最后禁掉的英雄赫然是"貂蝉"。

"狗贼，竟然禁我'貂蝉'！""不知山"叫道。

"你的'貂蝉'很强吗？"何遇问。

"极强，强到已经对国服标失去兴趣那种。""不知山"说。

"哼。"频道里传来"超刃"的一声冷哼，他打了四个"马可波罗"的国服标。

"我不是针对你啊老兄，我知道你那都是为了直播效果。""不知山"连忙解释。

"随便玩玩而已。""超刃"一副取国服标如探囊取物的口气。

"那这局你要什么，我先帮你拿了，何遇的'钟馗'我建议放最后拿。""不知山"说。

"对对对。"何遇连声应着，一边将手里的笔丢到了桌上。翻开的笔记本上，"不知山"的名字后边刚刚被他加上了一条："貂蝉"很强。

"给我'公孙离'吧。""超刃"这时已经做出了选择。于是，何遇一方先选下了"公孙离"。

转到对手选择，一楼先拿下了"娜可露露"，确定了打野位。跟着二楼正如何遇所料，选择了"良"作为中单。

"不错，不错。"看到对面做出了预计中的选择，何遇一方的频道里顿时洋溢起了喜气洋洋的气氛。至于柳柳的"娜可露露"，有人关注吗？似乎没有。何遇觉得，回头他是一定要把这种氛围讲给祝佳音听的，祝佳音一定非常喜欢。别看粉丝千千万，但在《王者荣耀》的上流圈子，柳柳的水平显然并不受待见。

"拿中路和打野吧。"何遇这时对己方二、三楼的选手提供建议。这也是这种两轮BP制下最简单的BP策略：优先选择对方已经选好的位置，防止对方在第二轮BP时肆无忌惮地禁选己方已选过的位置里的英雄。

"给我'不知火舞'吧。""不知山"不客气。

"'子龙'应该不太会被禁吧？"打野倒是想让队友优先选。

"万一他们有人认识你呢？"何遇提醒。

青训赛终究还不是KPL，虽然大家水平都很高，但终究不像职业战队那样有整体性。加上名人效应，BP的时候针对对面擅长英雄是极为常见的。本场比赛何遇他们禁掉"花木兰"其实就是出于这种考虑，否则，以"花木兰"当前0.08%的禁用率，他们并不需要这样安排。

"好吧。"蓝领打野一听这话，当即选了"子龙"。这从某个侧面也说明了他对自己"子龙"是比较认可的，在认识他的人眼中也是值得用禁选来针对一下的。于是，何遇又不失时机地在笔记本上添了一笔。

中路和打野敲定。轮到对方三楼选择，这一次，对方也是秉承了何遇他们同样的思路：选择你们已选的位置里的英雄，随后，射手"狄仁杰"在这里被亮了出来。

"竟然不保一手'云弓'的上单吗？"何遇意外，他眼中对面最强的就是"云弓"，但现在双方都是选好了中单、打野和射手，可想而知第二轮禁选将在上单和辅助位的英雄中疯狂展开，无疑会限制"云弓"选择英雄。

"他膨胀了吧，觉得自己会的上单英雄很多。""不知山"不屑地说道。话音方落，轮到对方选择禁用英雄，出现的赫然是个战士："铠"。

"哎哟？还来劲了？禁他战士！把'关二爷'禁掉。""不知山"叫道。

于是"关二爷"被禁，转到对面，再禁一个战士："典韦"。

"哟，膨胀了啊，真是膨胀了，兄弟，你顶不顶得住？""不知山"

叫着，最后这话是问己方上单，现在上单英雄疯狂被禁，"云弓"被限制的同时，何遇他们一方的上单当然也在被压缩着选择的空间。

"我……"

"'布'，禁了他的'布'！"结果不等己方上单回答，"不知山"已经对第二手BAN位做出指导，看来是要跟"云弓"死磕到底，于是，"布"被送上BAN位。

"我还能说啥？"己方上单无奈地道。

此时轮到对方选英雄，上单"云弓"最后的选择是"策"。

再到何遇他们这边，何遇任意挑选辅助，上单战士却已经被禁了个七零八落。上单看着BAN位上的"关二爷"和"布"心痛不已，那些也是他擅长的英雄啊。他们这到底是在针对谁？

不过事已至此，他也没有再多说什么扰乱军心，他定了定神，想了想后道："给我拿个'咬金'吧。"

"你拿个带控制技能的英雄可能会好一些。"何遇建议。

"'老夫子'？"上单问。

"'老夫子'吧。"何遇觉得这个好。

"那就'老夫子'。"上单说。

"兄弟你是真没什么主意啊！""不知山"感叹。

上单兄弟泪流满面，明明是你们一个个太有主意了，好吗？

之后便是辅助，他们早有定论，于是"钟馗"出场。

这一手选择显然在对手意料之外，大把的辅助英雄都在，何遇偏偏拿了"钟馗"。对方最后一楼辅助位的选择明显纠结上了，大概正在频道里激烈讨论，到最后选出的辅助英雄，赫然是"东皇太一"。

"这是什么？他强任他强，'东皇太一'加'良'吗？""不知山"

嘟囔着。

"我觉得不如拿个'飞''牛魔''廉颇'或者'太乙真人'……"何遇说。

"哥，不管拿了什么，答应我，不要把这些不三不四的东西钩过来。""不知山"说。

"你放心，宁可空钩，我也绝不把不该钩的钩回来！"何遇信誓旦旦地道。

"这就对了，但是空钩这种不吉利的话还是不要说。""不知山"说道。

"好的。"

随后，比赛开始。

第285章
一 级 强 势

敌军还有5秒到达战场！

系统提示音中，两队选手的英雄已经各自迈出泉水，迈着高手的娴熟步伐开始前进。

"野区怎么办？"何遇他们这边的打野问着。

双方阵容出来以后，何遇赛前有关对面中单的预料基本实现，自己也如愿拿到了自己要用的英雄。但除开这一点，就双方阵容来看，明显对方的阵容要更加科学合理一些。

对面五位英雄，有射手"狄仁杰"提供持续输出，刺客"娜可露露"威胁后排，"策"负责突进，"东皇太一"抢占视野，进可开团，退可防守，再有法师"良"灵活发挥，从阵容来看，他们其实把方方面面都照顾到了。

反观何遇他们这边呢？在何遇一手"钟馗"辅助之后，他们的队伍首先在抢占视野上就没什么优势，也没有能在前排扛伤害的坦克，保护后排的能力也较弱，缺陷简直一目了然。而打野此时的发问，更是直指了他们阵容开局时的窘迫：一级打团处于弱势。

一级的英雄都只有一个技能，看一位英雄一级是不是强势，那就要看这位英雄在一级只有一个技能的时候，这个技能的强度如何，是否能发挥比较大的作用。

比如"百里守约"，开局学二技能，射程远，威力大，到线上时基本存好三发子弹，再加上伤害较高的普通攻击，打中谁，谁难受，所以，"百里守约"一级时很强势。

再有像"橘右京"，被动技能有输出和减速效果，开局学一技能有两段位移，学二技能则带眩晕，无论先学哪个技能都很有优势，所以"橘右京"一级也很强势。

而对面此时的阵容中，就有一个谈到一级这个话题时，很多人都会第一时间想到的英雄："东皇太一"。

"东皇太一"的一技能日蚀祭典，可制造三个黑暗能量体绕身旋转，对触碰到的目标可以造成伤害的同时还会吸血补充自己的生命。像"子龙"，开局先学个二技能，命中敌人可以恢复生命，又有血量越少越能扛伤害的被动技能龙鸣，一级也算是有一定实力的英雄，但在"东皇太一"面前，"子龙"这种需要贴身攻击的英雄一点好处都讨不到，所以，打野才会一上来就问野区怎么办。对方"东皇太一"要是过来反野，哪怕只是孤身一人前来，"子龙"也会非常难受。

更何况，对方除了"东皇太一"，还有"策"，有"狄仁杰"，这牌面，怎么看都比何遇他们这边要强得多。何遇这边，"钟馗"倒也是个一级就很让人恶心的英雄。但需要注意的是，"钟馗"只能干扰对方，如果单枪匹马，一级的时候不具备任何击杀对手的能力，要是把"东皇太一"钩到身边，可能还会被"东皇太一"像撵狗一样撵着跑。因此，"钟馗"在一级的时候，必须有配合的队友才有可能对钩来的对手造成击杀。

所以，何遇他们这个阵容，遇到对面进攻野区，似乎并不太好处理。

"先抢中线，野区后手处理。"何遇却很从容，对方阵容一落定，这些状况就早已经在他脑海中过了一遍了，该怎么处理，他已有思考。

随后他的"钟馗"便连技能都没有学，朝着中路赶去，开局战斗是要用到一技能还是二技能，他要在看到对面开局策略后再决定。

很快，兵线之前，两方英雄先在中路照面，对方虽有"东皇太一"这样的一级强势英雄，可在何遇的"钟馗"稍一冒头后，所有人顿时像听到发令枪响似的，都赶紧不停地移动起来。

何遇看到他们这个模样，依旧不学技能，只是让自己的"钟馗"向前走位，摆出一副随时就要出手的样子。"钟馗"这样朝前一站，身后是不是跟有千军万马，对手也不太清楚，刹那间，对手已作鸟兽散——我们不打了还不行吗？

"去对面蓝区！"何遇一看对方动向，立即叫道，一边让自己的"钟馗"也朝着对方蓝区移动起来。

"什么，说好的抢中线呢？""不知山"很是不满。"不知火舞"这英雄清兵线相当弱势，偏偏又需要游走支援，所以别说他们这一局制定的策略就是要抢中线权，就算没有，当"不知火舞"占据中路时，就一定需要队友帮忙清理兵线才能激活"不知火舞"的作用。结果，赛前说得头头是道的何遇，这会儿一副负心汉的嘴脸，竟然直接跟着打野跑了。

"别急，假动作。"何遇说道。

"啥？""不知山"又不是菜鸟，看何遇的举动其实已经明白他这是准备交换野区，避免与对面直接交锋，但何遇这话一说出口，又瞬间让他茫然了。

"'子龙'跟我走。"何遇暂时顾不上向"不知山"解释，先跟打野交流。

"啊？"打野也很茫然，交换野区在他看来是个不错的决定，眼下的时机也还行，路走一半，怎么又要放弃了呢？

"抓中路？""不知山"猜测，对这个决定他万分欢迎，但是随即就见何遇的"钟馗"并没有去中路埋伏，而是径直扎进己方红区，跟着又开始向左移动。

"你要干什么？""不知山"彻底茫然了。这个走向，看起来又是要去己方蓝区的意思，兜这么一圈，忽然又跑回来防守，这到底是图什么？

"抢下这个蓝。"何遇的回答掷地有声。

"怎么抢？用惩击？我们连视野都没有怎么抢，早干什么去了？""不知山"连珠炮般发话，连同打野心中的疑惑也一并问了。这也就是青训赛，大家相信能来参加比赛的选手总是有一些实力的，换作是路人局，何遇这样接连让人看不懂的举动大概会让大家连质疑都懒得质疑。

"'子龙'跟上。"何遇催促。

"大哥你这是要……""不知山"看着"钟馗"的走位，突然心里想到了什么。

就在他话音落时，就见从中塔后方步入野区的"钟馗"突然出手，与此同时还有何遇的喊声："惩击！"

懂了！

大家都是高手，这一刻，哪里还有人看不懂何遇的意图，但是这样做能成吗？他这样钩出来的会是蓝BUFF吗？

就在大家疑惑时，"钟馗"手中的钩锁早已飞回，挂在钩锁末端的可不就是已被对方打到血量见底的蓝BUFF吗？紧随其后的"子龙"赶紧用了惩击，就这样拿下了这个蓝BUFF。

"厉害！""不知山"由衷地大叫着。何遇刚才的操作说起来简单，可真要实现，对对方的站位，对蓝BUFF血量的估计，都要分毫不差才行。何遇要掌握到这些信息，那是一定要有视野才行。结果何遇压根没有对方的视野，只是在中路各自散去时虚晃一下便杀了个回马枪，露头便是出手，出手便中，钩回来的蓝怪血量也恰到好处，让"子龙"这蓝BUFF到手手得简直不费吹灰之力。

"你太厉害了，你怎么算的啊？"打野也很佩服，何遇这一钩子，钩得准还在其次，重要的是算得准。如果钩来的蓝BUFF无法直接拿下，那说实话也是瞎耽误工夫，毕竟打野也在跟着，并没有去发育。

"这里面的细节多着呢，我先不说了吧，抢中线！"何遇说道。

"还抢啥啊，中线早没了。"提起这个，"不知山"又有些悻悻。

"那我们打二级团战。"何遇说道。

"哦？""不知山"一听，顿时又来了精神。虽然比对面"良"慢了不少，但总算也把兵线清理完了。"不知火舞"升上二级后焕然一新，拥有两个技能，还有被动技能忍蜂，杀伤力和一级不可同日而语。再加上"子龙"也已达到二级，对面打野却因为蓝在最后一刻被"钟馗"钩走白忙一场，此时等级已然落后。何遇他们原本弱势的开局阵容突然变得有优势起来。

如此看来，开局交换蓝区虽然可能更加稳妥，但是，眼下从对方手中抢下蓝BUFF来获取等级领先，获得的优势要大得多。

"可以打。"打野这时也精神一振。

但是，边路的"超刃"在跟对面短暂交锋后有些压抑："你们不是跟我说，他们会换线吗？"

第286章

何遇的湮灭之锁

　　双方的边路在开局时都保持了对中路的关注，但在中路没有打起来，野区看起来将是交换局面后，就暂时经营起了自己的边路。

　　然后，开局就跟队友换线去上路，打起上单的"超刃"，赫然发现自己对线的并不是对方的上单英雄"策"，而是射手"狄仁杰"。

　　射手互相用普通攻击对打，"公孙离"实在有些打不过"狄仁杰"，这英雄对线靠的是灵活飘逸的位移来回拉扯，辅以二技能抵挡伤害，被动技能晚云落叠加枫之印记来消耗对手。可现在才一级，"公孙离"再怎么飘也飘不出什么花样来，被"狄仁杰"连打几下后，"超刃"赶忙还是让"公孙离"先缩回塔下了。这样粗鲁对射，"公孙离"实在没啥优势，就算是靠操作，那也得技能学全了才有发挥的空间。

　　其他人此时自然也看到了对方边路并没有换线，听到"超刃"抱怨后，"不知山"立即大发感慨："他这是看不起你呀！"

　　何遇听了顿时有点茫然。"云弓"怕"超刃"，这信息自己可都添到自己的小本本上了。现在"不知山"又说"云弓"看不起"超刃"，"不知山"的话到底靠不靠谱啊！

　　"你要换回来吗？"被迫拿"老夫子"的上单是老实人，看对方没有换线，"超刃"又在抱怨，随即问道。

"无所谓了。""超刃"顿时又是一副自己无所谓，怎样都能掌控的口气，仿佛刚刚抱怨的那个人不是他。

"我们来了。"何遇说着就已经开始向上路移动。升上二级的"不知火舞"和"子龙"紧随。他们这一次不是支援上路，只是想趁着等级领先找对手打一架，此时，他们直闯对面红区，与对面探视野的"良"打了个照面。"钟馗"上前摇晃，"良"急忙扭头摇摆，"钟馗"保持着钩锁随时出手的姿势，继续向上移动着。

"你还不钩？""不知山"叫道，他这"不知火舞"的花蝶扇都已经对准"钟馗"的位置了，就等"良"被钩来的瞬间立即出手。

"不钩。"结果何遇的回答却是如此，眼看着"良"扭出了"钟馗"的攻击距离，愣是没有出手。

"什么情况啊？""不知山"很是失望。

"我们逼退他们就可以了。"何遇说着，"钟馗"已经走到对面红区的三只小猪那里，开始打野怪。

"整半天，我们就偷个猪？""不知山"还是很失望。

"大哥，你有点耐心啊！"何遇有些无奈，这"不知山"在场上的心态还真如自己观察所见，比较激进，十分急躁。

何遇的"钟馗"不出手，"不知山"的"不知火舞"总也不能二级就去越塔强行击杀"良"，可在这儿打野怪，他着实心有不甘，继续往对方红区深处走，看到对方打野和"东皇太一"正在对着上方的小红鸟泄愤。

对打野来说，没有比一开局就发育落后更郁闷的事了。尤其这局还是眼瞅着蓝BUFF就要到手，居然被对方"钟馗"一钩直接钩走了。

"怎么回事？"柳柳脱口而出的时候，己方辅助"东皇太一"已经发出了指令：请求撤退。

"对面打野到二级了。" "东皇太一"说着。

就在何遇一方因为等级领先想找机会发起团战的时候，柳柳这一方的人也意识到了这个问题，他们的选择当然是避战。眼看着身旁还有小野怪未收也不敢逗留，直接撤走。

跟着，在中路"良"给的视野中，就见对方已朝他们红区大举进发，于是他们连红BUFF都没敢直接去拿，先在一旁打打小野怪。

请求支援！

柳柳发出信号，希望边路和中路一起过来帮她守护野区。"狄仁杰"闻讯而动，中路"良"有心如此，无奈何遇这边野辅就在那里堂而皇之地打起野怪来，"钟馗"手中钩锁似有寒光在闪动，"良"连走上前些往那坑里丢个二技能的勇气都没有。

请求集合！

那边是柳柳呼叫队友支援，"不知山"看到对方野辅在杀红鸟也是跃跃欲试，一边呼叫队友，一边二话不说，甩出花蝶扇。

被扇子命中，"东皇太一"有些无奈。先前那个蓝BUFF被对方"钟馗"偷袭钩走，他这个辅助没有看好视野问题很大，眼下越发小心起来，眼见对方"不知火舞"靠上来，连忙用身体掩护己方打野和野怪。

可在"不知火舞"身后，跟着冒头的就是"钟馗"。这一次，何遇出手一点也不含糊，比"不知山"想象的都要快，在他还没开口说话的时候，"钟馗"手中钩锁已经飞出。

躲？不躲？

就在"钟馗"刚冒头的瞬间，"东皇太一"还是有机会选择的。可"东皇太一"的身后就是打野和小怪，把他躲避的选项直接就给删掉了，他只能献出自己，将自己挂上钩锁直朝"钟馗"飞去。他的心里倒也没有十分慌张，凭"东皇太一"的身板和一技能的回血能力，他并不觉得对方能对他造成瞬间击杀，甚至在他身上花费的技能，可能会成为他们一方反打的机会。

谁知，"不知火舞"，还有跟在"钟馗"身后赶上来的"子龙"竟然全都看都不看他一眼，而是直接朝着"娜可露露"冲了过去。

飞翔龙炎阵！闪现！

"不知山"的勇猛在这一刻显得光芒万丈，"不知火舞"直接一技能加闪现冲到"娜可露露"脸上，将"娜可露露"踢上半空后跟着便是被动技能忍蜂，将"娜可露露"向后推回，正撞到"子龙"一技能冲来的枪尖上。惊雷之龙激活的强化普通攻击跟着便已经打到"娜可露露"身上，跟着已是二技能破云之龙，连续四枪刺杀戳了个扎实，"子龙"这个阶段所能打出的伤害算是完全贡献出来了。

可怜的"娜可露露"接下这连串的伤害，哪里还承受得住，很快就交出了一血。"东皇太一"带着他的三个小球此时还在人堆里，"不知山"大叫"可以杀"，何遇却喊着撤退。意见碰撞之间，就见"子龙"果断掉头，听取了何遇的建议。

"没必要在这里浪费时间。"何遇说道。

"行吧。""不知山"其实也就是爱好打架，容易上头，对局势还是有判断力的。他们一方刚刚交空了技能，就算"不知火舞"和"子龙"都是技能冷却速度比较快的英雄，但要和"东皇太一"缠斗，这点技能的冷却期也会显得很麻烦，对方"狄仁杰"和"良"到阵输出，己方这边也会有"公孙离"赶到，以四敌三，但其实打成什么样依然不好说。尚未到二级的"钟馗"在钩过"东皇太一"那一下以后其实就已经跟不存在一样。而对方"东皇太一"在这个阶段依旧是一个顶俩的强势英雄，看似四打三的局面，其实跟三打四差不多。何遇说"浪费时间"那是比较客气委婉了，继续在这里纠缠，说不定会把先前取得的优势全部葬送掉。

所以，见好就收！

攻入敌方红区击杀对方打野，看似人数占优势的一方在此时反倒是像吃了败仗似的退走，对方也没什么有效的控制手段，只能眼看着对手离开。跟着"子龙"进自家野区清野，何遇帮助"不知山"清理了兵线。见"不知火舞"升上三级，"不知山"那颗躁动的心顿时又跳了起来。

"去蓝区埋伏吧！""不知山"鬼鬼祟祟地说着。

"有'东皇太一'在，埋伏恐怕没什么用，我们去上路找机会吧。"何遇说着。

"你说了算。""不知山"这次没有丝毫不满，在捋过开局至今不到2分钟里发生的这一切后，他由衷地佩服何遇。何遇的"钟馗"钩或是不钩，都在对局面产生极大的影响。"不知山"已经有些领会到何遇这"钟馗"的用法，何遇充分利用着对手对"钟馗"二技能的忌惮心理，"钟馗"这把湮灭之锁，出手和不出手，都在全方面地制造着机会。

第287章

边路开花

何遇和"不知山"的英雄朝上路去了。上路"超刃"见状，试图出来勾引一下对面。可眼下他的"公孙离"已经升上三级，除非面对的是枪枪爆头的"百里守约"，其他真没有哪个射手是"公孙离"会怕的。对面"狄仁杰"显然也很清楚这一点，压根就不出来跟"公孙离"消耗，任凭"公孙离"在那儿搔首弄姿，只是小心翼翼地固守塔下。

"看你的钩子了。""不知山"也注意到了"狄仁杰"的小心谨慎，说道。

"钩'狄仁杰'吗？"何遇问。

"狄仁杰"这英雄的二技能逃脱可以让自身短暂无敌并解除负面效果，这个技能释放得恰到好处的话，是可以消除"钟馗"湮灭之锁的钩拉效果的。虽然想做到这一点难度颇大，对时机的掌握要求很高，但能参加青训赛的选手已经是佼佼者了，所以何遇会把这种高难度的操作考虑在内。更何况，"狄仁杰"还有闪现在身，防备手段还是挺多的。

"不然你来上路干什么？困难总是有的，但我们要克服困难，迎难而上呀！""不知山"说。

"既然抓'狄仁杰'的机会不大，我们为何不进攻他们的红区？"何遇说道。

"要是他们的打野和辅助正在打红呢？""不知山"说。

"那就让'子龙'哥哥去偷蓝呀。"何遇说。

"照你这么说，横竖我们都会占到便宜。""不知山"说。

"这难道不是优势方应该做的吗？"何遇说。

"行吧。""不知山"不得不承认，何遇的思路十分正确。"超刃"听着两人的对话，那也不能闲着，"公孙离"过来与他们会合就一起朝对方红区去了。

柳柳的英雄复活后先去蓝区，为防埋伏的"东皇太一"自然是得跟随，此时红区空无一人，三人直取BUFF。"狄仁杰"那边纵然有点察觉，却连过来探一眼都不敢。

红BUFF最后自然是被"公孙离"收下，"不知山"的"不知火舞"大摇大摆地想从红区右侧返回中路。何遇急忙叫住："哥，低调一点可好？"

"不知山"一想也觉得有理，"不知火舞"急忙停下。取红BUFF虽未受任何干扰，但对面多半也已经猜到，极有可能大部队正过来围截，继续在野区行走还是有危险。"不知火舞"随即跟上"公孙离"和"钟馗"，又从上路方向绕行。

先前提醒"不知山"低调的何遇，此时的"钟馗"却大摇大摆从那儿走过，那步伐，仿佛是要冲向对面防御塔。"钟馗"的动作弄得塔下"狄仁杰"慌乱不已，迈着魔鬼步伐急忙向后撤移。何遇抱着有枣没枣打三杆子的心态，"钟馗"的湮灭之锁就在此时忽然出手。

"哎！""不知山"叫着，何遇这一出手太过突然，队友都没准备。

结果钩锁收回时，却没有挂着"狄仁杰"，这一钩算是空了，但是……

"'狄仁杰'交了闪现。"何遇看得清楚，"狄仁杰"为躲这突如其来的一钩，使用了闪现技能。

"那我们要不要继续埋伏？""不知山"觉得机会来了。

"你连中路的兵线都不要了吗？"何遇说。

"我可以把兵线托付给'子龙'哥哥。""不知山"说。

"那我们就压防御塔吧……"何遇有些心动了，但他可不是贪"狄仁杰"这个人头。支援队友，其实并不是一定要击杀了目标才算成功。尤其在高水平的对局中，大家互相侦察，抢占视野，察觉彼此的动态，想在一次支援中就拿到人头并没有那么容易。大多数情况下只能逼迫对手回城，或是逼对手交出闪现，又哪怕是压低对手的血量线，那他们过来就算没白来。重要的是充分利用支援所取得的优势来进一步扩大局面。

眼下，何遇这一钩让"狄仁杰"交出闪现，这固然是对"狄仁杰"战力的削弱，但此时真正让何遇心动的，其实就只是兵线正好到位这么一个简单的事。

兵线到了，己方有人数优势，之前对方中野辅在红区没露面，支援到上路还要时间，此时不压防御塔，更待何时？

"你先埋伏着。"何遇示意"不知山"继续在草丛里埋伏，他的"钟馗"走出协助"公孙离"快速清理兵线。而后一起领兵线压防御塔。"狄仁杰"看到"钟馗"没走，对接下来这一幕心中就已经有了预料。接下来摆在他面前的选择，要么直接退走，要么留下来守塔，赌"钟馗"这一次还是钩不中。

随后，"狄仁杰"继续保持他开场以来比较小心谨慎的表现，直接选择了退开，远远利用一技能所能触发的被动能力来清理小兵。

目前终究还是前期，防御塔尚在保护机制下，除"公孙离"以外，

"钟馗"对塔根本没什么杀伤力，草丛中的"不知山"在看到"狄仁杰"畏缩的样子后，更是骂着"没出息"，早就撤离了。最终，对方这防御塔也就被他们磨掉了一半。

随后，2分钟时间到了，暴君刷新。"子龙"单枪匹马杀了过去。柳柳开局在蓝BUFF处白忙活一场，跟着献出一血，从头再来时，己方红BUFF又丢，等级严重落后的她对暴君是一点念想都没有。这让蹲进暴君附近草丛企图埋伏对方的"不知山"空等了一场，再次鄙视对方没出息。

"直接抓下路。"何遇发出指示。下路英雄"老夫子"那可是到了四级有大招立即质变的一位英雄，何遇这一番指示完全就是为了配合"老夫子"。"老夫子"显然也清楚这一点，他跟对面"云弓"的"策"对线，基本就是各自清理兵线，只有在抢河道野怪的时候偶尔迸发了一点火花，结果也是谁也没拿谁怎么样。眼下，"老夫子"抢先达到四级，那自然是到了大打出手的时候。对面"云弓"哪儿会吃这亏，一看对面抢下暴君就知道等级要有个短暂的落后了，立即退守塔下。但是，前方"老夫子"很快就要引兵线进塔，后方"不知火舞""钟馗""子龙"干脆一圈排开，丝毫不带掩饰地把"策"包围了。

这无疑已是必死的局面，把据说是"云弓"好友的"不知山"乐得哈哈大笑："狗贼！哪里跑！"

确实没得跑。策"就算眼下达到四级，开船怕是都得被这堵人墙给截下来。留给"云弓"的只有绝望，以及一股怨恨："辅助给点视野行不行！"

被这样大举包围了都毫无察觉，不得不说"云弓"这边在河道视野丢失上的问题很大。原本本局视野对手应该占劣势才对，可现在是己方因为没有视野吃了大亏，这让"云弓"不由得有些恼火。

"大哥，他们刚拿了暴君，你自己在那儿不知道小心着点吗？"辅助"东皇太一"心里苦。他不是不知道自己应该干什么，可一开局他们的打野就又是丢BUFF，又是丢了命，他不得不多照应一下打野，多加保护。

　　"东皇太一"也在尽量给队友视野，刚才他确实没给河道视野，可正如他说的，对方拿到暴君后有系统公告，"策"在附近自然该小心防着被对方顺势包抄才对。

　　"我小心？我能怎么小心？你们知道对方肯定会拿暴君的，还不赶来暴君路防守？""云弓"更加生气了。

　　"老实说，我觉得刚才没法守，不如先发育。""东皇太一"说。

　　"云弓"有心反驳，可看打野和辅助二人趁着刚才确实入侵了对面蓝区抢到了蓝BUFF，一时间倒也无话可说。他仔细一想，他们这边一堆三级英雄，就算扎堆塔下可能也难抵对面进攻。对面"子龙""老夫子"那都是达到四级，焕然一新的英雄，"不知火舞"达到二级就可以活跃了，到了四级，多了大招不俗的伤害和控制也是如虎添翼，他们确实难挡啊！

　　"'狄仁杰'小心了，我估计'老夫子'要换去那边抓你了。""云弓"想想后便也不再争辩了。

　　"那我们在这边埋伏一下吧。"柳柳建议道。

　　"走。"中路"木易令"响应。暴君让他们的等级短暂落后，但在吃下第四拨兵线后，他们总算也都升上四级。同"老夫子""子龙"一样，"木易令"选用的"良"也是一个到四级有大招后，作用就会变得大得多的英雄。他的游走，他的支援，他的节奏，通常都是要从四级才开始的。

第288章
全面开花

柳柳一方的中单、打野、辅助在达到四级后，也终于开始游走起来。他们都算是常打高端局的人了，可今天这局2分钟内的节奏丰富到让他们有些发蒙。不管怎样，眼下该是他们找回节奏的时候了。

"我试着勾引一下。"边路"狄仁杰"说道。

"不会太明显吧？"中路的"木易令"说着。他们这边的射手一直打得十分谨慎小心，突然敢跑出去跟"公孙离"对线了，摆明是有所仰仗。经验丰富的玩家都会猜到这是有队友来支援了。

"我试着抢河道的野怪，问题不大。""狄仁杰"也清楚不能直接冲，心中也有算计。

"其实也无所谓了，强行包抄就是了。他们刚打'策'，不可能过来这么快的。"辅助"东皇太一"说道。

"倒也是。就是没兵线……""木易令"表示认可，同时也在惋惜。对手利用暴君冲上四级，恰好赶上了第四拨兵线，杀人之后顺势推塔，节奏痛快无比。他们却是借着第四拨兵线的经验才上的四级，最快也要等第五拨兵线抵达线上才能推塔，比对方稍微慢点。

"下一拨兵线马上就到，其实也没差了。"辅助"东皇太一"说着。

开局的落后导致了他们步步落后，但是，在丢掉暴君的情况下，仅慢了一拨兵线也能拿掉对面一座防御塔，可以说，瞬间就把双方差距拉近了一大截。一想到这里，他们甚至再度对本局的节奏恍惚了，眼下才3分钟不到，防御塔的保护机制都还在，两队就已经要各推一座防御塔了？这场比赛的节奏真不是一般的快呀！

"直接断线包抄吧，他们也没什么办法。"柳柳说道，"娜可露露"和"东皇太一"此时埋伏在野区跟边路隘口之间的草丛中，第五拨兵线一会儿就要从他们眼前路过。他们四人集结，杀个脆皮射手就是眨眼间的事，哪怕是"公孙离"这种有位移的英雄，有"良"在这儿，大招言灵·操纵抓住"公孙离"的2.2秒时间，也足够将"公孙离"杀两回了。

"别这样，你清兵把技能交掉的话，'公孙离'会从你们那边跑掉的。""木易令"急忙说道。

"我不交技能呀。"柳柳说道。

"那'公孙离'也是有能力从你们那边跑掉的，我建议不要提前暴露位置。""木易令"说。

"'东皇太一'到四级就好了。"柳柳感慨。

"那你俩上就行了，我们都不用来了。""木易令"笑道。

几句话的工夫，第五拨兵线出现在了柳柳和辅助的视野内，她到底还是听从了"木易令"的建议，没有轻举妄动。她哪里想到，她没有动，前方他们家第五拨兵线的线路上，"公孙离"却突然现身，清理起兵线来。与此同时，另一条边路，柳柳和辅助埋伏的同样位置，对方打野和辅助竟是大摇大摆地冲出，一起清理小兵。

"什么情况？"

语音里，差不多有三个人异口同声问出了这句话。

"先把线断了！""木易令"喊着，而他的"良"已经快速向上移动，要与"狄仁杰"一起去捕捉"公孙离"了。

但是，"木易令"是个意识节奏都很不错的选手，眼下"公孙离"是重点吗？并不是。"公孙离"出来断兵线，只是为了让他们无法在这一路推塔而已，但是另一路，对手可以大肆推进。草丛里出来清兵的只是打野"子龙"和辅助"钟馗"，"不知火舞"呢？"老夫子"呢？

先前被强行击杀的"策"只在瞬息就没了，对方四人都没有多大损伤，接下来有如此大计划的话，势必都没有回城，此时说不定就在哪里埋伏着。"策"要在这一拨兵线刷新之后复活，此时也正朝线上赶去，但是，对手显然都没把这"策"当回事，直接清兵，然后等自家兵线上前，接着向前挺进。

这才刷新第五拨兵线，他们就要掉边路二塔了吗？

远在另一条边路的四人看着这局面都有点蒙。高端局啥的就不说了，就是低端局，推进这么快那也一定是有套路的。所以今天这局，他们是被对手下套了？可大家都是随机抽到在一起的队友，就算有套路，光知道怎么打可不行，队友之间一定要有默契。头两天的比赛里也不是没有选手尝试玩套路，结果并没有传来特别可喜可贺的消息。毕竟他们这些人，游戏里流行的那些套路没有什么是他们不懂的，他们既会用，也会打。所以那些临时凑起来的队友用"养猪流""中推流""震雷削"之类的套路，反倒会被对手抓着缺点狂揍。

套路不可取，这已是参赛选手的共识了。可眼下柳柳一方觉得他们被套路笼罩了，否则怎么解释这场比赛的进程如此之快？可话又说回来，他们都是见多识广的骨灰级玩家了，对方现在无论阵容还是打法，压根没有任何流行套路的影子。

"来人回防一下！"语音里，"云弓"吼叫着。他作为国服"花木兰"，上单霸主级的人物，3分钟掉外塔都会觉得无颜面对队友，现在竟然要被推倒二塔，刚刚喊"什么情况"的三人里，属他嗓门最大。

"打野和辅助回去。""木易令"一边说着，他的"良"和"狄仁杰"却还是找"公孙离"去了。他总不能放任"公孙离"在这边肆意玩耍。

在草丛埋伏本准备大干一场的柳柳和辅助，只能让自己的英雄开始回城。可从回城再到他们冲到线上，总还是要时间的。在兵线被清掉后，他们失掉了视野，眼瞅着对手的第五拨兵线兵临塔下，就要进塔，已到塔下的"策"都不敢太过向前，只是焦虑地看着正从泉水出来，匆匆赶到线上来的打野和辅助。

"清掉兵线就是胜利！""木易令"和射手围堵"公孙离"之时，不忘关注这边的局面，就见兵线进塔，对手四位英雄也一窝蜂地涌了出来。

"没有射手推塔也不快。""木易令"再给己方打气，结果就见切到的画面中，伴随着"木易令"的一声"啊——"，"钟馗"的钩锁十分准确地把"策"给拖了出去。

天翔之龙！

"子龙"的大招跟着便已经落到了"策"身上，与此同时还有"不知火舞"的花蝶扇。接着，"子龙"惊雷之龙、破云之龙两个技能夹杂着普通攻击，"不知火舞"飞翔龙炎阵、忍蜂、必杀·忍蜂技能把"策"推来推去。"策"手里倒是有个召唤师技能眩晕，可在这样的连续控制之下，愣是交不出来。再有"钟馗"踩脚，"老夫子"挥打戒尺。可怜的江东小霸王瞬间就被围殴致死，"策"坦克的定位仿佛浮云一般。

拆塔！

何遇这边的四位英雄一齐涌入，集众人之力开始拆塔。

"娜可露露"和"东皇太一"随即赶到，却也不敢太靠近，"东皇太一"身形一扭，甩出了自己的二技能曜龙烛兆，三条曜龙相继朝着兵线落去。

"够了。""东皇太一"丢出技能后说着，此时防御塔的防护尚在，兵线也还没有刷新到炮车，有他这二技能砸兵，已经足够帮助防御塔清理掉兵线了。

结果对面四人的动作比他的曜龙还快，此时已经扭身退出防御塔，转身就步入了他们的蓝区。

刚新刷的蓝BUFF尚在，柳柳压根还没有时间过来清理这边的野怪，此时明知对方是势必要拿了她的蓝BUFF，却也束手无策。打野和辅助二人，一时间竟然不知道该去哪里好了。柳柳切换视角朝主宰路那边看去，就见"良"和"狄仁杰"最终也扑了个空。"超刃"计算精准，在兵线清得差不多时就让"公孙离"靠近对方防御塔直面攻击，没有丝毫要逃的意思。在那二人的英雄冲来时，"公孙离"恰好清完了兵线，吃了防御塔的攻击，轻松推掉防御塔，回泉水等复活去了。

"木易令"有点发愣。"公孙离"断线吃了经验，飞快用自己换掉防御塔，也不会太亏。倒是他的"良"这一支援，来回白跑了一趟，眼看中路兵线都要掉一个了。到四级后的支援，向来是他的一个大节奏点，结果这次非但没带起节奏，反倒让自己的节奏变得更加糟糕。

不，不只是他一个，他们全队的节奏此时都很糟糕，暴君路的"策"尤其是，连续被杀两次的他已然崩掉。跟着"公孙离"换来这一路的话，还怎么防守？

所以这"公孙离"刚才断兵线，拿命换塔，刚刚好也是回家补状态然后换线，对方这节奏，梳理得丝丝入扣啊！

那么，接下来要去暴君路埋伏吗？

那边接下来可能会是对面的主攻方向……

"木易令"一边努力思考着己方的机会，一边让他的"良"赶回中路，眼看就要去清已经对峙了有些时候的兵线时，草丛里突然飞出一个钩子。

闪现！

"木易令"反应超快，交出闪现避过，跟着便见"不知火舞""子龙"相继从草里冒出，两位英雄的大招一起朝着他冲来。

没有闪现，"良"没有任何位移手段，大招虽还在，但也只能控制一个人，跟着就会被另一人的控制给打断。所以，无解……

转眼，"良"横尸塔下，甚至还没来得及将这拨兵线清理干净。

"小心，他们可能要上来。""木易令"有气无力地提醒着，弄得队友都是一阵慌乱。

上来？上哪儿来？是上边路来还是上野区来？感觉都有可能呀！

"辅助探一下视野。"于是柳柳给指示。

"辅助不用一直跟着打野了。""木易令"说。

"辅助保护我吧。""狄仁杰"说。

"东皇太一"心里苦啊，辅助确实是块砖，哪里需要往哪儿搬。可眼下队伍中的每个人看起来都很需要他，这让他怎么办？

不管怎么说，还是得先看看对方是不是要进攻野区。"东皇太一"从红坑里绕出，朝中路方向移动，刚看到对面英雄的身影，一个钩锁飞来，他被带走了……

"钩得可以啊！""不知山"对何遇"钟馗"这二技能的发挥满意极

了，由衷地夸奖着。

"还行，我运气不错。"何遇说道。二技能逼出"良"的闪现后，这才刚冷却结束，立即就见有敌人露头，他随手一钩，竟然就中了。"东皇太一"这时已然四级，几乎是条件反射似的，立即抢出了一个大招，反咬住了"钟馗"。

然后他就见对方的"子龙""不知火舞"等人平静地站在一旁看着他，像是看着一根燃烧自己的蜡烛。

2.5秒后，"东皇太一"的大招结束。

5.5秒后，"东皇太一"死亡。

第289章

"钟馗"也来了

中单死了，跟着，辅助也死了，新一拨兵线刚刚好到达线上，那么，他们的中塔还保得住吗？

柳柳的"娜可露露"盘旋在中塔后方，眼见对方清兵、进塔，己方"木易令"的"良"却还在复活赶往线上的路上，盘旋了两圈后终于默默向后退却了。她不敢上，要是对面"子龙""不知火舞"一套伤害打在"娜可露露"身上，她就完了。

"娜可露露"撤退，对面在推掉中路外塔后，都不带掩饰去向的，直接就往主宰路方向去了。

"上来了！""不知山"叫着。

于是"狄仁杰"撤退。他没有别的选择，对方果然换线，他正面对抗的是"老夫子"，"老夫子"的大招早就准备好，他要是被捆住就只有死路一条，他只能趁早逃命。

于是，柳柳一方的主宰路外塔告破，至此，他们三路外塔全破。然而何遇这边的攻势并没有就此结束，换线至下路的"公孙离"也引着兵线一路推进，同上路竟然形成了"四一分推"的阵势。

柳柳一方的下路倒是有人在守："云弓"的"策"。

只是"策"前期就死了两次，等级和经济全场倒数第二，与全场倒数第一的己方辅助"东皇太一"形成强有力的竞争，让他去孤军防守……

要是换个一般的对手，哪怕自己在等级、经济上都落后，"云弓"也不会虚，毕竟"策"这英雄一度号称所有射手的爹，只要大招撞到人，基本上就是一套连招带走，没有任何商量余地。所以只要"策"到了四级，在"云弓"眼里，就没有自己不能打的射手。

可现在，"云弓"的对手是"超刃"，"超刃"拿的还是位移起来花枝招展的"公孙离"，手里掐着召唤师技能净化。就算是"策"在草里埋伏，凭"超刃"的反应，"策"恐怕也会被用净化解除掉控制的"公孙离"反杀。

所以……请求集合。

"云弓"果断发出信号，虽然大家有语音沟通，但长久的游戏习惯，让他这种时候还是情不自禁用着游戏内的快捷信息发布信号。

"我来。""木易令"说着。

他懂"云弓"这时的窘境。这也是高手与一般玩家的区别所在。看一眼双方的等级、装备，技能状况，基本就能判断出来能打不能打。眼下的"策"打不过"公孙离"，"木易令"的判断也是如此。

但是他的"良"就不一样。"良"的大招净化不能解除，只要抓住"公孙离"，"公孙离"必死无疑。

"这边怎么办？"结果"木易令"的"良"支援暴君，主宰路的"狄仁杰"问道。

回答他的是一片沉默。

怎么办，大家也想知道。可"四一分推"这个打法让人最难受的地方就在这里。"四一"之中的那个"一"，通常是单兵作战和自保能力强的英雄。他们派一个人去，打不过他；派两个人去，抓不住他。眼下，"公孙离"给他们制造出的正是这样的压力。一个"策"不敢同"公孙离"打，不得不再派去"良"，可"良"往这边一支援，另一边的何遇四人立即拥有了人数优势，"狄仁杰"这可不就已经瑟瑟发抖了吗？

照说眼下炮车都还没出来，清兵其实不难，可对方阵势实在太强。被"钟馗"钩中，就是死；被"老夫子"捆到，也是死；被"子龙"的大招打中，还是死；被"不知火舞"推到，依旧是死路一条。

所以，清理兵线有难度什么的，柳柳一方眼下都讨论不到这事了。何遇这四人往上一涌，"狄仁杰"简直在他们视野里逗留一下的胆量都没有，稍慢一步就走不掉了。

"不行就先让了防御塔吧。""木易令"也是无奈，这两个边路，看起来终归是要破一条，但希望他们这边可以捉到"公孙离"，至少有点收获吧。

可是没有，"超刃"似乎嗅到了危险，当兵线出现在"木易令"和"云弓"视野中时，赫然没有"公孙离"的身影。

局势本就落后，这样空跑浪费时间无疑是让局势进一步恶化，再看主宰路，蜂拥而上的四人已经击穿了二塔，"狄仁杰"一路后退，"娜可露露"和"东皇太一"就在附近，但除了"东皇太一"丢出了一个二技能，两人就再没有做过任何事了。

看着对方四人退走，己方三位在高地塔前清理着残存的兵线，一股无力感涌上了"木易令"的心头。

这场比赛才过了4分钟啊！炮车才刚开始加入兵线，大多数对局都要到这个时候才开始推防御塔，可他们呢，一条边路竟然就已经被推进到了高地塔，硬是把前期打出了后期的感觉。

要说后期守高地，"良"这英雄也有不错的实力。但是，"木易令"选这位英雄，可不是为了打这样的对局，是为了在前期带出节奏，让全队取得优势的。

结果在对方一路已经推至高地的情况下，"木易令"清楚，属于"良"的节奏已经不复存在了。这一局已经再没有对线、支援、游走这些事情，摆在他们面前的问题只有一个：如何把兵线运出去。

而当面对这个问题时，他们先前看起来有板有眼的阵容，忽然就变得那么无力。相比起对面拥有"老夫子""公孙离""子龙"三位具备单独带线能力的英雄，他们这边却只有一个被打崩了的"策"，匍匐在发育金字塔的底层，带线已是"策"本局不可承受之重。

但是紧跟着，"木易令"发现思考如何把兵线带出去这个问题都有点想多了，眼下更值得他们思考的是，如何挡住对方的推进。

对方"钟馗"朝阵前一站，己方这边就心慌意乱，更可气的是，这个"钟馗"并不打先手，他就在那儿晃啊晃的，二技能湮灭之锁像是什么宝贝似的，就是不拿出手。

什么叫"只有千日做贼，哪有千日防贼"，"木易令"他们算是彻底体会到了。这个"钟馗"的恶心程度，是本局之最，不，是这三天比赛以来之最，没有之一。

只这一个"钟馗"，就已经让人心烦意乱了，对面还有"老夫子"，一个大招捆住谁，谁不都得死？

有这两位英雄的存在，惹得"木易令"他们都不敢太向前，于是对方的"公孙离"和"不知火舞"就在这样的掩护下放心大胆地丢着他们的远程攻击技能，而"子龙"时不时就会在侧翼露一下脸，似是在找切后排的良机。这大概是唯一让"木易令"他们没有太慌的环节。他们的

"良""东皇太一"都留在后排呢，"子龙"真要进来，他们可以立即用大招按住，"子龙"绝对是有来无回。

就在这时，"子龙"来了！

一记天翔之龙，"子龙"直入敌军。昔日当阳长坂，视千军万马都为草芥的英雄，似乎压根没把面前的五个对手放在眼里。

于是就防着"子龙"这手的"良""东皇太一"一股脑地将大招交给了"子龙"。然后"策"上来了，"娜可露露"上来了，"狄仁杰"飞甩着令牌也上来了。咦？怎么"钟馗"也上来了？

闪现！轮回吞噬！

天启了大招的"钟馗"，突然一个闪现来到了"子龙"身旁。"子龙"的血量在飞速下降，可是那些攻击"子龙"的敌人，除了远程的"狄仁杰"，竟然连站得稍微近了一点的"良"，也一并被"钟馗"敞开的怀抱给笼罩了。

恶心！果然，"钟馗"最恶心！真的是太恶心了！

被"钟馗"大招吞噬的四人欲哭无泪，唯一没有被这大招控制的"狄仁杰"连忙丢出了王朝密令，想用大招的眩晕效果来打断"钟馗"的技能。但是，"啪"的一声后，"子龙"头上转起了圈圈。

没有想到，"钟馗"居然让"狄仁杰"的站位和"子龙"叠在了一起，"狄仁杰"慌忙之中的出手也没太分辨好，指向打出的金色密令，最终竟是敲到了"子龙"头上。

接着，"不知火舞"飞了进来，左冲右突，仿佛继承了长坂英雄七进七出的遗志。

"公孙离"也飞进来了，在无人干扰的情况下，肆意地攻击着。

"老夫子"也飞进来了，是的，是飞进来了，闪现加大招，用大招圣人之威捆住了慌乱的"狄仁杰"，戒尺一通乱敲。

先进场被控被接伤害的英雄"子龙"，这场看来是不能全身而退了，可那些伤害了他的人也不能退，全都得死。

何遇一方一换五，让柳柳这边彻彻底底地团灭了。

何遇这边反身拿下中路二塔，继续推进，转眼再破中路高地塔。

要结束了吗？

观看着这场比赛的两位工作人员早已经目瞪口呆，他们这时统一的动作都是看了一下时间，比赛时间刚刚要到5分钟。

比赛还没有结束。

柳柳一方差不多同一时间死亡，复活的时间也很相近。何遇他们的状态却不太好，又缺了"子龙"，在拿下高地塔后没等对手出来，他们就撤退了。进野区分经济，跟着在5分钟刷新的第二个暴君处会合，拿下暴君，再分散，清野、清兵、带线，一切都在有条不紊地进行着。当他们再一次聚集起来推进时，他们的等级更高了，装备更好了，大招也准备好了，柳柳一方与他们的差距更加悬殊了，他们率领的兵线已经变成了超级兵。

不变的是他们的阵势。

"老夫子"和"钟馗"在前，"不知火舞"和"公孙离"伴随左右，"子龙"在侧翼游走。

这……游戏要结束了吧。

场外观看的人都在这样想着，场内占据巨大优势的选手却没有掉以轻心。

"小心啊，我们都没有闪现！"何遇叫道。

"哈哈，我有。""不知山"得意洋洋。刚才，"钟馗"和"老夫子"的闪现都用了，他的"不知火舞"却没有。

"那看你发挥了，射手直接打水晶。"何遇说。

"好的。""超刃"说道，他这一局并没有机会展现操作，开局被压制还有一些不爽，但现在这些不快都没了，这样顺风顺水的一场比赛，让人身心舒爽。这种感觉，那通常可是在低端局时才会有的。

"上了！"何遇招呼着。

"上上上！"所有人斗志高昂。

第290章
不算套路

青训赛工作室。

要持续一整天的比赛这才刚刚开始，部分工作人员的脸上还带着没有睡醒的困意，佟华山捧着他泡着枸杞的保温杯在工作室里巡视着，时不时看到自己关注的选手的比赛，就会停下来多看几眼。就这样，他才转了没几步，在两场比赛上分别逗留了几分钟，就见本该监督比赛的两位工作人员居然很不专心地在东张西望。

"怎么了？"佟华山知道这两人是一组，见他们同时如此，还以为是比赛出现了什么故障，赶紧快步走来问着。

"打完了。"

两人的回答让正在走来的佟华山脚下一停，他有点怀疑自己听错了，在重新迈步走近了些后，再次问道："你们说什么？"

"比赛已经打完了。"两人再次回答。

"这么快？几点开始的？"佟华山看了眼时间，比赛并不要求整齐划一地从8点开始，所以有些选手到齐比较快的比赛可能会开始得比其他人早一点。

"8点呀。"工作人员答道。

佟华山立即又看了一遍时间。8点？那这场比赛岂不是10分钟不到就结束了？这恐怕会是青训赛中比赛用时最短的新纪录呀！

"怎么打的？"佟华山走到两人面前问道。

"就……赢的这队节奏很好，一点时间都没浪费就打完了。"两位工作人员互看了一眼后，最后由其中一人总结道。

"他们有什么套路吗？"佟华山问。

"拿'钟馗'算套路吗？"一人看向了另一人。

"我觉得不能算吧。"另一人说。

"'钟馗'？让我看看。"佟华山听到这个较少在比赛中出场的英雄，越发地想要一看究竟了。工作人员立即将刚刚打完的比赛进行了回放。BP阶段，佟华山扫了一眼双方选手的名单，并没有他特别在意的人在，随即问道："是谁用的'钟馗'？"

"'何良遇'。"工作人员指着屏幕，叫的是何遇的游戏名。

"全能王？"佟华山说。何遇给大家的印象主要就在这儿了。

"是的，这场比赛也基本是他在指挥。要听吗？"工作人员说道。

"给我吧。"佟华山说着要过耳机，开始观看这场比赛。

……

7分22秒。

比赛结束的时间定格在了这里。在率领超级兵冲上高地后，何遇他们五人思路明确，完全是以拆掉对方水晶为目的，最终，他们也实现了这一点。

看完比赛的佟华山摘下耳机，两位工作人员一起看着他。

何遇他们有套路吗？确实不能算有，他们有的只是合理的调配，对机会的精准把握，对优势的充分利用。获胜一方的五人打得十分有整体性，仿佛一支训练有素的职业队。而且整个过程下来几乎没有任何瑕疵，这才能在8分钟不到就拿下了比赛。能做到这一点，离不开何遇在许多关键节点上的判断和指挥。

这让佟华山不由得想起了昨天看的那场比赛，在比赛中遇到了熟识的人，何遇有许多声大呼小叫，除此之外都是建言献策，对拿下比赛也起到了挺重要的作用。

这位在这方面是有一些本事的。看过昨天那场比赛的佟华山已经肯定了这一点。今天何遇更是用一场更加惊艳的胜利证明了这一点。

但是，这能说明更多问题吗？

昙花一现的高光表现佟华山见得多了，重要的是可否持续这份精彩。何遇刚刚跨过30%的胜率基本是给出了否定的答案。在之前两天的比赛中，这样差不多形势的比赛或许还有，但终究无法掩盖何遇遭遇的失败更多这一事实。

或许，他需要更加集中精神一些。全能补位这个定位终究有些不靠谱啊！要给他一点提点吗？

佟华山如此想着，就这场比赛而言，他没有再点评什么，将耳机递给工作人员后，就继续巡视其他比赛去了。

先一步结束比赛的选手需要等候其他组的比赛都结束才能一起进入下一轮。何遇他们本场比赛结束得是如此之快，快到胜利的一方自己都觉得诧异。何遇还没看完比赛后的统计数据，"不知山"便已经发来贺电。

"厉害呀，兄弟！"

"还好还好。"何遇乐呵呵地回着消息，想起自己似乎也该做点差不多的事，随即在通讯录里找到祝佳音的名字，发了信息过去。

"报，前方大捷！"何遇说。

"哦，柳柳死了几次？"祝佳音仿佛就在等何遇回信似的，马上就回复了。

"三次吧，其中一次是送了一血。"何遇回道。

"哈哈哈，她被针对了吗？"祝佳音没有嫌弃柳柳在游戏里被杀得太少，毕竟是高端局，死三次已经不少了。尤其是送出一血，对一个打野来说多半会很狼狈。

"那真没有，我就是顺手。"何遇坦言。他们全局都没有针对过"娜可露露"，但是比赛的局面和节奏让"娜可露露"根本无从发挥。最终的统计数据中，"娜可露露"的输出赫然只占本队的8%，何遇截图给祝佳音看后，祝佳音马上在脑子里想象了一个"娜可露露"不住地盘旋，却始终找不到机会下手的画面，可以说是完美还原了本场比赛中柳柳的境地。

"干得漂亮！"祝佳音对何遇大加赞赏，"辛苦你了。"

"不辛苦，不辛苦，她真的不是我关注的重点。"何遇说。

"如此不被在意，怎么感觉比被打得抱头鼠窜还要凄凉呢？"祝佳音说道。

"据我观察分析，她是一个只会打顺风局，但不怎么能打逆风局的选手。"何遇说。他没有忽视任何一个人，他的笔记本上同样记录着有关柳柳的信息，毕竟这些人不仅仅会是对手，也可能是队友。在拿到赛程表搜索柳柳，寻找何时会相遇时他就已经看到，他们两人也有是队友的时候。

"那你就祝愿自己跟她同队的时候不要逆风吧。"祝佳音竟然也想到了这一点。

"我确实需要尽量避免这一点。"何遇说。

"你接下来还有比赛吧？"祝佳音问着。

"是。"

"那你去准备吧，我不打扰你了。"祝佳音说。

"好的。"

何遇和祝佳音聊完后又看回和"不知山"的对话框，这位还在兴奋中，并且发来聊天记录的截图，里面赫然是他对"云弓"的嘲讽以及"云弓"气急败坏的回复。看得出两人确实是真朋友，才能如此刀刀要命地互相用力"伤害"。

"咱们这一局的队友都很不错，所以才会赢得如此顺利。"何遇这一边跟"不知山"说着，一边又捣鼓起了他的笔记本。本场比赛他搜集到的情报，以队友居多。不过在拿到赛程表以后，何遇对会相遇的人分别以队友和对手的方式做了标注，对信息的搜集也变得更加有针对性。

"你的'钟馗'也玩得很不错，非常不错。""不知山"夸赞何遇。

"是大家配合得好。"何遇说道。随机的队友也能打得这么有整体性，这让何遇对接下来的比赛更有信心了。或许很难再现这一局这样的流畅顺利，但是状况一定会比头两天那样盲目进入比赛的状况要好。更何况随着比赛的继续深入，自己掌握的信息也会更加准确丰富，战绩是一定会提升的。

"后边的比赛继续加油了。""不知山"这时也要去准备下一场比赛了，恋恋不舍地跟何遇道别。

"你也加油。"何遇回道，跟着又发现系统消息提示，有人在申请成为好友。点开一看，三条申请，两个是刚刚这场比赛中的上单和打野，还有一个，竟然是对面的中单"木易令"——本场比赛何遇眼中最值得忌惮的对手，结果"木易令"的"良"也没能打出任何效果。

通过了三条申请，不过大抵是都要准备第二场比赛的缘故，没有人马上有消息发来。何遇这时，也奔向了他的第二场比赛。

第291章
真正的败方ＭＶＰ

　　青训赛每天上午的比赛是8点到12点，以完成10轮比赛为目标，绝大多数时候都是可以完成的，这一天也不例外，距离中午12点还有一刻钟，所有小组的比赛就都已经完成，上午的比赛算是告一段落。

　　中午休息时间短暂，数据整理一类的工作就先放到了一旁。工作人员也都抓紧时间用餐，稍作休息，准备迎接下午的比赛。这时闲聚在一起的聊天内容，大多就会围绕上午监督的比赛了。

　　"7分22秒，这应该是咱们青训赛的比赛中最短用时纪录了吧？"这种内容无疑是值得一说的话题。

　　"我今天有一局有意思的，'百里守约'真有点神，但这人是谁你们肯定猜不到，是全能王！"又一桌也在聊着。

　　"'干将莫邪'加'东皇太一'，咬住队手就是秒杀，小套路把对面中单直接打崩了。"

　　"参团率10%，能信吗？全能王就一直疯狂带兵线，最后生生被他推了水晶，回头我得去看看评分系统给他的分数，我估计战斗得是负分，但推进和运营估计会很恐怖。"又一人也在说着他今天印象深刻的比赛。这里所说的负分并不是贬义，他们青训赛所用的评分系统，因为是采集所有参赛选手的数据进行横向比较，所以是真的存在负分的情况的。

每个人都在说着上午遇到的印象深刻的比赛，而每个故事里当然都会有一个主角，但当话题渐渐扩散开后，所有人都开始意识到，某个名字今天领衔主演的次数有点多呀。

"全能王？"

"是呀。"

"我这场也是他。"

"是他是他。"

"就是他……"

餐厅里大家饭还没吃好，把他们刚才说的这些信息一对，很快就归纳出了结论。

何遇今天上午的10场比赛，竟然全成了此时饭桌上的谈资，因为每一场比赛都有让人印象深刻的取胜方式，何遇在这10场比赛中横跨了5个位置，引导着每一场比赛。

"所以说……"一人看向周围聚起的一圈同事。

"全能王今天上午10连胜？"其中一人惊讶地道。

单独的一场胜利，哪怕再优秀的操作往往也只能是一次谈资，未必能成为决定性的信息。可是10场让大家津津乐道的比赛，可就有些不一般了。青训赛的工作人员都是见多识广的，能被他们相中拿到饭桌上来给其他同事分享的比赛，这已经可以说明这场比赛的质量是难得一见的。

"他开挂了？"

"他找代打了？"

除了这两个理由，大家完全想不出发生了什么，可以让一个前两天胜率还在30%上下波动的青训赛底层选手，忽然就获得了10连胜，直接跃居顶尖选手行列。这种连胜，可是连那几位被十分看好，一开始一度握着全胜战绩的几大高手都不曾再有的。

这个消息很快蔓延开了，很快传到了佟华山的耳朵里。

"全能王10连胜？"

刚刚听到时的佟华山神情愕然，何遇的比赛，他正巧一早就关注了一局，赢得确实精彩。不过参考何遇之前30%左右的胜率，佟华山没有把这场胜利放在心上，只是想着这位选手或许需要一些明确的指导，来稳固他的表现。但是怎么也没想到稳固的表现来得如此之快，那一局之后跟着就再赢了9局。10连胜，100%胜率，还有比这更加稳固的表现吗？尤其是这10场胜利，或许队中有高手，但何遇的存在从来都是重要的，10场比赛的谈论都是围绕着他的。

所有的一切都在很有力地说明着何遇很强这个事实。可问题是，前两天30%上下的胜率也是清清楚楚地摆在那儿的，怎么一夜之间，何遇就成了100%胜率的优势选手了，这一夜之间究竟发生了什么？

开挂？代打？

这两种情况倒是很能解释问题，但是没有人去细究。因为对青训赛来说，用这种方式来作弊毫无意义。线上赛不过是青训赛的预选部分，接下来的线下赛会把所有人聚集在一起，比赛手机都是临场提供的，杜绝一切作弊的可能性。用作弊手段通过预选，最终只会在线下赛的时候像被扒光示众一样丢人现眼，所以，现在何必作弊呢？

除此之外，还有什么可以让一名选手一夜之间判若两人？这一夜的时间能发生什么？

不仅是佟华山，所有工作人员几乎都在思考，于是又一个消息扩散开了：全能王在昨天的比赛后要了赛程表。

"他要了赛程表，那他就知道接下来的队友和对手了。"有人围绕赛程表开始推测何遇可能做的事。

"所以说，他就可以……"

"收买对手！"有人惊叫，这脑洞就是不愿意往正经方向走。

"不会吧？"

"收买这么多人？他不怕暴露吗？"

大家七嘴八舌，很快就从逻辑上排除了这种操作的可能性。

"他总不能是因为看了对阵表，就有了针对性的策略吧。"总算有人答对了。

"那怎么可能，这么多人，他还都熟悉不成？"

"他就算熟悉又怎样啊，KPL大家不熟吗？谁拿个赛程表就能一路赢下去了呀！"

于是，事情的真相很快就在七嘴八舌的讨论中被排除掉了。所有人继续头脑风暴，也有人去找数据，把上午比赛选手的打分给找出来了。

输出、承伤、KDA之类，何遇的这些数据都不起眼，当然，也因为何遇打五个位置，这数据均开压根没法看。不过这些数据对青训赛来说，早已经是辅助数据，他们独立打分系统的三大项才是他们最重视的。

"战斗，2.66；推进，3.11；运营，4.04……"知道所有人都在关心，拿到数据的人索性过来大声宣读。这数据除了青训赛的内部人员，其他人听了会一头雾水，只有他们自己听完之后，立即就知道这是什么概念。

系统给出的打分，其实会精确到小数点后若干位，他们自己谈及时习惯性地取小数点后两位。因为是每期选手之间横向比较打分，所以上期的分数拿到本期来没有任何意义，每期的分数就只能在本期内衡量选手。

何遇的三项评分被念出后，所有人就都呆住了。

这三项相加，即为选手的最终评分，青训赛如果要做一个排名表的话，那么就会以此为序。何遇三项分数相加是9.81分！

而头两天的40场比赛下来，得分最高者是许周桐。虽然就比赛胜率以及直观数据来看，"刺猬蜂""长笑""随轻风"，包括那个参赛场次较少，不好拿来比较的"薛定谔的猫"并不输给许周桐，甚至可能更优秀，但是许周桐已经具备的职业比赛素养和习惯，更加会被青训赛这套为KPL选拔选手的打分系统捕捉到。最终在这套打分系统中，许周桐比他们分最高的都高出了0.5分。

然而就算是许周桐，评分也只有7.17，比起何遇今天上午获得的评分，低了五个0.5还不止。

餐厅里一片沉默。

对这套打分系统，大家都信任有加，而它对何遇的评价竟是要比职业级的许周桐还要高出许多。

"许周桐这毕竟是两天40场比赛的评分，全能王这是今早10连胜的阶段性评分，处于峰值嘛……"有人忽然说道。

"阶段性那也是横向比较出来的，今天早上的10场，许周桐是多少分？"有人问道。

手里拿着数据表的那位其实早注意到了这一点，听到有人问起，他回答的口气颇为惨淡："6.91。"

同一阶段横向比较，分数悬殊反而更大。

"全能王前两天呢？"有人忽然问道。

"在这里。"手握数据表那位摇了摇手中的数据表，"昨天评分出来后，有人注意过全能王的评分吗？"

所有人面面相觑，最后纷纷摇头。

"全能王前两天的比赛胜率是32.5%，以咱们的经验来判断，他应该是负分，然后出现在积分表比较偏后的位置吧。"这位说道。

"所以，他不是这样？"大家从这位的口气中已经猜出一二。

"他不是，全能王前两天的评分是2.04。"

大家已经不需要再多说什么了。2.04，这个评分在积分榜上居于中流，甚至可能还要偏上。而这个评分竟然是在胜率只有32.5%的情况下取得的，这在青训赛历史上是十分罕见的。这种有违常规的评分，一般大家会去人工排查一下。而有限的几次排查，最后得出的结论，就是那三个字：带不动。

意思也就是说，这是青训赛更为全面的打分系统给出的真正的败方MVP。

"下午关注一下他的比赛。"佟华山拍板。

第292章
中单"鲁班七号"

人人都想关注一下何遇的比赛，无奈只有佟华山这样的领导阶层才能想看谁就看谁，其他人依旧得负责各自小组的比赛。大家想看何遇的比赛，那也只能祈祷何遇正好分到了自己小组里。一想到这里，所有人倒是整齐划一地拿出了手机，一起翻起了赛程表，看自己负责的小组里有没有何遇。

很快，有人欢喜有人忧，更有人一脸骄傲地大声宣布："我下午有两场全能王的比赛！"

紧跟着就又有人发现："全能王下午会碰到许周桐。"

餐厅里一片哗然。要在今早之前，没有人会在意这样的碰撞。可在今天上午何遇获得10连胜之后，他俨然已是不输许周桐的佼佼者，他们两个的碰撞自然就有了巅峰对决的意味。

"在第几轮？"听到这个消息，佟华山都特意来关注了一下。

"下午第6轮。"工作人员答道。

佟华山随即也翻起了赛程表，找到了第6轮何遇和许周桐的这组比赛，然后看了看两方的队员，不过除了这两位就再没有让人印象特别深刻的人了。

“到时别忘了喊我一声呀。”佟华山随即向负责这组的工作人员道。

“好的。”这组的两位工作人员都心潮澎湃，其他人则纷纷投来羡慕的眼神，仿佛这二位中了什么大奖似的。

午休结束，选手再度集结，工作人员也已经回到了各自的工作岗位上，开始进行下午的比赛。佟华山也不客气，上来就找了何遇所在的比赛小组，站到工作人员身后。在工作人员递来耳机时却是摆了摆手，表示自己暂时不用。

比赛很快开始。何遇在己队中担任的是辅助，拿出了“盾山”。队友“策”“老夫子”“裴擒虎”，看起来是一套要打野核的阵容，结果就在佟华山暗暗揣摩他们最后会选什么法师时，最终亮出的英雄竟然是……

“‘鲁班七号’？”佟华山惊讶。本以为会是无射手的野核体系，结果最后却偏偏亮出了射手，而这射手无疑不是走边路，而是要走中路的。

射手走中路当然不是不行，游戏内对英雄打什么位置并没有强制性的规定，可法师走中路是约定俗成的，这自然也是有原因的。

中路英雄通常需要多支援，法师英雄多有AOE的攻击手段，清兵较快，可以更快速地投入到支援中，再加上法师英雄大多带控制手段，这在支援时比较容易。

反观射手，虽然也是像法师一样擅长远程攻击，但作为一个相对偏后期的英雄，射手前期作战能力较弱，需要尽可能地不受打扰，快速发育。中路是人来人往，战斗频繁的地方。射手走中路，生存环境恶劣不说，发育也难，而且在支援左右或者野区时，效果也不如法师。

所以，通常是法师走中路，射手走边路，或者是换去野区发育打自由人体系，那都比打中单要好一些。

但是这一局的何遇一方，偏偏拿出了一个射手中路，而且还是“鲁班七号"这个很需要队友保护的发育型射手，这是为何？

佟华山一时间有点想不透，看对面阵容，上单"曹老板"，中路"昭君"，打野"兰陵王"，辅助"飞"，射手"马可波罗"。中路"鲁班七号"对这套阵容有什么针对性吗？

佟华山还在琢磨，比赛已经开始。到底是资深人员，随着比赛局面的变化，这中路"鲁班七号"的作用和影响佟华山渐渐察觉到了。

这是一个诱饵。

发育型射手，在后期差不多就是在脑门上刻了四个字：无法无天。

当然，这也不是说这种射手到了后期就能一打五那么嚣张，事实上他们依旧特别需要保护，需要输出环境。但是只要保护到位，凭他一个人的火力真的就可以撑起全队的输出。对手只要处理不掉"鲁班七号"，那团战基本就没得打。

所以当这种射手登场时，没有对手会想着跟他去打后期，都会从前期就拼命针对。而这类射手如"鲁班七号""忠""伽罗"，还偏偏都是没位移，容易针对的英雄，所以经常撑不到他们主宰比赛的时间，己方就已经溃不成军了，这也导致这类英雄在高端局中较难出场，实在是环境太恶劣。

而这一局，"鲁班七号"登场了。那对手能让他失望吗？当然不能。尤其是"兰陵王"坐镇打野位，这可是头号"护班"使者，最喜欢"爱护""鲁班七号"的打野英雄。

于是从一开始，"兰陵王"就特别"关照"中路，时不时就会过来溜达，寻找刺杀"鲁班七号"的机会。

"兰陵王"的努力没有白费，他两度得手，"鲁班七号"的发育大受影响，很是难受。但是这为队友赢得了空间，当何遇一方的两条边路开始轮流支援中路，将"鲁班七号"从水深火热中拯救出来时，佟华山彻底看明白了。

何遇他们是拿出了射手没错，可他们的阵容，两个带线强边，打野"装擒虎"，事实上他们打的是野核。就在对方打野努力关照中路"鲁班七号"时，两条边路却是打得极为顺畅。在他们相继打开局面开始支援"鲁班七号"时，这个"鲁班七号"要起的作用佟华山也看到了：这不是一个要保到大后期的输出核心，这是他们在推进时的拆塔的小工兵。

占据着边跑优势的双边英雄，一过来中路，"盾山"立即就会掩护着"鲁班七号"向前推进。对面的中路"昭君"虽然是守线能力很强的英雄，但在被"盾山"抱走瞬间被"装擒虎"打死一次后，"昭君"发现这线也不是那么容易守的。都知道"昭君"清理兵线能力强，一到推进时，对面"盾山""策""老夫子"就都在虎视眈眈地找她。

虽有后期英雄"鲁班七号"，但何遇一方并没有要打后期的打算。对手一上来就被"鲁班七号"带偏了注意力，一步落后步步落后，终于输掉了比赛。

"这手中路'鲁班七号'真是神来之笔呀！"

比赛结束，工作人员摘下耳机，就听到佟华山在一旁感慨着。

"嗯，'鲁班七号'吸引了对手注意，两个边路趁机都打开了局面。"工作人员点头说道。

"不然怎么办呢？总不能不理会让'鲁班七号'随便发育吧？"小组的另一位工作人员说着。

"这个……"前一位顿时语塞。这"鲁班七号"，合着处理还是不处理都会有问题，那该怎么打？

"如果事先就意识到这套阵容的微妙之处，那还是有很多细节可以注意的吧。"佟华山说道。

"那倒是没错。"两位工作人员回忆着比赛，纷纷点头。

"比赛的指挥是全能王吗？"佟华山这时问道。

"嗯，他说得比较多一些。"工作人员点头。

"他们这套阵容的思路呢？是明确的还是歪打正着而已？"佟华山又问道。

"打野核是明确的，但拿'鲁班七号'是BP时临时起意，最初商量的时候他们中单原本是想拿"嬴政"来压塔推进，没想到在最后的时候突然想了这么一出。"工作人员说。

"谁的主意？"佟华山问。

"全能王。"工作人员说。

"这小子！"佟华山渐渐认识到何遇的才能是在哪里了。而这一项可是他们的打分系统都无法涉及的。

战略意识，指挥才能。

拥有这本事的家伙在场上可不仅仅是一名选手。在绝大多数战队，这样的选手都有一个全队独一无二的称呼——队长。

第293章

各种位置

正所谓千军易得，一将难求。

一个好的场上指挥，是每支战队都特别渴望的。能站到职业场上，首先个人技术层面需要达标，指挥才能已经是对一名职业选手提出的更高的要求了。指挥在场上要完成自己位置工作的同时，还要总览全局，指挥队友，要花费的精力远比一般选手要多得多。

所以，指挥多出现在辅助位。辅助作为场上哪里需要就往哪里搬的那块砖，是最常出现节奏点的人，也比较容易直观地指挥战斗。其他比如打边路位置的选手，活动区域相对比较固定，中前期的一些团战甚至可能都不会参与。

如果上单指挥的话，又要照顾眼前，又要隔空指挥别处战斗，这就有些自顾不暇了。目前KPL战队中仅有微辰战队的杨梦奇是坐镇上单进行指挥的，但这与杨梦奇的个性打法和微辰战队围绕他风格构建起的战术是密不可分的，因此他才成了KPL中的独一份。

此外像周进、李文山，这两位也都是非辅助位的指挥。不过他们一个是中单，一个是打野，同是队中的节奏点，随即也就承担起了这一重任。但是从这两位顶尖选手身上可以明显看得出分心指挥对一位选手个人发挥的影响。在注意力无法完全集中于自己角色的情况下，他们的操作难免会不够细致，甚至会出现一些比较尴尬的失误。

而这就需要团队从策略上，乃至靠队员培养默契包容了。目前来看，这两队完成得都还不错。其他队伍对于这种有优秀指挥的队伍可都是羡慕不已的。

但是现在，在青训赛里居然出现了一个在这方面很突出的人才，佟华山几乎可以肯定，他现在若是把消息放出去，大概有半数的KPL战队根本不会等到线下赛部分，恐怕现在就要想方设法来围观了。

自己还是需要更加仔细地观察确认一下！

一想到这等人才会掀起的风波，佟华山不禁提醒自己要再仔细一些。毕竟，这方面的才能他们的打分系统都是无从辨别的，只能他们人为去甄别。

于是，当何遇下一轮的比赛开始时，佟华山主动从工作人员那里讨来了耳机，他要听何遇在场上的判断和指挥。只是这一次，何遇分到的位置赫然是边路，最后拿到的英雄是"咬金"。

边路指挥全局？他是要学习杨梦奇的打法吗？

杨梦奇的打法以精准有效的支援著称。明明是偏安一隅的上单英雄，可在杨梦奇手上总是让人有种掌控全场的感觉。是他的英雄移动速度就比别人的快吗？当然不是，而是他每一次支援时机的选择都是那么地恰到好处，每一次他支援到阵，都会让对手十分难受。

杨梦奇的代表英雄"关二爷"，就是因为支援快速，绕后能力强劲，才成了他独树一帜的招牌英雄，现在已经甚少会有队伍在比赛中放给他用。除此还有"邦""哪吒""策"，在杨梦奇手里都会变得异常棘手。"刘皇叔""兰陵王""雅典娜"等等打近路有些奇葩的英雄都曾被杨梦奇在上单位上拿出来过。但是在佟华山的记忆里，"咬金"这位英雄杨梦奇就从未选过。仔细想想也不意外，"咬金"这位英雄没有特别有爆发力的输出和控制，这显然不符合杨梦奇对支援的要求。

所以，这是要怎么打？

佟华山挠着头，继续看下去，却没有看到什么新鲜的。何遇的"咬金"，就是这位英雄的正常打法。凭借自身优秀的回血能力，不断跑去对面野区骚扰，在这个过程中，何遇基本没有呼叫队友支援，反倒是在对方过来支援时，大呼队友去其他地方。而他则是在上路敌进我退，敌退我扰，就这样来回折腾，佟华山看着觉得这"咬金"不好对付，不过比赛最终也是何遇他们赢了。

何遇的指挥才能在这一局中又不怎么明显了，看起来，他就是把"咬金"这位英雄能做的事完成得十分彻底，为队友争取到了足够多的机会，这也就是"四一分推"中的那个"一"吧。

佟华山接着看何遇的比赛。这一次，何遇又换位置了，他跑到了中路，用起了法师"干将莫邪"。这一局里他的话更少，但是拿出"干将莫邪"这个决定给佟华山留下了深刻的印象。作为一个炮台型大法师，何遇的"干将莫邪"本局输出只占全队的26.6%，这比起职业队中的中单大法师至少30%，动辄40%，甚至有时飙到50%的输出占比显然差了不止一个档次。可看了比赛全过程的佟华山，丝毫不觉得何遇的输出有什么问题，他惊讶于何遇"干将莫邪"出手精准，当最后看到统计数据时甚至怀疑自己看错了。

"他的输出怎么会这么低？"佟华山惊讶于这一点时，看完这场比赛的工作人员同样费解，但是当三人一起做了些回顾后，有些明白过来了。

就是因为他打得准！

何遇的"干将莫邪"在参与团战时，看起来总在迟疑。那是他在寻找机会，当他的"干将莫邪"将大招出手时，永远飞的是对方最有威胁的位置。一次团战的胜负往往就在数剑齐飞间。如此打法，降低了他输出的总量，质量却很高，一次攻击便能定胜负。

而这，跟天择战队的周进截然相反。周进的法师就从不如此吝惜技能，技能在他手中就好像是烫手山芋，他总是找机会迅速丢出去。天择战队的劝退流，就是围绕着周进这种高频率消耗对手的方式展开的。

这两种方式哪种好？

这其实不需要专门讨论，打团的时候能直接找到对方核心C位，那当然最好；找不到，那就消耗对手，压对方的血线。这是正常的操作思路，两种方式本就如此共存，并不是有你没我。何遇和周进只不过是将其中一项完成得太抢眼罢了。

"但是他这样的话，一旦出手不中，又或者是出手稍迟些，己方的输出值大概率就不足了啊！"一位工作人员说着。

"是的，相比之下，还是周进那样打更稳一些。"佟华山说道。

"而且，有机会击杀对手输出位的时候，周进也是很准的呀。"另一工作人员说道。

"嗯。"三人最后齐齐点头，对何遇"干将莫邪"的评价最后就这样以不如周进更稳告终了。但是紧跟着，三人一起沉默了数秒。

"我们竟然在用KPL最优秀的中单选手在和他比较？"一位工作人员说道。

"我们拿周进比较的还不是一个中单选手，是个全能补位选手。"另一位工作人员跟着道。

两人面面相觑，跟着一起看向了佟华山，方才先提到周进的，好像是他们的这位领导。

"我去看下一场了。"佟华山转身就走，心下却也是惊讶不已。自己是怎么想的？居然把最强的中单选手搬出来做参照。而且不仅这一次，刚刚看何遇拿出"咬金"时，自己下意识想的居然就是杨梦奇。一会儿要是何遇去打野位了，自己难道又要拿李文山跟他比较了吗？

大概只是下意识地挑了最熟悉的著名选手来做参照吧……佟华山很快给自己找了一个合理的解释。而后的三场比赛，何遇的位置继续换来换去，佟华山下意识地控制着自己不去拿最强选手来做参照。到了接下来的第6场比赛，佟华山松了口气。他终于不用去拿职业选手参考了，因为这一局有个货真价实的职业级选手成为何遇的对手。自己不需要再做那种参照性的比较，而是可以从场上看到他们直接的较量了。

"这次何遇是什么位置？"佟华山问道。

"他是下路。"工作人员对答如流，现在人人都在关注何遇，哪怕是看不到他比赛的。目前他连胜的可已经不是10场，而是15场。眼下第16场将迎战来自职业级的许周桐。所有人都探着脖子，脸上写满了想看。但是最终可以现场欣赏这场比赛的，终究只有三个人而已。

第294章
"姜太公"体系

"许周桐选了什么英雄？"

"全能王什么位置？用的什么英雄？"

那些无法观看到比赛的工作人员，只能趁着自己这边还没开始比赛之机问问这种最基本的问题，然后头脑风暴模拟一下两人交锋的场面。

"许周桐是'兰陵王'。"

"全能王是射手位，'百里守约'。"

"两边的阵容呢？"大家继续锲而不舍地望梅止渴。

"许周桐这边是'苏烈''女帝''兰陵王''孙尚香''策'。"

"全能王他们是'曹老板''姜太公''子龙''百里守约''盾山'。"

"'姜太公'！"

于是这位英雄马上取代了许周桐和何遇，突然成了大家关注的焦点。

"姜太公"这位英雄是个典型的体系英雄。有他和没有他，队伍的节奏和打法，甚至英雄的选择思路都会不同。在KPL，"姜太公"从来都是热门英雄之一，任何一支队伍都自有一套娴熟的"姜太公"体系。但在路人排位，尤其是只能单排的巅峰赛中，"姜太公"从来都是出场低、胜率低的英雄。

就因为"姜太公"需要的是一个体系，而体系从来不是一个人、两个人就可以构建的，而是需要全队来配合协作。在彼此素不相识的路人局中，大家哪有默契构建出体系？不成体系，那"姜太公"的存在感就会很薄弱了，会让队友生出四打五的感觉。

青训赛的选手固然都是顶尖水平，可职业级的战术体系那不是靠意识和交流就能打成的，需要长久的磨合和练习。参加青训赛的高手深知这一点，所以虽知"姜太公"体系的对战原理和威力，但也从来没有随机排在一起的五人会生出打这体系的念头。结果现在，竟然有五人要打"姜太公"体系，这在青训赛可是个大新闻。

"是谁要搞事情？"

"是不是全能王？"

"'姜太公'体系的话，他们这阵容前期是不是太弱了点？"

"哪里弱了？势均力敌吧？射手要参与一级团的话他们这边还要强一点吧？"

"'膑膑''老夫子''杨戬''狄仁杰'？这在一级的时候哪里强了？"

"你说的是什么？全能王他们是'曹老板''姜太公''子龙''百里守约''盾山'！"

"哦哦，那还可以。"

众人议论纷纷，对何遇他们这队的"姜太公"体系展开讨论，最后却一致认为这阵容拿得有些问题。

"姜太公"体系的核心，便是"姜太公"的被动技能——心魔：每10秒为友军增加14点经验。

因为这个被动技能的存在，拥有"姜太公"的一队将在前期拥有等级优势，而在前期，等级优势所带来的压制完全可以理解为一个很大的经济压制，尤其除辅助外全员领先对面达到四级，更是"姜太公"体系很重要的一个节奏点。"姜太公"体系就是要利用前期的等级优势来压制对手，将己方优势越滚越大，从而取得最终的胜利。

但是要有这等级优势，也不是光有一个"姜太公"站在阵中就行，队员正常该有的发育那也得有。正因为如此，"姜太公"体系通常会选择一些前期作战能力强，发育期较短，强势期较早的英雄来让体系快速地扩大优势。

有搞错何遇他们阵容的人，听到一堆一级作战能力都很普通的英雄竟然围绕在了"姜太公"身边，几乎怀疑自己听错。结果证明不用怀疑，他就是听错了，把不知哪队的阵容安到了这里。

"敢拿出'姜太公'体系，他们应该有很好的沟通吧。"有人还在好奇，但是没有时间留给他们去探讨了。随着何遇他们这边对局开始，各组的比赛也相继开局，所有人只得把自己的注意力先放回自己负责的比赛上。

"居然打'姜太公'体系。"只有佟华山和负责这场比赛的两位工作人员，此时还能边看边议论。

"可能是许周桐给他们的压力吧，让他们想拿到一个前期可以确立优势的阵容。"

"之前撞到许周桐的队，都太在意去针对他这个强者，大多数都是效果不好，最后自家节奏也乱套了。"

"是的，许周桐的经验和意识都是职业级的，这种对他而言近似路人局的比赛，想针对他并没有那么容易。"

"所以全能王他们用'姜太公'体系，尝试取得前期整体优势，确实是个不错的办法。"

"思路是没毛病，但是'姜太公'体系，他们打得出来吗？"

在三人你一言我一语的议论中，两队分别拉开了开局的架势。

"许周桐他们这是直接要前期拼吗？"许周桐那队的工作人员看着这队五人开局的分布后惊讶叫道。

"打一级，'姜太公'阵容可不会虚。"何遇这边的工作人员说道。

"可你们那边哪有这么果断？"许队工作人员说道。

许周桐这边五人，出泉水便已抱团，果断朝中路冲去，这显然是要寻找击杀"姜太公"的机会。打"姜太公"体系，"姜太公"是万万不能死的。因为"姜太公"的被动技能也得在他活着的时候才能发挥作用，一旦死了队友就没有被动加成，这个体系基本上就崩了。

使用"姜太公"的一方当然也很清楚这一点。所以开局的"姜太公"也是小心翼翼，似也猜到可能会在中路被针对，所以异常小心地走位，绝不向前，辅助也是贴身在旁，认真保护。

眼看许周桐一方五人集结的中路开局抓人就要空手而归，五人却已经早一步兵分两路。

许周桐的"兰陵王"直奔蓝区，似是一个正常清野开局的节奏。然而其他四人在中路快速将一拨兵线清理之后，齐扑向了何遇一方的蓝区。

这一切清晰地发生在何遇一方的视野之内，他们明白对方想干什么。一级展开团战，他们不怕对面，可问题是眼下他们的队员有些分散。"曹老板"和"百里守约"开局后一上一下，各去了他们的线上。"子龙"独自奔赴野区，"姜太公"守在塔下，想去占据河道视野的"盾山"，看到对方如此大举入侵后，立即灰溜溜地撤了回来。

很显然，本该打前期压制的何偶他们选择了正常开局，原因在他们的交流中就已经听到了：因为对面有"兰陵王"，而且是许周桐的"兰陵王"，他们担心前期入侵的话许周桐会借助"兰陵王"的隐身效果击杀"姜太公"。更何况对方这局带了两个惩击，除打野"兰陵王"之外，上单"策"赫然也带的惩击，这让他们很担心抢野没抢到，最后反耽误了己方的发育时间。

所以，先正常开局，探清楚对面的开局再说。他们是这样打算的，结果对方开局竟是如此强势，一堆人压着就过来了。

"小心'兰陵王'，地图上没看到'兰陵王'。"这会儿"盾山"还在大叫呢，他们的视野中出现的敌军只有四人，而"兰陵王"拥有隐身技能，看起来很像是猫在哪里就等偷袭。

"这没法打吧？"正打着蓝BUFF的"子龙"顿时也慌了起来。

"你先撤。"何遇在语音中说道。

"这可糟了……""子龙"很是不甘，他们打的是"姜太公"体系，前期自家野区都丢的话，可以说是崩盘的前奏。

"我去对面看看。"跟着就听到何遇说了句，然后就见他的"百里守约"从下路开始向着对面蓝区挺进。"百里守约"一路靠着墙壁，触发了伪装形态，沿着河道快速向前，抵达对面蓝区隘口时并不直接向前，而是右移一步继续仔细地贴着墙壁。

"这小子……"观战者激动了。何遇的"百里守约"就这样无声无息地到了这个位置，他已经可以看到，蓝坑中并无蓝BUFF。这个时间，蓝BUFF没可能已经被击杀，所以只有一种可能，那便是对面打野把蓝怪带去了草丛。

事实也正是如此，许周桐并没有跟团行动。"兰陵王"可以隐身的特点导致即使这位英雄没在视野中出现，对手也无法因此判断他不在场，总要提防他从哪里突然现身。可许周桐偏偏并没有要现身的打算，一秒都没耽误就过来打蓝BUFF了。眼见已方入侵对面蓝区顺利，而自己这边蓝BUFF也要得手，这样的开局，对对手的"姜太公"体系来说绝对是重创。再然后，他将凭他达到二级的"兰陵王"来死死压制住对方，让对方知道"姜太公"体系可不是随便把"姜太公"选出来就用得出来的。

"他还没发现！"

许周桐全然不知，此时观战者的视角已经都在他的身上，所有人都在为他担心着。

"要盲狙吗？"就在观战者还在猜测何遇会如何打算时，沿墙壁上来的"百里守约"却根本没有停留，一路向前，在墙壁顶点突然闪现。下一秒，"百里守约"闪现进草丛，开枪。然后是普通攻击，再来一发狂风之息，再接普通攻击，一连串动作一气呵成。

三人全都看傻了眼。

许周桐反应过来了吗？

说实话大家都没太看清，全过程约莫3秒，3秒之后，呈现在他们眼前的就已经是"百里守约"脚底的蓝BUFF，以及"兰陵王"的尸体了。

哦，从"兰陵王"尸体倒在草丛外的位置来看，许周桐还是有反应的，"兰陵王"移动了几步。

所以……这要怎么评价呢？

许周桐不愧是职业选手吗？

第295章

攻入野区

"哇！"

耳机中突然爆发出一声惊叫，惊得佟华山下意识地抬头扶了一下耳机，只觉得耳机都要被这一声给震飞了。

一血！

就在大家还在为敌方攻入己方野区己方有些无法招架而深感担忧时，去对方野区看看的何遇却已经传来拿下一血的捷报，而且拿下的还是对方打野，核心强者许周桐的人头。

"怎么打的？！"队友激动地询问着，一切发生得太过突然，他们只看到何遇的"百里守约"在向对面蓝区移动着，当"兰陵王"的人头突然在小地图上亮起，他们调动视角过去看时，地上便已经只有"兰陵王"的尸体，以及脚踩蓝BUFF，顺势转身去清一旁小野的"百里守约"。

"啊！"另一队的语音频道里，传来的却是许周桐的咆哮。作为打野，前期节奏至关重要。许周桐不是没丢过一血，但那通常都是双方一场恶战后才做出的交换，像现在这样直接被人偷袭后丢了一血，在许周桐的职业生涯中可以说绝无仅有。他这是打了一辈子的鹰，最后却被"麻雀"啄了眼吗？

刚才发生了什么？

许周桐的队友同样疑惑，无奈他们调视角过来时，连视野都没有了。许周桐算是青训营里的头号大牌了，这怎么打的，他们也不敢问啊！

好在这边蓝区的进攻算是顺利。只是这样一来，双方顶多就是交换了野区，因为人员过分集中，边路上他们肯定是要漏点兵。如此一来，前期想以排山倒海之势直接打崩对方"姜太公"体系的意图算是已经流产了。

拿下蓝BUFF的许周桐四人散去。许周桐的"兰陵王"已经复活，走出泉水的步伐让人感觉到他在咬牙切齿。

他没有招呼队友，"兰陵王"这位英雄本就是独来独往，队友的辅助有时反倒暴露行踪。更何况许周桐心中还是有股骄傲的，这个丢掉的人头，那至少也得三倍奉还。

"'百里守约'你给我等着。"仿佛平时的游戏对局一般，许周桐居然在全服频道里发了这句话。

"这……"负责他们队的工作人员立即抬头，看了佟华山一眼。

佟华山也是一脸无奈，在职业赛场上，挑衅或是嘲讽对手的行为都是不被允许的，普通玩家就算不清楚，许周桐又怎么可能不知道。

但是许周桐恰巧就是这么一个暴躁的人，别说对手了，他在比赛中连队友都直接嘲讽过。对他的这个行为应该交给他们队内处理还是官方出面处罚，弄得联盟都纠结了一番。

所以青训赛又哪里会被他放在眼里，他正在气头上，于是便发这么一句，这都算比较有礼貌的了。

"回头再说吧。"佟华山对工作人员说道，结果他这话音刚落，就见这边何遇的"百里守约"也回应了。

"可以聊天吗？"何遇发字问着。

"不知道呀。""姜太公"说。

"KPL没人说话的吧。""子龙"说。

"可能是太忙了顾不上。职业圈有这样的规则吗？""苏烈"也忍不住了，加入了讨论。

最熟悉职业规则的当然是许周桐了，看着大家开始讨论比赛时能不能聊天，他却不吱声了。

观战的三位再次露出无奈的表情。这比赛打着打着还聊起来了，别说KPL，就是他们青训赛里也绝无仅有啊！要说规则，确实没有明文禁止，但以职业赛的高强度紧密的节奏，选手哪有工夫停下来打字聊天？就是泉水等复活的时间，那也在忙着调视角观察局面思考下一步呢！

聊天，意味着会分心，意味着会中断节奏。这种事职业选手避之不及，哪里还需要什么规则去约束他们。

好在局内聊天并没有继续，佟华山也就没有多说什么，继续摆了一副无奈的面孔看下去。

"姜太公"体系，先到四级是个大节奏。但是反过来说，如果这样的大节奏点上，"姜太公"体系没有取得足够大的收益，那体系也就失去了该有的价值，越往后打只会越发的不利。

职业级的许周桐自然深知这一点，献出一血丢了蓝BUFF的他此时发育不佳，但"兰陵王"隐身的优势让他觉得自己还有可乘之机。在侦察到对手开始布局拿第一条暴君时，许周桐的"兰陵王"小心翼翼地没有触发任何人的警戒信号，潜向了暴君坑的背后，手里捏好了惩击，这个暴君他准备不惜一切偷下，拿命换都值得。

来了！

2分钟时间一到，第一个暴君刷新。拥有绝对等级优势的何遇一方巴不得对手来抢，然而对手看起来也很清楚此时被等级压制着，对这个暴君，他们毫无争夺的心思。

"开吧。"也不知是谁说了一句，几人杀入暴君坑。

得躲一下！

仔细卡着距离的许周桐连忙让"兰陵王"向后退些，就在这时，枪响。

狂风之息，不是射向暴君，而是在他的"兰陵王"头上击出了一串血花。他看到"子龙"用一技能冲向了暴君，跟着便是大招天翔之龙，落下的雷霆一击却是在"兰陵王"的身畔，震得"兰陵王"腾向了半空，破云之龙连刺了几下。

被发现了？

被人这样准确地用大招打到，许周桐如何还不知道自己已经暴露。"兰陵王"落地时飞快地用二、一技能使"子龙"眩晕已是他手速的极限，"兰陵王"趁机想走时，却见"曹老板"已经挥舞着剑气朝他斩来，正截在了他的去路上。

与此同时，枪声又响了。

"百里守约"狂风之息的第二发，夺下了"兰陵王"的性命。在死前视野的最后一片余光中，许周桐看到对方很流畅地转身继续打暴君去了。

他们这是先对付了他，然后再打暴君吗？

许周桐心里愤恨，但也疑惑怎么会被对方察觉，他一直非常仔细地卡着距离，他可以肯定他没有触发到任何人头上的叹号警告。

但是马上，他的目光落到了暴君坑后的那片草丛上。

他还没来得及躲进草丛，看不到草里的景象，但他可以肯定，此时的草丛中一定躺着个"百里守约"的视野装置。打暴君、打主宰的时候，用这技能来防止敌人的偷袭，这不正是"百里守约"该有的常规操作吗？

"这也太大意了。"佟华山三人连连摇着头。何遇在这里放下的视野装置他们当然早就看到，所以当许周桐的"兰陵王"小心翼翼地摸到这里来时，他们一直是用同情的目光在继续观看。他们很清楚这个视野装置的位置，只要许周桐对暴君有点想法就一定会先暴露自己。

果然，许周桐丢掉了第二个人头，而何遇他们拿下暴君，顺势攻入对方蓝区。

第296章
最熟悉的陌生人

许周桐的实力是职业级的，这点毋庸置疑，两天多比赛的胜率，以及他在比赛中表现出的很多细节，都明白无误地传达着这一点。可是这一局，许周桐的表现实在让人大跌眼镜。如果说自己在蓝区被偷袭掉了一血还情有可原，那这次被对方当暴君一样给围杀了，就有点说不过去了。

"百里守约"在己方猎杀远古生物时布置视野装置基本已是定式，对职业选手来说尤其如此。许周桐对暴君坑背后的草丛毫无防备，这实在不太应该。

"或许他是觉得目前的局面对手不至于防备得这么仔细。"佟华山三人讨论着。

"坦白说，全能王这边的河道视野已经卡得很好，局面又绝对领先，还有必要防守暴君坑背后吗？"

"不管有没有，他确实在这里布置了视野装置，也确实用到了。"

"其实只要把暴君朝外拉一拉，'兰陵王'现在没有大招位移，那也一点办法都没有吧。"

三人这讨论多少有点预设立场，是想为许周桐找个解释，总之就是觉得许周桐的这个失误实在有些匪夷所思。

结果他们正聊着，佟华山突然抬起一只手："先别说话。"

两位工作人员连忙止住，其中一位跟着便与佟华山一起听到了何遇一方他们在队内的交流。

"居然被他绕到这里去了，真没发觉他从哪里溜进去的。"他们先在惊叹许周桐可以绕进他们野区。

"不过想这样偷也是有点天真吧。"又一人说道。

"许周桐是打边路的，他的打野思路和习惯都不是很好。"何遇说道。

"哦。"频道里的队友应和着，旁听的佟华山和另一工作人员却瞬间有醍醐灌顶之感。

没错，许周桐在嘉南战队时是边路选手，打上单居多。这次参加青训赛却不知为何报名打野，比赛分配组时自然是将他放在打野位上匹配队友，而这并没有影响他的发挥，他的比赛胜率就是最好的说明，所有和许周桐遇上的对手都深感这位职业级选手要比他们技高一筹。

可到了这场比赛，好像不再是那么回事。许周桐上来先丢一血，跟着又是一个低级失误，简直就像队伍中的破绽一般。然后就听到何遇很随意地指出了许周桐的问题：打野不是他擅长的位置。

确实不是。但问题是职业选手在高水平比赛中练就的各方面素质都远比普通玩家要高，即使是在自己并不太能胜任的位置上，他们也远比一般人更懂得该如何赢得比赛。许周桐担任打野丝毫没有影响他在青训赛中的胜势，结果到了何遇口中，这似乎就是个大问题了。

"他没有一般打野选手的警觉和敏感。"队伍语音中，何遇接着说道。

"当然，也可能是他觉得我们这级别的对手不值得他太在意吧。"说完他又补充了一下。

"这你是怎么知道的啊？"队友纷纷问着。

"我看过他的比赛啊。"何遇说。

在何遇的本子上，记录着这些天来他在比赛中观察的和赛后特意去搜集的许多选手的资料情报，但是有一些人不在其列。比如高歌、周沫、莫羡甚至苏格，这些他熟悉认识的人，他基本知悉他们的特点，除此之外再有一位的话，那就是许周桐了。

何遇停止观看KPL也不过一年时间，他对KPL许多职业选手的熟悉程度，一度还在浪7几位并肩作战的小伙伴之上。而在入大学开始亲身接触《王者荣耀》后，他看KPL的习惯自然回归。一年的空白，有游戏版本更新带来的一些改变，也有新旧选手的一些交替，但凭何遇对KPL的熟悉程度，一赛季的比赛已经足够他全面跟上节奏了。

许周桐恰是在何遇空白的那一年间冒出来的新人，何遇开始重看KPL后，对老选手的熟悉依旧，这些他不认识的生面孔自然成了他会多关注几眼的重点对象。所以他对许周桐的熟悉，可不是源于这两天多的比赛又或者是临时去搜集的资料，而是这赛季以来，许周桐在嘉南战队边路上的所有表现。

是的，所有。

即便在何良退役以前，支持天择战队的何遇也不是只盯着天择战队这一队的比赛。无论是强队还是弱队，正赛还是友谊赛，但凡是他能收看到的比赛，甚少有他会错过的。这早已是他生活中的一部分，他一直乐此不疲。比起自己在场上观察了解一位对手或者队友，这样以观众视角研究选手，他早已熟能生巧。

只不过他以前在研究完之后，顶多也就是把自己的看法当作情报提供给何良，而现在他要亲自利用这些情报，到场上去处理这些对手。

许周桐不能算是何遇最熟悉的职业选手，但是扔在青训赛里，是以他惯有的熟悉对手的方式下最熟悉的一个。打许周桐，说起来何遇还有点小兴奋，这让他有种"十年磨一剑，霜刃未曾试"的感觉，如今，他终于捞到机会了。

"我们得加快一点节奏，不能拖到后期。"刚将对方蓝区肆虐一遍，何遇还嫌便宜占得不够彻底，提醒着队友。

"嗯，咱们这个阵容拖到后期不好打。"队友表示支持。

"'兰陵王'出来了。"侦察着视野的辅助报告对面打野的位置。

"'兰陵王'的威胁已经不大了吧。"己方打野"子龙"看了眼双方的经济差距，甚是从容。

"'姜太公'别落单被抓就好。"何遇说。

"求我我都不会被抓！"玩"姜太公"的玩家太清楚自己这英雄的缺陷了，从比赛开始的第一秒他就没有单独做过任何事，时时保证有个队友可依靠，没有队友依靠的时候就蹲在防御塔下。

"那就好。"何遇笑着。"姜太公"体系是需要全队协作的，所以这一场的几名队友，他昨天直接拉了个小讨论组一起讨论。他会想到打这个体系，其实跟佟华山他们猜到的原因差不多：用团体的优势来化解对方拔尖选手的个人优势。

因为知道这个体系的难度和许周桐的个人优势，所以何遇他们开局比较谨慎，没有期待以打团战来建立优势。结果对手大举进攻，在队友慌张的时候，何遇找到了可乘之机，利用"百里守约"的伪装形态和二技能的高爆发，给了许周桐一个难堪的开局。

到现在比赛不到3分钟，还有什么特别的难点吗？

"砰！"

一声枪响，狂风之息。

换线的"百里守约"，用准确的一枪将"孙尚香"狙杀在了"盾山"的怀抱之后，何遇一方开始了边路的推进。

许周桐的"兰陵王"就在附近寻找机会。"兰陵王"迈步向前，然后，他还没有接近任何目标，"百里守约"的视野装置就已经发现了他。

一次，又一次……第三次！

"啪！"

许周桐一队的语音频道里传出一道响声，是许周桐的右手重重地拍在了桌面上。

"这个'百里守约'……"许周桐咬牙切齿地说着。

"要我跟着你吗？"辅助位的"苏烈"小心翼翼地问着。

对"兰陵王"来说，场上死了多少次都不算扎眼，求辅助跟随，那才是他的至暗时刻。

第297章

整体性

许周桐终究还是没有让辅助跟随，倒不是他爱面子，而是"兰陵王"这位英雄确实不太需要辅助帮忙。"兰陵王"有隐身，自带控制技能，哪怕自身经济不佳，只要是摸到对面脆皮，他对对手的威胁依然很强。

于是在谢绝了己方辅助的好意后，许周桐继续踏上了针对脆皮之旅。他没有因为对"百里守约"的仇恨失去理智，"姜太公"依旧是对面这个阵容他应该优先针对的目标，但是"姜太公"完全不给他任何机会。每当找到"姜太公"的位置时，"姜太公"身边永远都有打野和辅助在，这哪里是中野辅联动，压根就是中野辅粘住。

"对面中野辅是连体了吗？！"许周桐在语音中抱怨着，虽然是实情，但听起来像极了无能为力之后的甩锅。

"兰陵王"已经废了。

场上选手，观战的佟华山三人，心中基本都有了这样的定论。倒不是说发育多差经济多崩，而是"兰陵王"完全没有发挥出他该有的作用。随着时间的推移，"兰陵王"的作用会越来越小，到了后期，能在团战中拿命换掉对方C位的选手都是一次伟大的胜利。

"要不，抓一下'曹老板'吧？"有队友提议。

中野辅总粘在一起行动让许周桐毫无办法，下路"百里守约"视野装置摆放到位，弄得"兰陵王"的隐身跟不存在一样，反之，"百里守约"倒是经常借着墙体进入伪装状态，都不知道到底是谁偷袭谁了。但是"曹老板"这英雄，别说许周桐的"兰陵王"现在装备落后，就是经济高过"曹老板"一些，也没资格对这英雄有非分之想。队友这样的提议，当然不可能是让他单枪匹马地去抓，意思是要集体行动，让他的"兰陵王"不要再继续带节奏，而是跟一跟其他人的节奏。

频道里陷入安静，许周桐久未吱声。从青训赛的第一场比赛开始，他就是每一场比赛的核心，队伍节奏的控制者，这是第一次因为带不起节奏需要依附队友。他的选择是什么呢？

许周桐没有说话，但是"兰陵王"已经开始朝着"曹老板"方向移动。队友见状立即也朝这方集结。这一路他们外塔已破，"曹老板"经常带着兵线压得很深，凭众人之力抓他还是机会很大的。这个节奏点不错，许周桐认同，不过想把"曹老板"抓住，可没那么容易。"曹老板"大招回血，二技能减速目标，一技能三段位移。敢一个人带着兵线压得这么深的英雄，那都是有足够的傍身手段的。

"这拨兵线可以让他带进防御塔，中单和辅助埋伏在红区等一下，'孙尚香'也向后缩点，等他进塔再打。'苏烈'别交光控制技能，留一个防止他强切后排。"许周桐部署着。

"嗯。"队友纷纷点头，一边看着许周桐的"兰陵王"从河道过来，走的是断"曹老板"退路的架势，结果就在他刚踏过一片草丛时，枪响。

又是狂风之息！

"兰陵王"没有怎么针对"百里守约"，"百里守约"却屡屡狙中"兰陵王"。见"兰陵王"脚下踩着视野装置，脑门上飘着血花，许周桐险些吐血。

"他怎么在这里？"队友叫着，再然后，另一路方向"曹老板"冒头，跟他们的"策"一通对打。为什么"百里守约"在这里？跟"曹老板"换线了呗！

然后连体三人组出现，"姜太公"丢了一技能忏悔，"子龙"直接使出大招天翔之龙，可怜许周桐的"兰陵王"瞬间被击杀。然后就见对手集结成团开始向前。许周桐他们的法师、射手和辅助倒是为了埋伏"曹老板"事先就过来了，连忙进边路二塔准备防御。

"二塔放了！"许周桐叫着。

队友倒是都听他的话，只是看起来有些不舍。"苏烈""孙尚香"和"女帝"一边向后退，一边保留着反打的姿态。

"中塔怕是也要没了……"许周桐观看形势，遗憾地说着。

一切也如他所料。对手轻松拆去他们的二塔后，飞快转向中路。他们这边呢？因为要防止何遇一方冲高地，集结在一起的三人不能提前散去。这样被动地跟在敌人屁股后面，自然是来不及再去防御中路，很快中路一塔被破，对方顺势再朝中路二塔进发。这场面跟方才对方对边路二塔的冲杀一模一样。

所不同的是他们这一方，辅助、中单和射手集结中路防守的同时，他们有了一个可来支援的强力绕后英雄"策"，在一旁已经虎视眈眈地问了："打吗？"

"打吧！"这样一直被动下去只会越来越糟糕，他们实在需要打出节奏。眼下似乎就是一个机会，正面拖住，"策"绕后，再加上"女帝"和"苏烈"的大招，似乎控制链已经打成，在这个阶段，团战想输都难。

哪里想到，何遇一方对中路二塔的进攻竟然只是虚晃一枪，假意掩护了一下兵线后，众英雄就蜂拥进了他们的蓝区。正穿越蓝区要往中路赶的"策"见状大惊，急忙往后撤。何遇一行人也不贪恋野区资源，直朝边路找"曹老板"会合去了。

刚刚还想绕后搅动一番风云的"策"忽然就成了落单的可怜人，他不敢在边路逗留，一路向后撤退，眼瞅着对面推了外塔之后继续朝二塔推来。

许周桐的"兰陵王"这时早已复活，却也对对手连破三塔无能为力。甚至身为一名职业选手，此时他的无力感要更为清晰一些。他感觉自己像是回到了职业赛场上，面对的是一个进退有序、节奏清晰的战队。这是他这几天在青训赛上从来没有过的感受。

"这次能打！"他听到队友在语音中喊着。

五对五，己方有塔可守。"策"可突进可绕后，配上"苏烈"和"女帝"，控制足够。这样的搭配放在职业场上，哪怕经济落后许多，但只要开好一次团战，打出完美的控制链，依旧可以赢下团战的胜利，赢来节奏。

许周桐知道队友肯定是这样想的，他也并不反对这一点。但是在意识到对手的整体性后，许周桐无比清楚，这等于是对他们这个队伍也提出了更高的配合要求，需要他们也拿出相应的整体性。但是，他们可以吗？许周桐飞快扫了一遍自家队友各自的位置。

无论是他的"兰陵王"还是队友的"策"，这个时候需要大家已经绕到侧翼准备扑向敌后，才能在接火的那一刻及时到阵上，打出最完美的控制效果和爆发力。也就是说，在他的队友判断"这次能打"的时候，他们其实应该已经完成该有的阵形，才能形成完美有效的配合。但是那时才下决心，才开始动作，他们就已经慢了。虽然可能不过几秒，但是几秒对于一次大团战而言已经可以发生好几个决定走势的变化了。

"打不了啊！"许周桐叫着。

这句话还是迟了，他的队友已经动手。在他们看来这可能是一场五对五的较量，可在许周桐看来，这是一次勉强发起的团战，面对明显有整体性的对手，己方与"葫芦娃救爷爷"相比也差不了多少。

顶在前想去开团的"苏烈"被对方"盾山"直接闪现进塔抱走，跟着"盾山"便已开大招塔下分割战场。"姜太公"的大招断罪是更在这之前已经开始蓄力，为了不被发现，显然是选了其他方向，最后是以闪现的方式交出。突然出现的冲击波让许周桐他们根本来不及闪避，"女帝"和"孙尚香"竟然都被"姜太公"的大招打中。"曹老板"也是闪现进塔，直接挥刀冲向了这二位。

可怜两个脆皮此时毫无保护，小霸王"策"这时正驾船绕进野区，还想着绕后呢！

完美的控制链是不存在的。许周桐看到的只有准备充分，攻势富有节奏的对手，以及一开团就开始手忙脚乱的己方。

被"曹老板"直切后排的射手和法师不住地向后拉开距离，他们的视野里很快就没有了"苏烈"。只能在队员状态那里看到"苏烈"的生命值瞬间降到底。"苏烈"的被动技能不屈铁壁触发，可此时压根没人能帮"苏烈"踩灯，只有如狼似虎的敌人帮他飞快结束了本该持续4.5秒的虚弱状态，而后轻松愉快地攻击防御塔。"策"这时总算从野区中漂移过来，义无反顾地冲了进去，可在许周桐看来，这还叫绕后吗？这叫羊入虎口。

"策"很快就跟着防御塔一起倒下了，同样绕过来的许周桐只能静静地看着这一切。他可以发誓，哪怕只是有个一换一的机会，他都绝对会冲上去。但是真的没有，他刚过来时，就见地上的视野装置在那儿定定地看着他，都没有藏进草丛。这是在防谁呢？就是在防他啊！而"兰陵王"暴露的那一瞬，对方立即发现他，他甚至连触发一下叹号吓吓人的机会都没有。

"撤吧。"许周桐说道。

"经济差太多了，我跟纸糊的一样，瞬间就倒了。""苏烈"遗憾地说着。

"我也是……""策"表示。

这不是经济问题呀！许周桐默默想着，这是配合问题。团战开始时他们就准备不足，不对，不应该这么说，他们是被对面强行开了团战，然后就手忙脚乱了。

"这怎么打呀……"退至高地的"孙尚香"和"女帝"问着。

"你们守高地吧，我看能不能带线偷塔。"许周桐说道。

"看许哥的了。"有队员说道。

许周桐苦笑。他当然很想力挽狂澜，换作是这三天里的其他任何一场比赛，有这样一个劣势的局面，说不定他还挺欢喜的，会觉得是时候展示一下真正的技术了。

但是这一次，他已经感觉到了，对手不一般。明明都是临时组的队伍，对方怎么会有这种战队一般的节奏和整体性呢？

第298章
无处不在的静谧之眼

许周桐意识到了对手并不简单，对于自己能否把兵线带出去并无十足的把握。

"兰陵王"这英雄说是带线，不如说是偷偷清线。真正的强势带线英雄，那都是单兵作战能力极强的，就算有一个对手过来拦截也可以直接单挑，装备好的时候，来两个对手都不怵，实在不行还有能力逃脱。

"兰陵王"呢？从头到尾会比较畏惧他的就是一些脆皮英雄而已。"兰陵王"带线，就是靠着隐身，在对手无法察觉的情况下去清理一下兵线然后就赶紧消失。这样的打法，牵制力相当一般，不像其他强带线英雄，一下就会吸引走对方两到三人，这样形成的是其他区域己方人数优势，"兰陵王"的打法很难有这样的效果。

可是事到如今，许周桐也没有别的好办法。他这位英雄能做的也就是从这种程度上缓解一下队伍压力了。

"我们的阵容有优势的，只要开好一次团战就能打。"

频道里，许周桐听到队友还要这样互相打气，也只能苦笑了。

所谓的阵容优势，其实并无绝对，大多数时候要看具体形势。比赛中真正可以让双方战斗力形成天壤之别的，唯有经济。所以阵容的优劣，往往在两个阶段被提及得最多。一是开局时，所有人穷得叮当响，一级的战斗力就决定了彼此的优劣；二就是大后期，在大家的装备都已饱和，复活甲都用光时，阵容优劣也会凸显出来。

而这个大后期，通常是双方经济都达到6万以上，本局距离这个阶段尚远，摆在他们面前的，不是什么阵容不阵容，而是相比起对手，6千经济的差距……

这样的经济差，反映到英雄身上就是装备的差距。除此以外还有"姜太公"这英雄的被动技能带来的等级差距。这些又如何靠阵容，靠团队配合去弥补呢？

许周桐不说话，他去带线，去默默做他觉得更有效的方式。结果他发现，对手不理他。当他露头在线上时，另一边立即就在冲锋打团，这让他看起来不像在帮助队伍，而像是一个不懂打团总在一个人自行其是的家伙。

"顶不住呀！"许周桐的"兰陵王"拼命往后赶时，他听到队友在频道里叫着。

高地塔转眼被破，敌人蜂拥而入，"百里守约"目中无人，只有水晶，一枪、两枪，就像射在所有人的心上一般，可是没有人能够阻止。"百里守约"身边围绕着他的队友，他们保护着"百里守约"，保护着到达的兵线。"曹老板"横刀立马，几乎就要踏进泉水，那架势无疑是在告诉泉水中的家伙，要碰"百里守约"，就得先过他这一关。

许周桐的"兰陵王"总算在这时候赶回，他从后方上来，成了全队的希望，所有人都在指望着他能清掉兵线，哪怕是用命换。

可是就在"兰陵王"靠上去的那一刻，许周桐绝望了。一个视野装置好巧不巧地就躺在高地上，照亮了他的身形，"姜太公"立即一技能落下，"子龙"使出大招天翔之龙，流星般朝"兰陵王"坠来，这是多么熟悉的一幕啊。

只是这一次，许周桐的"兰陵王"终于没有死。在"子龙"击杀他的前一刻，"百里守约"点爆了水晶。

画面定格在了这一瞬，许周桐的"兰陵王"身上还扎着"子龙"的枪花，而他那些不顾一切从泉水中冲出的队友，跟"曹老板"战成一团，再往前，还有"盾山"的阻碍。"百里守约"半蹲在地，仿佛置身堡垒当中，就这样结束了比赛。

赛后的统计数据列出，许周桐看也没看，他知道这些都不重要。这一局的对手，有思路，有部署，就像一支成熟的战队，输掉这场比赛，许周桐一点脾气都没有。他只是好奇，两边都是临时凑起的队伍，对方怎么就有这样的整体性？他最终还是回到了统计面板，却不是看数据，而是在看对手的ID，并将他们一个个认真记了下来。

尤其是"百里守约"！

"何良遇"？

许周桐的印象中没有这样一个高手，可是这一局的"百里守约"让他难受极了。很多人提到"百里守约"都会因他的射程远、威力大的二技能狂风之息瑟瑟发抖。可像许周桐这样的职业选手十分清楚，"百里守约"的一技能静谧之眼在职业赛场上也是十分受器重的技能。本局这个"百里守约"就是通过他布置的视野装置，让自己的"兰陵王"仿佛没有了隐身效果一般。

"这到底是什么人啊？"许周桐这边犯着嘀咕，青训赛的赛事中心这里，佟华山三人也正各自摘下耳机，揉了一下耳朵，然后互看了一眼。

他们原本以为本场比赛会看到一场艰难的对抗，可事实上呢？上来就丢掉一血的许周桐，在这场比赛中曾制造出什么威胁吗？

没有。

他们能看到的，只有许周桐试图制造出威胁。但是因为有观战视角，所以每一次他们都能事先看到对手对"兰陵王"的防备。然后一次又一次地，他们看着许周桐的"兰陵王"一有计划就暴露了，然后要么被杀，要么逃窜。到最后许周桐去秘密带线，再到最后绕后想拼死清兵的时候，三人的目光中都泛着同情了。

什么秘密带线呀？草丛里有个视野装置呀！

在这个方向清什么兵呀？你又会路过一个视野装置啊！

"这场比赛，许周桐真是被针对得死死的呀！"一人开口说道。

"毕竟都知道他厉害嘛。"另一人说道。第一天比赛结束，许周桐还有另外几名高手就被所有人关注到，第二天的比赛开始，他们就成了被针对的重点了。

"这一局，你们真觉得他有特意被针对吗？"佟华山这时也说话了。

另两人陷入了沉默。

"准确地说，他是被限制了吧。"一人说。

"'百里守约'确实克制'兰陵王'。"另一人说。

"但许周桐可是职业级的选手。"佟华山又说。

两人再度沉默。

英雄克制，就好像阵容优劣一样要考虑具体情况。一般人与职业选手的实力差距，那就好像对局中两方的经济差距。

经济差距之下，阵容优势也无法体现。可是许周桐这一局，他拥有职业级的实力优势，最终还是被巅峰赛选拔上来的玩家限制住了。

"这个全能王，看起来还真有些不简单。"佟华山说道。

"老大，你不看他比赛了吗？他下一轮还是我们这组。"一人看到佟华山放下了耳机，似要离开，急忙问道。

　　"来日方长，我总不能只盯着他一个人呀。"佟华山说着。

第299章

第三日全胜

佟华山说着，就去看其他人比赛了，听到他这话的其他工作人员纷纷泪流满面。你是看了好几场过足瘾，开始想着看看别人了，咱这好多人可都想看还没能看呢！

"怎么了？"有不知道发生了什么的人还在打听。

"全能王打赢许周桐了！"知情者说道。

"啊，他怎么打的？"打听者下意识发问，问完又觉得自己这个问题很不专业，这让人从哪儿讲起呢？

就在这人正想问得更有针对性一些时，有第一手情报的人已经回答上了："他用'百里守约'让许周桐的'兰陵王'毫无作用。"

"能把职业级的许周桐限制死，全能王这么厉害！"

"听说他还在比赛里说许周桐打的不是他擅长的位置，还说许周桐打野不怎么样呢！"

所谓传言，总是要添点油加点醋的。何遇原本对许周桐打野挺认真细心的评价，结果传到这儿就成一句猖狂的"不怎么样"了。这顿时引起一片"口气真大"的惊叹。

但是因为这一场胜利，所有人都越发想看何遇的比赛了。无奈职责所在，不是正分到何遇的比赛组的工作人员，此时再想看也没办法。总算到了当天比赛全结束时，所有人第一时间都不是立即整理自己手头的工作，而都是连忙去查看打听何遇下午的战况。

"下午10场，也是连胜！"

"所以他今天比赛全胜了？"

惊诧的目光在赛事中心来回传递着。这是比赛的第三天，大部分选手都已经适应了这样的节奏，且对比较突出的选手都有了认知，通常不会再有人在比赛进行到这个阶段时还能取得全胜的战绩。但是何遇这个一开始被大家称作全能王来调侃的选手，偏偏就做到了这一点，在比赛的第三天拿下了全胜。

是因为他一开始不显山露水，没被重视，所以才会这样爆发吗？

所有人心中都在琢磨，但是不管怎样，何遇、"何良遇"，这个名字和这个ID，大家都记住了。至于全能王这个一直以来都是调侃的称呼，此时仿佛正在被正名。毕竟这一日的全部比赛中，何遇打遍了场上五个位置，却丝毫没有影响到他取得胜利。

"我要赶紧忙完然后去找全能王的比赛看了！"有一个何遇一场比赛都没看到的工作人员突然叫道。

"一起！"立即有一个一样想法的人回应道。

于是转眼间，赛事中心的工作气氛焕然一新。通常在不间断地主持完一天的比赛，到了这最终整理的环节时，大家免不了会放缓节奏，慢慢整理。但是眼下所有人的工作热情极为高涨，因为大家有了共同的目标：忙完正事，赶紧去看全能王的比赛。

"今天的比赛到此就全部结束了，很高兴看到有选手今天的表现十分突出，希望明天大家继续努力。"就连300勇士微信群里，对选手宣布一天比赛结束的通知中，都提及了有选手表现突出的这个信息，这可是前两天比赛都没有出现过的措辞，哪怕第一天有几个人都是全胜来着。这顿时引起了参赛选手的兴趣，不少人干脆"艾特"起了工作人员，问表现突出的选手是谁。

选手的表现不是什么不能公开的秘密，于是所有人马上从官方这里收到了答案——"何良遇"。

至于如何突出，那真是已经无法比这成绩更突出了，20场全胜，还要怎么突出！

惊叹号，表情包，各种用来表示惊叹的信息充满了微信群，在大家惊叹的同时，各种羡慕的情绪当然也不缺。何遇这样突出优秀的战绩，当然是所有少年幻想的。

是的，这都不能说是梦想，只能说是幻想。这样的胜率，那在比赛中真的是可遇不可求。结果现在，有人幻想成真了。

不过冷静下来之后，大家也纷纷开始回忆。毕竟比赛已经三天，相互之间已经多有碰撞，会对"何良遇"这个名字有印象的人，主要都是今天比赛中相遇的，而有印象的一大原因，全是因为何遇昨天就有加他们好友，而这些人当然是会对"何良遇"有印象。

大家冥思苦想，却终究没有想出什么何遇在比赛里的高光表现，对他场上的存在比较有印象的，反倒多是对手。

许周桐就是代表之一。对于微信群里的聊天，他向来不甚在意，今天随意扫上一眼时，就看到大家正在说的是一个今天让他很在意的名字。再一仔细看，20场全胜？

"这么厉害吗？"许周桐嘀咕起来了，相比起比赛中何遇带给他的难受，何遇的这个胜率更让他吃惊。作为在第一天比赛中曾经有过全胜战绩的许周桐，他知道这样的胜率有多难实现。哪怕他自认实力在青训赛中是高出一筹的，却也对自己第一天比赛能全胜感到意外和惊喜，并且从不认为自己就能这样一直保持下去。

第一天比赛中，全胜的那几位选手他都已经默默关注起来。对"何良遇"这个名字，他本还有一些迟疑，但在群里看到对方全胜的战绩后，许周桐不犹豫了，他在群名单中搜到了这个名字，发了好友申请。

许周桐的好友申请一时间没得到回应，因为何遇这时候挺忙的。他原本已经要开始准备次日的比赛，但在全胜战绩被工作人员在群里吐露后，微信消息顿时接连不断。昨天一晚，他可是加了不少好友。这些人都是他今天的队友，都与他一起获得过一场胜利，但他们也是至此才知道，何遇竟然是拿下了今天的全胜。

"恭喜！"

"厉害啊，兄弟！"

"强啊！"

大多数人其实也没有什么要说的，无非就是这样简单地道一声恭喜，感慨一下。这又不是游戏打过了副本，干掉了BOSS，能来问一下有什么打法和攻略。青训赛千变万化，每一场比赛都相当于一次新的开始，没有不变的获胜攻略，所以他们也没什么好打听的。

何遇不停地回应着，大多就是敷衍着"哈哈"笑两声，但对小群里两位浪7战队亲近队友的关怀，他还是需要认真对待的。

"还可以啦，我也没想到居然这么顺利。"何遇对震惊的二人说道。

"你做了什么？"周沫问。每天比赛后大家都会聚在这里分享一下，要说头两天，周沫始终是三人之中表现最好的，高歌其次，何遇则可以用有些"惨"来形容。结果第三天他突然就来一个大获全胜，这起伏太大，别人不问，这两位当然还是疑惑的。

"也没什么，我就是提前了解了一下队友和对手。"何遇说。

"然后呢？"

"然后，我就思考了一些比较有针对性的策略，攻破对方的弱点什么的。"何遇说。

"你这就一打一个准了？"

"毕竟队友也都强，实力靠谱。"何遇感叹。这一点真的挺关键，真要给他队里塞一个赵进然，那一切都将充满未知。塞两个赵进然的话，那他们完全可以时间一到就投降了；塞三个赵进然的话，那何遇就要直接罢赛了，他这是干吗来了？

"这样下去，你后边岂不是要一直连胜了？"周沫说着。

"那不可能吧，我今天比较顺利，谁知道以后呢？更何况今天这样的胜率交出来以后，他们再遇到我的话可能就要针对我了，还是有点可怕的。你们说我是不是应该收敛一下，控制一下胜率啊？"何遇说着。

"少胡说，你能赢为什么要输？"高歌道。

"师姐教训得是。"何遇连忙感慨。

"说起来，我今天遇到了一个人。"高歌说道。

"哦，哪个？"何遇只当高歌要说遇到哪个高手了。

"杨淇。"高歌说。

"啊？"何遇和周沫都很惊讶。

"她好像说想成为战队签约选手的话，都得通过青训赛选拔。"高歌说道。

"那怎么保证她最后能回到山鬼战队？选秀是有顺位的吧，万一轮到山鬼战队之前，她就被其他队伍选走了呢？选手好像是不能拒绝的吧。"

何遇问道。

"那就不知道他们会怎么操作了，我也没问。"高歌说。

"杨淇的ID叫什么啊？"周沫问道。在校内的时候，他们这些人的ID基本都是队名加真名的。

"'暮淇'。"高歌说道。

周沫立即跑去300勇士微信群搜索，果然有，但是自己比赛中有没有遇到过这么一位，他怎么也想不起来。

何遇则翻开了他的本子，每位选手的名字早被他抄在本上，后边留出了足够的空间补充信息。有印象的，何遇都会写上几笔。"暮淇"？在何遇的印象里，他似乎是写过几笔。找到这个名字一看，果不其然。

"技术优秀，突进、绕后、找输出位。"

在"暮淇"的名字下，写下的是这么几个词，而这样的表现也很快与校内赛时杨淇"关二爷"的表现重叠在了一起。那可是给过何遇重大启发的一场比赛，对杨淇，何遇心里一直都是怀着感激的。

而后，何遇又看了名字后记录的比赛信息，何遇遇到杨淇时是对手，最终落败，关键词显然就是因为杨淇疯狂抓他们队的输出位才留下的。

不知下次和杨淇相遇会是何时？

拿到赛程表后，什么时候会遇到高歌、周沫、苏格，甚至一天就打几场比赛的莫羡，何遇都查过了，现在又多个认识的人，他自然也是试着查了查。

"这么巧？"何遇嘀咕起来，明天一早，第一场，他和杨淇将是队友。

他扫了一眼对手的名单，顺手向杨淇发起好友申请来，与此同时，他也看到了一些给他的好友申请。何遇全胜的成绩吸引到的关注者显然不止许周桐一个，向他发起好友申请的名单里，一个名字让他有些措手不及。

柳柳？

何遇截图，发给了祝佳音。

第300章

结个善缘

何遇对柳柳加他好友很是惊讶，随手截图给祝佳音后却立即反应过来，他在这儿跟柳柳苦大仇深的，但其实柳柳并不知道"何良遇"是何许人。真要说柳柳对那局游戏有怨念的话，她记恨的也得是"薛定谔的猫"——莫羡的账号。

所以说，柳柳加他好友的心态其实跟眼下那些加他好友的人没有什么区别。

正想呢，祝佳音这边消息也回来了，丝毫没有大惊小怪，只是问了一句："今天打得不错？"

"啊，那是自然，好得不能更好了！"被问到这个，何遇心里有些膨胀。

"那是有多好？"祝佳音问。

"全胜。"何遇尽量让自己不要膨胀到爆炸，本来已经敲出的三个叹号又特意换成一个平静的句号。

"所以啊。"祝佳音回。

"所以什么？"何遇莫名其妙。

"能拿全胜的无疑是非常厉害的人。能和这样的人认识一下，对柳柳姐的直播事业那可是非常有帮助的。万一以后你还成了职业明星，她就可以叫你跟她组队，她的人气还不是飞涨？"祝佳音说道。

"原来如此。那我就不理她了。"何遇其实自己多少也想到了，那当然是不能遂了柳柳心愿。

"随你，祝贺你全胜。"祝佳音这边说道。她不想再让这点破事去打扰到何遇对比赛的专注，不过看到何遇大义凛然地说不理柳柳，不得不说，她的内心还是相当欢喜的。

"一般一般，我还得继续努力。"何遇这边说道。

"再接再厉吧。"祝佳音回道，配了个努力的表情。

努力！

何遇回了个同样的表情，便不再说话，转头去忙其他的了。祝佳音抱着手机愣了一会儿，发现自己除了道声努力以及尽量不去打扰何遇以外，似乎也帮不到何遇什么了。

柳柳直播间。

自参加青训赛以来，柳柳已经停播三天了，对于一个一直以来都很勤勉的游戏主播来说，这样长时间的停播很是罕见。直播间中重播着一些柳柳过去的直播片断，弹幕中时不时弹出粉丝的抱怨，以及一些对于她在青训赛中战绩如何的疑问。

对于这些，柳柳虽然没开直播，但是她与她直播工作室的小伙伴还在始终关注着。他们一度讨论过是否要在青训赛期间让柳柳直播，毕竟比赛并不占用晚上时间。不过经过一番争执后，这个想法终于还是被否定了。

一来青训赛的强度确实很大，疲惫了一天的柳柳晚上再直播，很难保证直播效果；再者，青训赛是通往KPL的大门，在许多玩家心目中，这是一件很严肃的事情，比赛期间还直播，这样很容易让人质疑柳柳参赛的动机。虽然她参加青训赛确实不是真的要去打职业赛，但是她的这种真实想法怎么能直接暴露在外呢？

柳柳参加青训赛，一来是像对外说的那样，希望通过这样的正式赛事来证明一下自己。至于能否真的通过青训赛，她与她的小伙伴都已经做好了充分的应对准备。不够实力打职业赛，这算不上什么槽点，勇气、尝试、梦想，这些内容都是可以打动人的关键点。

再说了，用工作室小伙伴的话来说，她就是去青训赛里结些善缘。

比赛头两天，她相当顺利地认识了好些选手。对于她这个名声在外的漂亮女主播，几乎没有人会抗拒，至少无人拒绝添加她为微信好友，更多的其实都是别人主动来加她。

对于这些都是《王者荣耀》顶尖水平的玩家，有一些柳柳早已认识，不认识的来者不拒，不来找她的，她也大多会主动找上去，尤其是一些名声比较响亮，表现突出的选手。

比如比赛首日全胜的许周桐、"刺猬蜂""长笑""随轻风"这四位，他们都不是柳柳认识的人，现在都成了柳柳的微信好友，这被她视为这次青训赛结善缘最大的收获。这些人未来可能是职业选手，就算不是也是难得的大高手，以后对柳柳的直播肯定是会起到助力的。

到了比赛的第三天，赫然又出现了一个全胜者。这位前两天不显山不露水，怎么突然第三天就能收获如此夸张的胜绩大家也不得而知，总之，对柳柳来说，宁错勿漏，她赶紧就来试图结识何遇了。

结果，她的好友申请发过去好一会儿，还是没有收到回应。

没看到？

群里正在围绕他进行热议，他也有在微信群里回应几句，这明显是拿着手机的嘛，怎么会看不到好友申请呢？

可能是今天申请加他好友的人太多，一时顾不上？柳柳想着，也没着急，又多发送了一次申请，就跟着自己的小伙伴一起吃饭去了。

吃完晚饭归来，微信群里已经不怎么聊何遇了，柳柳查看自己的好友申请，终于有回应了，她点开才发现，自己居然被拒绝了。

对方不是没看到，也不是假装没看到，拒绝的意思就是：我看到了，但是我拒绝通过好友申请。

"他拒绝了……"柳柳愣愣地说道。

"啥？"工作室的几个小伙伴都没反应过来。

"那个'何良遇'，他拒绝了我的好友申请。"柳柳说。

"哦？"大家惊讶。如今这个油滑的世界，对不想加的好友申请通常就是无视，以这样一种假装没看见的方式温柔地表示拒绝。像何遇这样直愣愣地明确拒绝当真不多见。

"他有说原因吗？"一个小伙伴凑上来问。

"没有啊！"柳柳有点烦躁。少加一个好友其实也不算什么大事，但被这样拒绝还是让她心里有些不舒服。

"他是不是点错了？你再申请一下试试。"一人说。

"哈哈，错过了我们柳柳姐，他说不定正在懊恼呢！"另一人说。

"那他不会反过来加我吗？"柳柳瞪了这位一眼。

"……"大家陷入沉思。

"算了，这也不是什么大事。"柳柳很快露出释然的样子，把工作手机扔到一边，抓起自己的私人手机玩儿去了。

这边的插曲，何遇当然是不知道的。至于直接拒绝好友申请，他当然不是不知道这样的方式有点刺激，只可惜这正是他想要的效果。在拒绝完柳柳后，他还发微信问了一圈。

"柳柳加你微信好友了吗？"同样的问题，他发给了浪7战队的三位伙伴。

　　"没有。"莫羡回复得很快也很冷漠，何遇立即关闭了同他的聊天窗，去关注另外两位。

　　"啊，加了……"周沫说。

　　"没有。"高歌说。

　　和这两人的对话，何遇是在小群里问的，一看答案不一样，何遇发动技能——挑事。

　　"哎呀，师姐，她这是看不起你呀，下次遇到了，你要不要打她？"何遇说。

　　"你要是病了就吃药。"高歌冷冷地说。

　　"什么情况？我还以为她到处加人呢。"周沫并不自恋，没有因为被大主播主动加微信好友就觉得怎样，只当是都在微信群里，互相加好友而已，现在才知道原来并不是这样。

　　"看来她是加一些战绩比较出色的吧，何遇今天全胜，她也来发好友申请了。"高歌说道。

　　何遇正想兴冲冲地跟两人分享一下他拒绝了柳柳的好友申请，可在看了高歌这话后，他突然忍住了。

　　他们是在说柳柳申请加微信好友的事没错，但是从这件事里，何遇也看出了高歌到目前为止在青训赛的表现怕是无法让人满意的。

　　"师姐今天打得怎么样？"何遇打出这句话，却迟迟不敢发送出去。

第301章

天花板

　　青训赛只是一项选拔机制，并不是追求名次的赛事，没什么积分排名，赛事组所用的打分系统是内部用的，并不会直接对外公布。所以，理论上选手每天胜负多少都只有他们自己知道。

　　何遇三人每天打完都会进行一些交流，前两天周沫胜得较多，高歌没那么顺利，但总算还有何遇垫底。到了今天，何遇异军突起，直接夺得全胜战绩，别说高歌他们两个了，整个300勇士群都无人能比他的战绩更出色。如此一来，高歌顿时成了三人之中状况最糟糕的一个，在这种时候关心容易变成插刀，何遇没敢说出口，群里便突兀地安静下来。

　　话题就这样结束了？

　　还抱着手机等人回话的高歌，等了有一会儿，发现竟然没人接下句，不禁觉得有些莫名其妙。无论柳柳到处加好友的事，还是何遇今天取得的全胜战绩，怎么看话题都是才起了个头吧，怎么忽然两人就都不聊了？尤其是何遇，打出了全胜如此骄人的战绩，高歌估摸着是他们不喊停，何遇就可以一直吹下去的。今天是怎么了，他竟然如此收敛？

　　"人呢？"高歌在微信群里问道。

　　"在呢，在呢。"看到高歌主动找人说话，何遇连忙应着。

"你今天打得怎么样？"何遇没敢问的问题，周沫却直接就问了出来。一样的问话，即便是文字，可从周沫这里问出来，何遇就觉得带着一种十分诚恳的关心。

　　"还是不太好。"高歌说道。

　　何遇注意到高歌用了"还是"两个字。从第一天开始，高歌就对自己的表现不满意，如今已经是第三天，几十场比赛打完，显然她还是没能有效地解决问题。

　　"师姐有保存比赛的视频吗？要不要我们一起看看，分析一下？"何遇说道。

　　"哦，不必麻烦了，我心里有数的。"高歌说。

　　"那好吧。"看高歌这样说，何遇也不好坚持。然后就见周沫说了几句鸡汤式的鼓励，得到了高歌比较淡漠的回应。

　　"你不说说你的全胜吗？"高歌反倒是关心起他来。

　　"意外，纯属意外……"何遇说道。

　　"明天再来一次的话就不是意外了。"周沫说。

　　"太难，太难。"何遇说。

　　"今天有遇到什么厉害的人吗？"周沫问道。

　　"那还是有一些的……"何遇分享的欲望终于被激活了，开始滔滔不绝地从早上第一场印象深刻的比赛说了起来。周沫不住地表示着惊叹，是个极佳的捧眼，高歌也时不时地插上一句两句，但是渐渐地，她的心思便不在何遇讲述的比赛细节上了。

　　她有些羡慕何遇。

　　起初的两天，何遇的战绩并不如她，虽然表现得有些垂头丧气，但在言谈间，何遇并不慌乱，尽管对前两天不佳的战绩觉得遗憾，却显得成竹在胸，感觉像是在等一个时机。

然后到了今天，第三日的比赛，他等待的时机似乎已经成熟，于是他就拿了一个全胜。

20场比赛全胜！

任何一个玩家都该知道这个难度有多大。尤其他们在打的还是水平非常高的青训赛，高歌在这里可是每赢一局都觉得十分艰难。更难的是，她不像何遇，开局虽不利，却知道自己的胜机在哪里，而她呢？

高歌微微叹了口气，把手机丢到了一旁，抬起头时，正看到书桌后的墙上贴着的大海报。

这是一张法师英雄"诸葛"的海报，画中的"诸葛"手握机械羽扇，挥在一片星空之中，周身环绕着谋略刻印，身后一串残影，羽扇轻摇的方向射出一记东风破袭，另一只手上则是聚起了一颗元气弹。

这英雄在游戏中的技能竞相呈现出来，让"诸葛"显得更加雄姿英发，运筹帷幄间，好似他要去征服的俨然是面前的那片星空。

高歌喜欢"诸葛"，喜欢他在这片星空背景下显露出的气势。她以同样的信心和勇气走向了职业选手的道路，然而挫折来得有些劈头盖脸，仅仅三天的时间，她就发现理想和现实的差距比她想的还要大。

她从不畏惧失败，可眼下让她有些丧气的是她从失败中体会到的那种无力。

她保存了这些天的每一场比赛，尤其是失败的比赛，她都有去认真复盘。她谢绝了何遇来一起分析一下比赛的好意，因为在第一次复盘时她就清楚自己的问题所在。因为已经有人对她说过。

周进，他曾说高歌的"诸葛"玩得不对。

高歌听进去了，而且很聪明地举一反三，并没有只在"诸葛"这一位英雄身上去领会。她从周进对"诸葛"这位英雄的理解中吸取到的是职业选手对中单这个位置的理解和需求。她就要往职业圈的方向闯荡了，对自己的要求当然不能仅仅是如何打赢排位赛或是巅峰赛。

她努力修正着自己的打法，可在青训赛这项进入职业圈的门槛赛中，她觉得有些力不从心。她用纠正过来的打法占不到什么便宜，而她惯用的套路，也果然如周进当初判断的那样，大概率埋伏不到什么人。

这让高歌感到自己处于一个进退维谷的境地。自己惯用的打法，确实已经应对不了这种更高级别的比赛，然而进一步地提高，并不是凭自己主观意念就可以达到的。她甚至隐隐感觉到，自己会养成这种相对来说偏被动打法的原因，并不是她主观上不知道中路应该怎么打才能最大程度地帮助队伍，而是她按照那样的方式去打并不能收到很好的成效，于是久而久之的，就有了她现在最惯熟的方式——埋伏。

所以说，自己其实是一早就遇到了瓶颈，所以才有了退而求其次的改变吗？一想到这儿，高歌不禁有些害怕。

因为她十分了解自己，遇到瓶颈就退而求其次，实在不是她的性格。会让她这样做的，一定是让她很无奈的状况，是她长久努力之后却依旧不得其法，令她不得不改变的状况。

这种状况，不叫瓶颈。

这种状况，叫天花板。

自己的能力已经达到上限了吗？望着"诸葛"脚踏的那片星空，高歌心里难受极了。

第302章
开不开心

他们三人的微信群里，何遇和周沫还在眉飞色舞地聊着，两人都没注意到高歌不知何时已然悄然退出了讨论。考虑到还要为明天的比赛做一些准备，何遇总算没有无休止地聊下去，看看时间差不多，准备道别时才发现高歌已经许久没有说话了。

何遇没太放在心上，跟周沫道别的同时带上了高歌的名字，然后就关闭了小群的窗口。他翻出赛程表，看向明天的赛事。因为位置的关系，一些人会有轮空，何遇却因为全能补位的定位，哪里有位置就能往哪里塞，每天20场比赛，他都是满满当当的。

何遇没有特别去找有强大对手或队友在的那几场比赛，只是依着次序，捧着自己内容越来越丰富的笔记本，一场一场地研究着。碰到需要做赛前沟通的，他都在积极进行。因为今天获得了20场全胜，何遇明显感觉到今天的交流比昨天顺畅了许多。昨天还有个别人对他这样的赛前沟通感到不以为然的情况，但是今天，对于何遇主动发来的赛前联络，大家都表现得十分配合。

看来，明天又会是精彩的一天啊！

因为交流顺畅，今天的赛前准备工作比起昨天早一个小时就完成了，这让何遇更加信心满满。他又大致梳理回味了一遍，觉得没有什么遗漏后，合上了笔记本。

青训赛第四日。

赛事组的工作人员在昨天晚些时候，纷纷把何遇的比赛找来看了一遍，说实话，他们有一点失望。在何遇进行的比赛中，他们没有看到什么花里胡哨的操作，又或是逆天的个人表现，20场比赛看下来带给他们的感受，是整体性强，以及调配得当。

他们很清楚这很不容易，但从感官刺激上来说这并不十分精彩。这些比赛也缺乏一些起伏，经常是何遇他们一方在开局拿到优势，然后就沿着这样的优势一举拿下了胜利。而何遇在这其中的作用，有时甚至都不太明显。不过，在听过比赛过程中何遇一方的语音后，所有人都会明白何遇在场上的作用并不只提现在他的操作上。其他选手的一些操作，其实都是在执行何遇的指挥。

所以对于何遇是个什么样的选手，大家大致已经有了了解，而最初两天他的胜率为什么不佳，大家也有些明白了。他不是一个可以依靠个人能力主宰比赛的选手，他非常需要队友配合，当他与队友建立良好的沟通时，他对比赛的掌控力才能体现出来。

而这样的他，正是职业圈中最为缺乏的指挥型人才。当他被推向KPL时，会引起各队怎样的争抢，大家已经开始争论了。

除此之外还有一个争论，那就是何遇最适合什么位置。

全能补位？

大家想都没想就把这个定位给否决了，职业队并不需要这样的多面手，如果有，那这样的人可以当个物美价廉的替补，一个人顶五个用，想起来还真有点不错。但要说场上主力，每个人有一个确切的位置足矣。通常来说，指挥经常是辅助位担任，打探敌情、占据视野、支援全场，辅助的职责很适合调度全队指挥作战。但何遇打了所有位置，大家真没感觉到位置有限制到他对全场局势的洞悉。他在哪个位置上更能发挥，看起来竟是不分伯仲。

如此，那就再观察观察。

大家争论不出个结果，最后也只能如此。第四日比赛，大家继续保持着对何遇的高度关注。当然像许周桐、"刺猬蜂""随轻风"这些高胜率的其他优秀选手，从比赛第一天起大家对他们的关注就没有断过，现在也是。何遇不过是凭借第三天的全胜表现，一跃成了这最受关注榜单中的一员。

比赛已到第四天，那些胜率徘徊在50%，甚至40%往下的选手，就以往的经验来看，很少有在这之后才引人注目的。工作人员清楚这一点，参赛选手大多也明白，但是没有人就这样放弃。比赛第四日，8点以前，参赛选手齐集，除了那位只在每天中午1点才会出现的选手。

高歌坐在书桌前，捧着手机，身体绷得很直，她已经进入到了比赛房间，正在等待其他选手就位。

一个、两个、三个，一个接一个的选手进入房间，经过三天的比赛，其中大多数名字她都有些印象，直至最后一个进来，那就不只是印象，而是有些熟悉了——苏格。

再然后，裁判调整选手位置，很快，苏格就被调到了高歌的旁边。

他是队友吗？

高歌默默看着，她已经想不起来自己上一次跟苏格同队打游戏是什么时候了，大概是两年前，在大家都还是新生的时候。作为同期生，他们一起加入了学校的王者荣耀社团，面对师兄考察新人时的趾高气扬，恰好分在一队里的二人可是在入会的第一天就联手让那些师兄灰头土脸了一把。

这样的起步，让他们很快熟悉起来，一起排位上分之类的事在最初也没少干，同队进行的比赛，说实话也挺多的。

只是当两个人日渐熟悉后，高歌却越来越不喜欢苏格。

对游戏，她是认真的，可是苏格时不时流露出的是对游戏的轻蔑，以及对高歌这种认真态度的不以为然。

到组织战队后，他们两个的分歧更加明显。高歌对队员的态度要求很高，对队员的不足之处都会不留余地地直接指出；而苏格呢？"开心就好"是他最常挂在嘴边的话，久而久之，苏格那边聚集的人越来越多，而高歌的浪7战队，渐渐地就只有周沫这一个老伙伴不离不弃了。

高歌没有埋怨过什么，毕竟她很清楚，游戏对大多数人来说就是消遣的工具，开心确实是主要目的，像她这样要求进步、追求提高的玩家才是少数。所以，道不同，就不相为谋吧！最终，高歌和她的浪7战队退出了社团，并在之后一直举步维艰。说起来也甚是讽刺，真正认真想要组织起来迎接比赛的队伍经营得如此艰难，而只是打发业余时间来随便玩一下的队伍却欣欣向荣。苏格领衔的Suger战队垄断着校内冠军。认真的高歌和她的浪7战队真要说是Suger战队的竞争对手，那都有蹭热度之嫌。两队天差地别，哪有资格说是人家的竞争对手啊！

直至这个学期，高歌从路边捡到何遇开始，浪7战队才变得有模有样起来，而这些人也一直是高歌所期待的认真的队员。包括莫羡，他对游戏虽然不怎么上心，但认真是他身上一以贯之的属性，他做任何事情都不缺乏认真。

然后浪7战队一路高歌猛进，夺得校内赛的冠军，最让高歌欣欣鼓舞的是浪7战队在决赛中获得了摧枯拉朽一般的胜利。东江大学的王者Suger

战队，在认真的浪7战队面前溃不成军。在那一刻，高歌深深地体会到了因为队友认真，所以他们浪7战队更像是一支真正的队伍。那一刻，高歌有个问题真的挺想问苏格的，要不是有游亚中抢戏，说不定真就问了。

她很想问苏格：你开不开心？

第303章
落差

　　苏格就位之后，很快其他选手的位置也调整完毕，队伍确立，语音频道接通，耳机里立即传来了队友的声音。

　　"喂喂喂，听得到吗？"

　　"听得到。"不算很熟悉，但高歌总算是能分辨出来的苏格的声音也传出来了。

　　"想不到一大早就跟你撞车了。"

　　"这怎么能叫撞车呢？"苏格笑着。

　　"说吧，你想要什么辅助？"

　　"BP时再看吧。"苏格没有早下定论。

　　"我估计你是拿不到'孙尚香'的。"那个声音接着道。

　　"呵呵。"苏格笑了笑。

　　比赛打了三天，选手之间不再像第一天时那么陌生，一些积极主动的都添加了不少好友。成绩比较惹人注目的，也被动添加了不少。高歌很尴尬，她不属于这两方面中的任何一个，迄今为止她还像是第一天进300勇士群似的，跟开始不同的是，多了一些眼熟的ID而已。

　　苏格就不一样了，他的交际能力本就突出，再加上早跟职业圈打了一些交道，他在进群第一天就到处打招呼，完全不像个普通玩家。比赛三天下来，他的微信好友增加了多少个不清楚，但在一场比赛中撞见个把认识的人那对他来说是再正常不过了。

这不，辅助上来跟苏格聊了几句后，转脸打野也跟他聊了几句，虽然口气不像辅助那位那么熟络，但也听得出不是头回聊天。

跟这些个——寒暄完了后，苏格才在频道里冷不丁地来了一句："中路是你呀。"

"嗯。"高歌应了声。

"要不要我帮你抢'诸葛'？"苏格问道。

"BP时再看吧。"高歌用了苏格之前的答复。

"咦，妹子呀！"那个听说话口气就挺活跃的辅助突然插话，有些激动的样子。

"我同学。"苏格介绍着。

"昨天那个全胜的，还有那个山鬼战队的上单妹子不也都是你同学吗？你们到底什么学校，电竞学院吗？"辅助大呼小叫起来。

苏格当然没有认真地跟人介绍东江大学，只是一笑了之。

"说吧，你们学校还藏着什么人物？"辅助接着道。

"你别说，还真有。"苏格笑道，"只在每天下午1点到2点30分出现，参加一个半小时比赛，几乎全胜的那位选手听说过吗？"

"那人也是你们学校的？"辅助大叫着。

莫羡的特殊性，起初只有青训赛的工作组方面知道，他们也并没有要对外公布的意思。不过三天比赛下来，莫羡终究还是被大家注意到，并很快在参赛选手中流传开了。有人对此向工作组提出异议，被工作组以"青训赛旨在选拔，赛事组有权做不同安排"的理由给拦了回来，大家也无可奈何。

　　大家知道会被这样特别对待的选手肯定有他的特别之处。至于莫羡的特别之处在被众人注意上时其实就已经清楚，就是强啊，而且是非常直观的强。跟他打过比赛的队友乃至对手都会对他的表现印象深刻。操作能优秀到让他们这些实力顶尖的玩家印象深刻的，那得是什么水平？所有人心知肚明。

　　再看莫羡的胜率，虽然他每天只打一个半小时，三天才打了十几场比赛，但是一共只输一场，从这个胜率来看，那也是没谁了。

　　"不怕再告诉你多一点，这一位，昨天全胜那位，还有咱们这中单，在我们学校都是同一队的队友。"苏格接着道。

　　"还有周沫。"高歌不动声色地补充了一句，心里满是骄傲。这就是他们浪7战队，出来的人在这青训赛里个个都是人物。

　　"周沫，那个上单！"那辅助听到这个名字后又怪叫了一声。

　　"哦，你认识？"苏格有些意外。

　　"我跟他打过一局，他太稳了，直接把我们拖崩了。"辅助有些垂头丧气地说着。

　　"是吗？"苏格说着，漫不经心的口气暴露了他内心的波动。那可是周沫，在校内很多人心目中都是个笑话来着，胆小的上单之名，那可没有丝毫贬中带褒的意思，那是十分纯粹地在嘲笑周沫在上路大部分时候畏畏缩缩，不作为的风格。

　　可到了这个水平比他们校内赛不知要高端多少的青训赛，周沫竟然也成了让人印象深刻的选手。

　　高歌不认识这个辅助，苏格却跟他认识已久。此人姓李名宗岩，在巅峰赛之类的积分排名上找不到，因为他早已经不需要用这个来证明自己了。他的名字丢进职业圈里，大多数人都会有印象，因为他本就是一只脚已经踏进过职业圈的人。不过因为这样那样的一些原因，他至今还漂泊在KPL外。如果要去次级联赛打听的话，那他的名气就更大了，他曾随多队参加各种赛事，成绩也算斐然。

苏格认识李宗岩，是通过职业圈的朋友了解的，可见李宗岩早已是脱离一般玩家层次，混迹王者上流圈的人了。能让这位见多识广的选手在比赛中印象深刻，那一定是做了一些非同寻常的事。而现在，让李宗岩有些丧气的人竟然是周沫，那个在东江大学校内王者圈总被人笑话的周沫。

苏格有点恍惚，高歌竟是愈发地得意了。

老话说得好，当局者迷，旁观者清。高歌对自己的实力，在参加青训赛以后才开始逐渐认清，并开始反思自己为什么会形成这样的风格。而周沫呢？这个与她中学时就结为搭档，在王者峡谷中几乎形影不离的伙伴，高歌认识他比认识自己还要清楚一些。

她一直认为周沫是有实力，也有能力的上单，许多人笑话他，看不起他，只是因为大多数人的打法与周沫并不相匹配，而周沫也确实不是一个灵活机变的人，他做不好太多花里胡哨的事，但在自己擅长的防守上，他一直勤勤恳恳，实力与日俱增。

高歌一直相信周沫，而后他们遇到的第一个认可周沫这份实力的人，是何遇。很快他们组成的战队就横扫了校园，号称最强的Suger战队在他们面前都是被吊打。

再后来，周沫得到的认可就更厉害了，那是周进，KPL中最顶尖的，MVP级别的选手，对周沫那平凡的评价一度让周沫觉得是敷衍，可事实上，那是已经无错可挑后最平实的认可。

现在到了青训赛，在走出了"开心就好"的游戏圈后，在这个所有人都认真对待比赛的竞技圈中，周沫的实力无疑会被大家发现，被大家认可。于是，大家都看到，周沫的战绩稳中有升，给人留下了深刻印象，也有过来添加人脉的柳柳之流加他好友。

这是周沫应该得到的认可，现在他终于得到了，高歌由衷地为他感到高兴，不过那个家伙怕是感触不到这么多，只会为自己不错的胜势感到高兴吧。

"中单妹子，你要什么辅助，一会儿我跟着你！"这时高歌听到那个因为周沫颓丧了一下的辅助忽然又振奋地叫了起来。

这是要把在周沫那里收获到的失落转化为力量，寄希望于身为周沫队友的自己了吗？

高歌想到这儿，好笑之余，也有一点失落。

她终究是个女孩子，比周沫要敏感得多。只从双方现在不同的处境，就可以感觉到明显的落差。

周沫收到了好友申请，提到他的名字，曾经的对手都对他留有印象。而自己呢？同样是打了三天比赛，她刚刚说话的时候，人家还在为发现了一个妹子而惊叹。可见在比赛中，自己并没有给别人留下什么印象深刻的表现。

在校内，她蹲在草丛的打法可是让人闻风丧胆，多少人在她面前都是色厉内荏，不管他们的话喊得多响亮，一见草丛还是会心里发紧。

而在青训赛里，她的境遇说实话比周沫在校内还要惨。周沫在校内沦为笑话，至少说明他鲜明的风格还是被人注意到了，哪怕那些玩家并不太懂，也不太会利用周沫的风格。

而她在这里，基本就是一个查无此人的状态啊！

比赛已过三天，线上赛部分差不多进行了一半。这部分近四分之三的淘汰率，让高歌很清楚，眼下的她，其实已经一只脚踏在淘汰圈内了。

不过，那又怎样呢？

她依旧在这里，还有一多半的比赛在等着她，她只会认真面对。

"BP的时候看阵容拿英雄吧。"她依旧这样道。

第304章

阵容与个人（上）

比赛终于开始，BP阶段，"孙尚香"果然被迅速送上了BAN位。虽然已是非常高端的比赛，但毕竟两边都不是固定队，并无职业队那种擅长的风格或是战术可言，BP还是针对个人多一些。"孙尚香"作为一个比较强势的射手，那还是很有资格上BAN位的。

"你看吧。"看到对方这个选择后，辅助位的李宗岩在语音里说道。

"没什么。"苏格挺镇定的，他已经有些习惯这种情况。

"我们禁什么？"负责禁选英雄的队友问着。

"'李元芳''大都督'。"李宗岩说道。

"啊？"队友似乎有点意外，不过苏格一看对面选手的ID，立即领会了李宗岩的意思。

"乔韦和王陆居然凑上了。"苏格说道。

"可不是，这还不禁？"李宗岩说道。

"哦，就是那个推塔二人组！"看来有队友也听过这二人的大名。

"是的。"苏格说。

"BAN。"队友立即吆喝上了，"李元芳"先上BAN位。

又到对面，第二手禁掉的是辅助英雄"鬼谷"。

145

"他们这是冲你来了。"苏格说。

"小意思。"李宗岩镇定。

随后到双方选择英雄，对面先抢的竟然是"米莱狄"。

"他们这是坚持要推塔啊。"李宗岩看后说道。

"两人难得凑在一队了吧。"苏格说。

"他们拿'米莱狄'的话，中路我就不建议拿'诸葛'了。"李宗岩跟着对高歌说道。

"明白。"高歌应道。她常打中路，对中路各种英雄之间的优劣不但清楚，而且还有切身体会。

"诸葛"这位英雄是偏法术刺客型法师，攻击距离较短，经常需要贴身打。"米莱狄"呢，一技能攻击距离很远，二技能和被动召唤来的机械仆从又会消耗"诸葛"的被动刻印。再加上"米莱狄"的大招还有控制效果，虽然时间不长，可对付"诸葛"这样一个本身也是脆皮，输出还要往敌方贴近的英雄来说已经足够要命。选"诸葛"对线"米莱狄"那是给自己增加游戏难度。

如此一来，她用什么好呢？已轮到高歌他们一方选择英雄，高歌心下正在琢磨，李宗岩的建议又到了："会玩'大乔'吗？"

"打中路吗？"高歌愣住了。"大乔"这位英雄定位是辅助，但真要穿上一身法术装备，打出的伤害也是不俗的。不过这位英雄既然定位为辅助，就说明她的功能性是远大于攻击性的。"大乔"走中路的话，那也只会是一个功能性的中单。

高歌不是不会用这位英雄，但要说把"大乔"的功能在这样的高端局中淋漓尽致地发挥出来，她有一点不自信。不过，选"大乔"的用意高歌完全明白。这不仅仅是选，而且是以选代禁，是要防止对面拿到"大乔"

然后跟"米莱狄"配合偷塔。高歌领教过这个套路，并不能说就多么无敌，但对面既然是一个赫赫有名的推塔二人组合，玩这种脏套路必然比许多人水平要高，不能不防。

　　"你如果可以用'大乔'走中路的话，我想拿一下'盾山'。"李宗岩进一步说明他的思路。他身为辅助，"大乔"本该在他的选择范围内，但现在他想把"大乔"推去中路，因为在辅助位上他有更需要的英雄。

　　"盾山"这位英雄，进可开团，退可挡伤，还能分割战场，修复防御塔，从KPL赛场上就可看出，这是一个越来越受器重的英雄。本局在对面推塔意图明确的情况下，拿出这位英雄来确实也是上佳的选择。

　　"行吧。"在明白思路后，高歌觉得自己打"大乔"也不会有什么大问题。

　　"好嘞，'大乔''盾山'。"李宗岩看高歌这边可以拿"大乔"，立即吆喝着将这两位英雄先选了出来。

　　"那我来玩'公孙离'好了。"苏格看有"大乔"，立即也有了思路。"大乔"这英雄的二技能宿命之海可以将站在法阵内的英雄传送回泉水，让其补满状态。大部分英雄在补好状态后只能自己再奔赴战场，可有个别英雄凭着自己技能的机制能与"大乔"这个二技能产生奇妙的反应。

　　"公孙离"就是其中之一，用二、三技能扔出纸伞后的技能二段，可以让"公孙离"瞬间移动到纸伞所在的位置，如此一来，"公孙离"就可以先抛出纸伞，然后乘坐"大乔"的宿命之海回泉水补满状态，再用技能二段瞬间回归原地，节省了往返的大量时间。

　　可以同样这般玩耍的，还有"剑仙"，一技能将进酒的第三段会回到原地，同样可以配合"大乔"的宿命之海来来去去。队中打野果然也在苏格说要用"公孙离"后按捺不住了："那我来玩'剑仙'吧？"

"别啊，补点前期伤害啊！"李宗岩急忙说着，这时对面两位英雄已经选出。在"大乔"已经被以选代禁后，唯恐推塔界的小王子再遭针对，"禅"已经被对方急匆匆地拿下了，然后边路则是先拿了个"铠"出来。

"瞧瞧，'铠'来了啊！坐电梯的时候小心了，当心'铠'的刀比电梯还快。"李宗岩叫着。

"我是'剑仙'我不怕！"打野叫道。

"哥，哥，别拿'剑仙'了，用'橘右京'如何？"李宗岩都哀求上了。

"'橘右京'？也行吧……"打野终于十分勉强地答应了。

"我用'芈月'如何？"上单玩家也开始请战了。

"你们就一定要跟'大乔'互动吗？"李宗岩都无语了，这"芈月"同理，因为一技能痛苦冲击有二段位移的效果，可以跟"大乔"形成传送配合。不过坦白讲，"芈月"自带强吸血，有2秒免疫所有效果的大招，单兵作战能力很强，"大乔"辅助"芈月"，着实有画蛇添足之感。

"我先拿'公孙离'了啊。"苏格不管他们这边的讨论，先把"公孙离"敲定。

跟着第二轮BP，禁选似乎都没有太干扰到双方思路，对面在打野位上选择了"信"，射手拿了"百里守约"。

高歌他们这边，打野早被说服，选了前期作战能力更强一些的"橘右京"。而上单则又经历了一番李宗岩苦口婆心的劝说，总算放弃了他想拿的"芈月"，最终选择了"狂铁"。

阵容敲定，比赛随即开始，李宗岩看起来却不像BP时那样兴奋了，十分淡定地在频道里说着："我感觉我们已经赢了。"

而后开局就招呼了打野一起抢中线，随后直接攻入对面蓝区，转眼对面"信"就已经失去了开局的蓝BUFF。李宗岩的口气更加笃定起来："这还打什么？我们赢定了。"

同一时间进行着其他场的比赛中，何遇也正因为上单的一次漂亮支援大叫着："师姐厉害，这局稳了！"

第305章

阵容与个人（中）

上单"关二爷"在中路的一次后手支援，直接将对方两位英雄撞进了己方防御塔下，被何遇一方轻松灭杀。一次原本可能会不了了之的小规模接触战，因为"关二爷"的及时到阵，顿时击杀了对方两位英雄，为己方赢得了优势。对何遇卖力的赞扬，队友们都没太当回事，倒是对他用的称呼在意上了。

"师姐是什么情况？"三位队友纷纷问着。

"我们是校友。"杨淇一边回答，一边已让"关二爷"策马扬鞭，奔回上路去了。

"小姐姐不是山鬼战队的新人吗？"有队友继续问着。300勇士中，消息灵通的人还是不少，他们对杨淇的来头心中有数。这种职业队培养的新人来参加青训赛，在大多数人眼中就是走个过场。像杨淇这样的人早就被职业队相中，若不是联盟有新人都得通过青训营后才能参加选秀这样的硬性规定，可能她早在队伍中披挂上阵了。一些来参加青训赛的就是为了能参加选秀，现在队伍在忙碌的大概都是怎么确保在选秀大会上能挑回自己的选手。

虽然杨淇这类新人选手在选秀大会被其他队选走，母队会得到一定的经济补偿，可没有哪个职业战队是来做人口买卖的。大家精心培养新秀，都是为了壮大己队实力，不是为了送到选秀大会上去当中间商赚差价的。

就因为这其中曲折，历年安排新秀出道的战队都挺纠结的。杨淇来参加青训赛时，就收到了来自山鬼战队的暗示，大致意思也就是让她收敛着点，不要太引人瞩目。只要她少一些关注，那山鬼战队能选到她的机会自然就更大一些。

这种话，如果新人对母队也很满意，自然是管用的。可要是新人已有去意，正想换个环境，不配合战队那也没办法。本期青训赛中的战队新秀不止杨淇一个，不过看起来他们都比较配合队伍，表现得都比较稳健，不太显山露水。唯一的例外是"随轻风"，他在第一天就以全胜的成绩收获了所有人的重点关注。

可"随轻风"这样强势的发挥也不是对一时光战队有什么不满，而是他在职业圈早已名声响亮，对他表现出明显兴趣的队伍已有数支。这样的状况一时光也无可奈何，让"随轻风"去低调内敛也毫无意义，只能通过交易找机会了，所以对"随轻风"自然也就没有那些嘱咐了。

这类状况中的复杂尴尬，当真是一言难尽，但是无论怎样，选手和战队也只能硬着头皮去面对了。让自己队伍的新人低调一些，那不过是尽一下人事。再低调，总也得通过青训赛。只要通过青训赛那就是300人中的翘楚，到了线下赛部分没有哪个会被无视的。

眼下尽量低调的杨淇，却发现连参赛的普通选手都知道自己的来历，心里也在暗暗嘀咕战队让她低调到底有什么用，一边继续回上路，一边含糊不清地"嗯"了一声。

"厉害啊。"大家纷纷感慨着。虽然能参加青训赛的基本都已经是很强的高手，可职业队新人那意味着已经得到职业队认可，认定是有打职业赛实力的。这自然是要更强一些。

"哪里……"杨淇谦逊着。

"小姐姐是怎么加入山鬼战队的呀？"

"接下来有什么想去的队伍吗？"

"那也不是我想去哪儿就去哪儿吧。"

队员开始七嘴八舌地讨论，让杨淇也是头痛不已，不过小地图上一看，本局担任中路的何遇却是在她之后也跟到上路来了，显然是要跟她在这里配合。

"大招马上就好了。"三位队友七嘴八舌地聊着场外话题，何遇却是没参与，只是盯着自己英雄的大招的冷却时间。本局他中路拿的是"良"，偏功能性一些，是看对面选出了"露娜"，才刻意进行的一手针对。这是昨晚备战时就想好的方案。否则一般对局时的思路，对面这种国服级选手的英雄，那都是直接送BAN位的。何遇本局却主动把"露娜"放给对方，然后选了一手克制"露娜"的"良"，同时己方拿出了前期作战较强的阵容，从一开始就针对对面蓝BUFF，卓有成效。中路刚刚杨淇支援拿下对面两个人头后，己方更是已经拿到了优势节奏，在何遇看来是时候进一步推进了。

"我自己应该就可以了。"结果何遇却听到杨淇如此回应。

"啊？"何遇微愣，结果就见回到上路的"关二爷"并不等他，直入对方塔下，使出青龙偃月，"关二爷"的马先跺一脚，跟着"关二爷"使出一技能单刀赴会，攻击对手。转身出塔，进草，积蓄冲锋姿态。对面是射手"马可波罗"，被"关二爷"这样强行上来冲击明显打得有点蒙。血量此时不尴不尬，回城有些舍不得就要到的兵线，不回却又有点不踏实。

就在何遇犹犹豫豫，无法当机立断时，杨淇这边"关二爷"冲锋姿态已经蓄好，出草就奔塔下，表现出的坚决与自信比起"马可波罗"不知要高出多少个等级。接着一记单刀赴会，精准捕捉到了"马可波罗"塔下的走位，一刀就拿下了"马可波罗"的人头，这伤害计算得也是精准至极。

正从河道上来的何遇，听到杨淇说不需要他支援时就已经停了，然后就目睹了杨淇强杀这"马可波罗"的全过程。

何遇想要队友配合拿下的节奏，杨淇一个人就拿下了。而且因为没有等待他的支援，她的节奏抢得更快。往上路赶的何遇，反倒像是浪费了些许时间。其他三位队友早已经欢呼一片，对于何遇的支援也笑话了一番。

"这一路交给我就好了。"杨淇明确表示她这边不需要支援。

"好吧。"何遇听了，也总算明白了为什么昨晚找上杨淇，聊起今天这场比赛中的一些思路时，杨淇那句"不用那么麻烦"是什么意思了。

真的不用那么麻烦。

因为何遇所想的，用战术与配合、用针对性的部署去解决的一些问题，在这场比赛中，用一个方式就可以解决了——技术。

更高一级的技术，使他不需要战术，不需要配合，她一个人就能完成针对，这条边路她一个人就可以主宰。甚至还可以抽着空来中路支援，一下就拿下比赛的节奏。

有这样的个人实力，何遇的很多部署确实已经没那么重要，确实是，不用那么麻烦。

第306章

阵容与个人（下）

"电梯，电梯，电梯！"辅助李宗岩语速超快，差不多1秒就吐了6个字，惊得高歌手忙脚乱，连忙在草丛里放下一个宿命之海，看着李宗岩的"盾山"掩护着残血的"公孙离"一起踏入法阵。"公孙离"传回泉水，跟着技能二段再回原地，以满血状态开启了收割，发生在边路的一次团战就这样又获取了胜利。

"漂亮！直接推进，'大乔'留着大招。"远在泉水的李宗岩大声说着。

过了不到半分钟，对手再次集结发起一次围剿。

"开大招，开大招！'大乔'开大招！"一看到对方英雄边路露头，李宗岩立即大叫。

高歌应声开启"大乔"大招，漩涡之门将分布在王者峡谷各地的队友立时集结在一起，本就占据着经济优势的高歌一方轻松打赢了这回合团战，直取高地。

"稳！"李宗岩叫着，对自己的调度满意极了。

高歌却只觉得头疼，比赛已经临近尾声，她还是没办法适应李宗岩这样激情四溢的指挥。哪怕是打个红BUFF，他都要大呼小叫，仿佛抢到了主宰或是暴君似的。这人好像时时刻刻都处于上头状态，让队友对他的指挥充满了怀疑。可实际战果表明，他的大呼小叫并不是因为失去了冷静，而是他的风格就是如此。高歌一方从开局抢下对方的蓝BUFF开始就不断扩大优势，没有再吃过半点亏。

比赛十分顺畅地走向胜势，可高歌心里却觉得索然无味，不是因为李宗岩激情的指挥让她头痛，而是她在这一局中的作用让她觉得木然。

她是中路"大乔"，从第一次配合开始后，就在李宗岩的大呼小叫中跟随着队伍的节奏，几乎一刻不停地奔波着。

能巩固优势，离不开她"大乔"的作用，这种偏功能型的中路打法在李宗岩的调度指挥以及"大乔"本身的作用下发挥得淋漓尽致。这场比赛的胜利来得有些轻松，高歌却没有很兴奋，因为这种打法她实在不是很喜欢。她明白每一次支援的意义，清楚每一次攻防中，需要她做些什么，可是这些事大多都不是她喜欢的。

高歌喜欢的是控制法师让人抱头鼠窜的法术覆盖，喜欢的是刺客型法师进场后的纵情收割。功能中单，她不是不会，只是不喜欢，结果现在她正以不喜欢的方式走向胜利，这让她觉得有些别扭。

很快，在李宗岩的激情呐喊声中，队伍冲上了高地，推进了水晶，数10秒后，对手的防御被瓦解，水晶彻底暴露在了他们面前。

"点水晶，点水晶！"明明对方五人已经全部阵亡，李宗岩的呐喊却好像是在激战中抢攻一般，水晶应声爆炸，仿佛是被李宗岩喊爆的。

"漂亮！"李宗岩继续大叫。

"打得不错。"苏格也在说。

"舒服。"

"完美。"另两个队友也在说着。

高歌没吭声。这场比赛确实赢得漂亮，从BP开始就完美压制对手取得胜利，是她参加青训赛以来为数不多的一边倒的胜利。

"各位，有缘再见啦！"比赛结束，临时的队友们也要各自奔赴下一场比赛，李宗岩却好像是被比赛点燃了似的，上头一般的情绪始终没消减，与大家的道别声激情依旧。

"再见。"

"再见。"

其他人纷纷说着，随即各自退出了比赛的房间。

高歌留在了最后，很快随着房间的解散也自然退出了，这个时候，微信忽然响了，弹出的信息提示中可以看到是他们浪7战队三人组的小群里有人在说话。

"杨淇师姐现在好强啊！"

高歌点开消息，看到是何遇在呐喊，同时还附上了赛后数据统计的截图。

"关二爷"，33.5%的输出，26.6%的承伤。

在这样的高端局中，这本不该是出现在一个上单英雄身上的数据。承受伤害值或许还会出现在上单英雄身上，但是边路战士想在高端局中拿下这样的输出几乎没有可能。

能拿到这样的数据，那绝大多数时候都是在说明：这位召唤师的实力远在同队其他人之上。

在青训赛中还能碾压其他人，那得拥有什么实力？答案似乎只有一个：职业级。

杨淇是高歌同年级的校友，在校内时两人就打过交道，她的实力在花容战队中独树一帜，是高过其他几位的，高歌早就看出来了这一点。

但在本赛季校内赛，浪7战队与花容战队的交锋中，杨淇亮出她的"关二爷"，高歌才发现，杨淇的实力恐怕并不只是在花容战队独树一帜，在整个东江大学大概也是鹤立鸡群。杨淇几乎是凭一己之力，为花容战队在开局取得了极大的优势。在对线莫羡这个他们眼中的怪物时，杨淇是校内赛中唯一一个可以不落下风的。

即便最终那场比赛花容战队输了，可杨淇的表现可以说毫无破绽，若非有她，花容战队可能连一度领先的优势都不会有。在校内赛中展现了一把自己真正实力的杨淇直接退学，大踏步地向着职业圈闯荡了。如今的她，更是有了这样的实力，在青训赛这个聚集着全国精英玩家的比赛中，继续鹤立鸡群。

"厉害啊。"群里这时出现了同为上单选手的周沫的感慨。

"师兄打得怎么样？"何遇问着。

"赢了。"周沫说道，然后也发了一手他们比赛的数据。周沫用的是"阿起"，12.1%的输出，承受伤害值倒是高些，有35.5%。

"也很好嘛。"何遇赞道。

"不一样，不一样。"周沫连连感叹。"阿起"这种坦克英雄，开团承受伤害，吃下这么高的伤害，也只是完成了本职工作而已。而杨淇的"关二爷"，无论输出，还是承伤，那都是在超额完成任务，一个人干了几个人的活，俗称Carry。

"能赢就行嘛。"何遇说着。

能赢就行吗？高歌看着这几个字，有些愣神。

就在她那一手草里埋伏的打法在校内被痛恨唾弃时，她从来没有因此动摇过，对那些人的答复，就是这几个字。可是刚刚赢下的这一局，虽也开心，却觉得没那么痛快，似乎有一股洪荒之力憋着无处释放。

自己这样是不是有些"作"呀？能赢得比赛还不行吗？

高歌还在自我检讨，她想到的词把自己都吓到了。"作"这个形容词，哪怕是最讨厌她的人都从来没有安放到她身上。

自己这是怎么了，到底是在纠结什么？

"第一轮比赛全部结束，大家准备一下，我们稍后进行第二轮比赛。"300勇士群里，这时发出例行消息，是第一轮比赛结束后准备下一轮的通知。

高歌只能暂且放下心中的思考，准备进行下一轮比赛。很快游戏内她收到邀请，这都是来自比赛组的工作人员。她进入比赛房间，然后看着一个又一个选手进来，调整位置，或对手，或队友。

然后她就在与自己同队的队员名单中，看到了"暮淇"。

"这么巧。"高歌下意识地脱口而出，然后才反应过来语音还没有接通。等到人员聚齐，语音被接通时，还没来得及和杨淇打招呼，就先听到了队友的感叹。

"是'刺猬蜂'。"队友说道。

高歌这才注意到对面的"刺猬蜂"，这个已经人尽皆知的强手，成了她本局的对手。

这已经不是两人第一次相遇了，比赛第四日，选手之间的重复碰撞已经开始变多。

而上一次，两人对线，高歌惨败。之后跟何遇、周沫聊到这个选手时，那两个已是"刺猬蜂"手下败将的人纷纷贡献了他们的看法。

中核、全面、节奏强，多用刺客型法师，手上"诸葛"和"貂蝉"这两位英雄尤其突出。

"一个人太难，要靠全队。"何遇如是说，这话更像是委婉提醒高歌，不要在对线时试图压制住"刺猬蜂"。

所以这场比赛怎么打呢？用什么英雄呢？高歌看向她的队友，耳机里响起了杨淇的声音。

"这么巧呀，刚碰到何遇，又遇到你。"杨淇说着。

第307章

对线"刺猬蜂"（上）

在游戏中遇到小姐姐，总是会让电竞男孩精神一振，哪怕是青训赛这样的高端局也不例外。300勇士中有多少个妹子，早已经被大家掰着指头数出来了，大家私下更是不知议论过多少个来回。这眼下从语音中亲自听到姑娘的声音，频道中瞬间安静，三个电竞男孩放下对顶尖高手"刺猬蜂"的关注，认真注意起自己的队友来。

"暮淇"？

对对对！不就是山鬼战队的新人吗？听说还是个非常好看的妹子。三人先注意到了杨淇的ID。然后，伴随着高歌回应杨淇的声音传来，所有人也注意到了高歌。

高歌目前的战绩并不起眼，可她并不如她以为的那样泯然众人，让人有印象的原因只不过因为她是个女生而已。在300勇士中，女孩子的比例是非常少的，一共就只有19人，比日常游戏时的女生比例低多了。游戏打到这个程度，男生似乎总比女生要出色一些。但在这一局里，他们同队中竟然出现了两个妹子队友！

三个电竞男孩彻底不吱声了，安静地听两个妹子说话。

"他说你现在好强。"高歌说着。

"何遇也进步了很多。"杨淇说。

"非常多，我都不敢相信他是这学期才正式接触《王者荣耀》的新人。"高歌说。

"我听说他为了上分，现在什么位置都打。"杨淇说道。上场比赛中她注意到何遇竟然打起了中路，于是也简单聊了几句。结果原因真实到让她瞬间就沉默了，何遇居然是为了上分。这个理由显然是已经加入职业队的杨淇所无法理解的。

"是啊，不把分打上来怎么报名青训赛呢。"高歌说。

"哦，只打辅助的话，冲分确实辛苦一点。"杨淇说。

"而且他新人嘛，其实一直也没吃准自己到底应该打什么位置。"高歌说道。对于何遇在《王者荣耀》中的成长历程恐怕没有人会比她和周沫更加清楚了，说是看着何遇一天天在王者峡谷长大的都不过分。

"这样啊，那他想好打什么位置了吗？"杨淇问道。

"似乎还没有。"高歌说道。

比赛眼看就要开始，队员都来齐了，结果杨淇和高歌一声招呼后，没人聊阵容也没人聊战术，三个电竞男孩安静地听着两个妹子聊八卦，直至比赛开始的倒计时开始，他们才如梦初醒。

"喀。"三个人竟是不约而同地咳了一声，表示这里还有三个活人。

"比赛要开始了。"杨淇随即说道。

"加油。"高歌说。

随后便已是BP界面，电竞男孩们大抵都有在妹子面前好好表现一下的心思，此时精神抖擞，一BP就开始认真讨论了。

"'诸葛'和'貂蝉'禁掉吧，对面'刺猬蜂'玩这两位英雄很强。"男孩们想表现，可这一上来讨论的内容却不怎么神勇，率先流露出了对对面强者的畏惧。

"这两个，我们这边也可以拿呢。"杨淇这时说话了。

"哦，小姐姐也擅长这两位英雄吗？"男孩们问道。

"不是我，是另一个小姐姐。"杨淇笑。

"可以可以，那中路小姐姐想用哪位英雄？"男孩继续问。

高歌有一点犹豫，这两位英雄都是刺客型法师，是抢攻打架带节奏类型的英雄，都需要跟对手正面刚。可这局对手是"刺猬蜂"，堪称本期300勇士里最强的中路选手，想在中路压制住他来抢节奏，赛前聊天中何遇已经委婉地提醒了高歌最好不要这样，高歌听得明白。

所以选"良""昭君"这一类偏功能型的法师来配合队友吗？

高歌打开了法师面板，目光在这几个法师英雄的头像中打转，试图在当中找到最好的选择。

"小姐姐？'诸葛'还是'貂蝉'？"BP时间有限，高歌不出声，队友很快就问上了。

"诸葛"还是"貂蝉"？

法师的名字钻入高歌耳中，让正在纠结的她忽然一怔，她抬起头，望着墙壁上征战星空的"诸葛"，心里忽地变得明亮起来。

畏首畏尾，那可不该是自己的风格呀！

"给我'诸葛'吧！"先禁先选的条件下，高歌当仁不让起来。

"好咧。"队友应声，跟着"貂蝉"就已被送上BAN位。

接着对面，先BAN的英雄赫然是"关二爷"。

"他们是在针对你吧。"高歌说道。

"可能吧。"杨淇说。

"你比赛还常打什么英雄？"高歌问。

"'策'用得蛮多的。"杨淇说道。

跟着再到他们这边时，继续针对"刺猬蜂"。"诸葛"留给高歌的情况下，最终选择再禁一个法刺类英雄——"不知火舞"。

接着对面，第二个BAN位，赫然给到了"策"，针对杨淇无误。

"好，先给小姐姐拿'诸葛'。"再到高歌他们选择，"诸葛"立即被选出来。这一手以选代BAN也是对"刺猬蜂"的持续针对。

"看'刺猬蜂'拿什么。"队友们说着。

很快，对手一、二楼英雄选出，"刺猬蜂"的优先级果然很高，率先拿到了他想用的法师英雄，只是拿出的这位英雄却让所有人大跌眼镜。

"'安琪拉'？"三个电竞男孩已经一起惊叫起来。

这个可爱的萝莉法师在游戏中有着超高的登场率，但是像极了射手"鲁班七号"，是大量活跃于新手以及低端局中的。到了星耀这个段位以上就甚少见，再高端一些的比赛拿出这英雄来可能直接导致队友心态崩塌。

"我可不是挑事啊！拿'安琪拉'出来，是不是有点看不起我们的小姐姐呀！"有队友看到这手选择已经嚷起来了。

"不是这样的。"杨淇这边却是接过了话，"'安琪拉'有队友配合的话，抢节奏也是非常快的。这一局辅助很重要，你看对面已经把辅助先抢好了。"

"安琪拉"之后，对面选择了辅助"太乙真人"，跟着选择权又交回到了高歌他们手中。

"这不拿个'兰陵王'，是不是有点不尊重人家了呀。""安琪拉"已然成了关注的焦点，打野位已经想选人针对了。

"先等等吧，'安琪拉'应该不是他们的输出核心，看他们拿什么射手再说。"杨淇说。

"哦，那小姐姐你想用什么？"队友立即又关心起杨淇来。

"给我'狂铁'吧。"杨淇想了想后说道。

"好的。"队友也不问缘由，立马选了"狂铁"给杨淇，接着射手位的队友也主动请缨，拿了一个"孙尚香"。转至对面，终于也亮出了他们想要的输出核心——射手"马可波罗"。

打野队友还是对"兰陵王"念念不忘，结果二轮BP时"兰陵王"直接被送上了BAN位，最终经过一番商讨，打野位拿了个"剑仙"。

最终双方阵容：

高歌这边拿到了"狂铁""孙尚香""诸葛""剑仙"和"苏烈"。

"刺猬蜂"一队，则是"铠""马可波罗""安琪拉""子龙"和"太乙真人"。

"我是一点都不担心你会被'安琪拉'埋伏。"比赛载入时，杨淇笑着对高歌说道。

谁想一语成谶，比赛第1分54秒，双方向暴君方向布局时，高歌的"诸葛"突遭草内偷袭，虽没死，但还是被打得只剩一点血，无法参与第一个暴君的争夺了。

第308章

对线"刺猬蜂"（中）

"我的问题。"高歌在语音里坦承自己的失误。她在小地图中观察到"刺猬蜂"的"安琪拉"已经在往暴君方向支援了，这才紧赶慢赶地追过去。谁想"刺猬蜂"玩了一手回马枪，在脱离视野后又转了回来，埋伏了她。

尚不到四级的"安琪拉"输出差了一点点，高歌反应迅速地位移拉开距离，总算是没被击杀。可被"安琪拉"二、一技能打了一套，"诸葛"的血量已经见底。作为一个攻击距离较短的法师，此时实在无法参战，高歌只能选择回城。

拥有了人数优势的对手果断朝暴君围去，高歌的队友倒也没有苛责她，只是紧张地讨论着该如何应对。

"能抢，'苏烈'卖一下，我进场，'剑仙'找机会。"杨淇十分坚决，果断地说着。

"好！"杨淇坚定的语气让所有人精神一振，辅助大叫了一声后，"苏烈"大步流星朝着暴君坑冲去。

"小心'安琪拉'的二技能。"杨淇说道。

语音方落，大步冲上的"苏烈"被"安琪拉"扭身甩了个混沌火种，冲刺的步伐顿时止住。对方辅助"太乙真人"开着一技能意外事故，摇晃着朝"苏烈"走来。没等"安琪拉"混沌火种的眩晕效果结束，"太乙真人"已经将他的第三只手伸向了"苏烈"。

从混沌火种，到第三只手，再到意外事故触发爆炸，接连的控制彻底阻挠了"苏烈"想进暴君坑的意图。野区里刷了两道剑气，正要过来进场抢暴君的"剑仙"见状，头都不回一下，直接就又扎回野区去了。

"放了吧。""剑仙"说道。

"嗯……"杨淇心下遗憾，却也没得选择。

"小姐姐你是巫师吗？""剑仙"忽然来了一句。

"啊？"杨淇没懂。

"你说不用担心被埋伏，结果中路小姐姐就中计了；你说'苏烈'小心'安琪拉'二技能，结果他就被二技能给烫了。""剑仙"说。

如果是网络聊天，杨淇此时除了发一串省略号简直没有第二种选择，可这是语音，她只好用沉默应对。

脱离控制的"苏烈"自然是活不下来，很遗憾地交出了一血。对方顺势又拿下暴君，除辅助齐齐到四级，扭身就往高歌他们的蓝区冲来。

好在打野"剑仙"机敏，在看到抢暴君无望后，对这接下来就会遭受的野区入侵已有预见，直接放弃了己方蓝区，快速朝对方蓝区移动。

"上路小心了。""剑仙"一边去对面偷野，一边提醒上路杨淇，入侵完野区顺势抓边路或者中路都是常规套路了。

"嗯。"杨淇应了声，然后队友们就看着她的"狂铁"在塔下守了一拨兵线后向后退着，没有回家，却是钻进了边路与蓝区之间的草丛。他们已经丢掉了野区视野，看不到对手行动，但若要包抄的话，这个草丛无疑是对方绕塔后的必经之路，杨淇先一步埋伏在了这里。

频道里顿时变得十分安静，所有人一边忙着自己手头上的事，一边屏息凝视着小地图。

露头了！

对手是中野辅一起入侵的野区，在拿完蓝BUFF又清掉边野后，他们没有去贪下方的野怪，而是抓紧时间朝上移动，正朝着"狂铁"埋伏着的草丛走来。

"三个人……"打野"剑仙"忍不住提醒了一句。

杨淇没有说话，她已全神贯注把注意力放在自己的"狂铁"上。她当然知道对手有三人，但是同时也知道自己手中这英雄的强度。一打三，不是没有可能，但是有许多许多细节需要注意，一点都马虎不得。尤其对手是否会打探草丛，直接决定着她这一次该如何操作了。

走在最前面的是"太乙真人"，并没有开启一技能意外事故，只是迈着嚣张的步伐向草丛走来。跟在"太乙真人"后边的是"子龙"，再之后是"安琪拉"。看着对方这阵势，杨淇的"狂铁"又微微朝前移了几步，几乎踏到了草丛的边缘。她看着"狂铁"积蓄的武器能量，正在缓缓流逝，此时倒是希望对方能走快一些。

触敌！

没有打探草丛，"太乙真人"直接摇摆着进到草丛，直接与"狂铁"完成了贴面。杨淇的所有队友此时都已经把视角拉到了她这里，看到"太乙真人"进草丛，所有人的心都已经跳得飞起，但是"狂铁"居然没有动，竟然没有像大家想的那样，立即将一堆技能交到进草丛的目标身上。

先动起来的赫然是对手。"子龙"用出大招天翔之龙，直朝草丛跳去，"安琪拉"也是极快地丢出了她的一套技能，他们就是来边路抓"狂铁"的，完全不需要吝惜任何技能。

167

看上去反应慢了些的"狂铁"，就在此时动了，直接用闪现，竟是从草丛直飞到了野区石壁的右侧，"子龙"的大招、"安琪拉"的一套技能，竟就这样全部落空，然而就在所有人还没回过神时，"狂铁"又已经一个二技能强袭风暴，竟是又从石墙穿回。可这一回，再不是回到草丛，如此一个折线似的走位，"狂铁"竟然直接就切到了"安琪拉"身边。

"安琪拉"还在朝前喷着炽热光辉，哪想到"狂铁"竟突然就蹿到了自己身侧，此时想偏转技能滋到"狂铁"已无可能，"安琪拉"急忙取消技能，就要闪现躲避。杨淇在等的正是这一下，恰在"安琪拉"取消技能，失去了炽热护盾时，"狂铁"受强袭风暴强化后的充能普通攻击这才落下，直接将"安琪拉"敲上了天。

跟着一技能碎裂之刃两记连砍，不过"狂铁"不是爆发型输出英雄，此时也没什么经济优势，一套打完倒是不足以带走"安琪拉"，只见"安琪拉"慌忙交出她的闪现就寻求队友庇护去了。

杨淇此时看起来却像是不准备打了。"太乙真人"开着一技能意外事故，摇晃着从草丛反身过来掩护时，"狂铁"已在朝后退着，与"太乙真人"保持着的恰恰是一个闪现的距离，让"太乙真人"没办法直接打到自己。

对手看起来明显不甘，"子龙"惊雷之龙向前冲锋，可想攻击"狂铁"还是差了不少的，此时只恨自己是个打野，身上没有闪现。

三人不敢继续追，对边路的围剿最终以"狂铁"反敲了"安琪拉"一套告终。三人退却。

"安琪拉"随同辅助向自己的中线返回。

杨淇笑着道："给你了。"

"那还有得跑？"埋伏在河道草丛中的"诸葛"在此时跳出来，娴熟地使用一、二技能，触发被动，当着"太乙真人"的面强行击杀了"安琪拉"。正赶往自家红区的"子龙"急忙扭头，却迎上了从野区里冲出来的"狂铁"。

第309章

对线"刺猬蜂"（下）

看到"狂铁"冒头，"子龙"还没怎么样，"太乙真人"倒是第一时间绝望起来。身为辅助的他，此时尚没到四级，所以先前也没办法施展大招大变活人来拯救"安琪拉"。只是看着自家打野"子龙"马上要到，想争取把"诸葛"换掉。

"诸葛"看起来也甚是贪婪。没拿下暴君让他们全队经验稍有落后，但"诸葛"拿完"安琪拉"的人头后也已经达到四级。刚学会的大招元气弹，显然是想用在"太乙真人"身上，强行击杀了"安琪拉"并不算完，高歌是准备连"太乙真人"也一起收割的。

不过这意图倒正中"太乙真人"下怀，"诸葛"若是杀了"安琪拉"就走他才会失望不已呢。看着"子龙"快速回头，他心中正在窃喜，结果就看到了"狂铁"冒头。

二对二，看起来人数对等。但"子龙"加不到四级的"太乙真人"，打"狂铁"加"诸葛"，都是这级别的高手了，这种碰撞会产生的结果，对他们来说就像打扑克牌的牌面一样，人家出了一对四，你手里一张三一张四，那一目了然是要不起的。

看到"狂铁"的瞬间，"子龙"支援的步伐就明显踌躇了。"太乙

170

真人"则一点责怪队友的意思都没有，他只恨自己先前对"诸葛"太有企图，把自己置身于难以脱身的位置。

很快，"诸葛"新的被动法球刷新，"狂铁"也已经与之会合，充电棒一般的武器已经敲打在了"太乙真人"身上。"子龙"没有过来，却也没有就这样离去，他保持着一定距离左右徘徊，看起来还是有一点想法，可是直至"诸葛"的大招元气弹锁定到"太乙真人"身上，他终究还是没有动，高歌的走位也没给他可以横身来挡元气弹的机会，他们终于顺利击杀了"太乙真人"。

Double Kill！

在暴君拼抢前被对手埋伏，被逼回城，让己方在暴君争夺落入下风的高歌，凭这一手双杀，成功挽回了劣势。三个只是通过拉视角观看，没有丝毫参与的电竞男孩大声叫好。对这种游戏玩得好的小姐姐，他们是发自内心地欣赏。

"可惜呢。"杨淇却在这时有些遗憾地说着。

"啊？"高歌也正为刚才自己拿了双杀高兴，听到杨淇说可惜，不由得一愣。

"特意留了二技能，想等那个'子龙'进场，反过来控制他的，结果他到底还是没来救人。"杨淇说道。

"那也杀不了他吧？"高歌说。"子龙"状态完好，又有生命越低免伤越高的特性，刚才若真是进场，只凭"狂铁"二技能强化后的普通攻击控制，高歌并不觉得可以留下"子龙"，毕竟她"诸葛"的二技能为了打出策谋之刻已经全交出了，给不到杨淇任何帮助。

"的确是杀不了他，但可以消耗他，然后咱俩就可以攻进他的野区了，但是现在的话就算了吧！"杨淇说道。

对方边路的"马可波罗"还活蹦乱跳着呢！此时追进野区，不会只对付一个"子龙"，对方"马可波罗"必然会来支援。若是"子龙"已经被消耗了血量，他可就不敢随便配合"马可波罗"驰骋了。毕竟在有大招的"诸葛"面前，半血可以当作残血，残血那就相当于没血。可现在撤退的"子龙"状态不错，他们再追就不是明智之举了。

杨淇在那时起就已经在为接下来做谋划了。高歌呢？她很清楚当时的自己一门心思地想要击杀"太乙真人"，对"子龙"的关注也只是提防他会不会成为阻碍。接下来要做什么，这种事她得等杀掉"太乙真人"以后再看局面判断，而杨淇的意识显然要比她全面得多。

这就是职业级吗？高歌心下默默想着。眼见昔日以为跟自己水平差不多的女生，现在自己竟与她有这么明显的差别，高歌的心情还是有些复杂的。可其他三位队友都没想这多，暴君落入敌手后就直接前往对方蓝区的"剑仙"，因为"安琪拉"和辅助双双被杀，此时几乎不受任何打扰，把对方蓝区吃了个干干净净，对于杨淇话里这点小遗憾完全没放在心中："没事，不亏！这边野区吃干净了！"

"干得漂亮！"

杨淇称赞了队友，高歌此时再度恍然。杨淇在面对对方可能的强势围剿时，非但不退，反倒反打了对面，那只是单纯的以攻为守，又或者是对自己技术的强烈自信吗？

这些因素或许有，但绝非全部，甚至可以说这些都不是重点。杨淇这样做的真正用意，是在给自家打野偷入对方野区争取足够多的时间。在以一敌三的作战中，杨淇打得很灵活，并不蛮上，更没有想着牺牲自己去博对面一个人头。她准确地消耗了"安琪拉"，因为她把高歌"诸葛"的动向看得明明白白，她从那时起就算好了将这个"安琪拉"留给中路收割。

如此多的细节，如此多的盘算，而高歌此时回味过来，也只是已经发生过的剧本。如果当时有一些其他变化呢，杨淇又会引导出什么其他变化？高歌真是怎么想也想不出了，她是第一次在《王者荣耀》这个游戏里感觉到有些头痛。

"怎么了，高歌？"杨淇注意到高歌的"诸葛"好像挂机一般忽然不动，于是问道。

"哦，没事。"高歌回过神，"诸葛"也在她下意识地操作下动了起来，可眼下应该去做什么，她忽然发现有点没有方向。她刚刚领略到了自己所向往的那个圈子里的玩家在比赛中有着怎样的思考和深度，而杨淇其实也不过是个被职业队看中，目前还并没有打过正式的职业比赛，跟她一样在青训赛里闯关的选手。

高歌已经不敢奢望向那些大神级的选手看齐，但她迫切希望自己至少做到像杨淇这样思考，可这哪里是你想做便可以做到的事？看着小地图上的队友，"剑仙"刚收了对面蓝区正往下方自家红区赶，辅助"苏烈"在与他会合，边路"孙尚香"对线"铠"，在高歌完成双杀，明确了对手打野的走向后，此时压得比较上前。

这形势，照高歌以往的习惯，那必然是往下路走，与打野、辅助伙同"孙尚香"压对面的边路外塔。

可是现在，高歌不由得就要去想，自己这样做完以后呢？后边的两步、三步、四步呢？

请求集合！

系统讯息响起，是来自下路"孙尚香"的召唤。高歌以往的习惯显然就是最主流的套路或者说意识，这种时候集合攻一拨下路正是天赐良机。

高歌顿时也顾不上去深度思考，"诸葛"赶忙朝着下方移动起来，哪想杨淇的声音却在这时传来："高歌来上路帮帮我吧，下路他们三个人足够了。"

"哦。"高歌应了声，正要往下路去的"诸葛"扭头往上路去。她看着小地图旁的人头标记，被击杀的"安琪拉"此时已经复活。那可是现在青训赛中有名的高手，曾与他有过对局的高歌已经深刻体会过这是一个怎样的高手。

可是现在，高歌觉得"刺猬蜂"那天花乱坠的技术完全不如杨淇在比赛中的思考来得精彩。今天这场比赛，对自己而言更重要的或许并不是与"刺猬蜂"这种高手对线，而是与杨淇这种准职业选手并肩作战。

这样的人听说这次青训赛中不止一个两个，但是其他人终究没有杨淇来得熟悉，不会像杨淇这样主动跟她交流这么多。

"来了。"高歌又应了声。她觉得自己前往的好像并不是游戏地图中的一条边路，而是那个自己一度以为有些了解，现在却发现其实没有那么简单的领域。

经历了几天青训赛，高歌已经不如以前那般自信了。但是不管怎么说，她已经来到这里了，怎么也要看得再清楚一些。

第310章

连续击破

上路。

杨淇招呼高歌来帮忙，这可不是好闺蜜做什么都要一起手拉手的心态，而是她察觉到了对面的进攻意图。手短腿慢的"狂铁"其实是挺害怕"马可波罗"的。尤其现在都已过了四级，有了一点装备，"马可波罗"可以更快地刷出被动技能打出真实伤害，这让"狂铁"的护盾在"马可波罗"面前都显得意义不大。对方"子龙"收完红区，很可能就来协助"马可波罗"正面强攻。

眼看边路兵线就要碰撞，杨淇的"狂铁"没有冲到塔外去抢着清兵，也没有龟缩塔下，反倒又从野区绕进了河道，像是来迎接高歌一般。

"怎么说？"看到杨淇这样的举动，高歌不由得问了句。

"这边埋伏一下。"杨淇的"狂铁"在前引路，带着东江大学最负盛名的草丛宗师朝着上方野区与河道间隘口的草丛靠了过去。

"对面打野如果不来呢？"高歌问道。这是要埋伏谁，她是看出来了，却不由得有点担心埋伏不中的后果。看着边路兵线交锋，"马可波罗"快速清兵，高歌有些心疼会损失的兵线。

"'马可波罗'敢这样带兵线，打野不来，那他就要被绕后了。"杨淇说道。

杨淇的这番用意，听得高歌又是好一阵感慨。她在《王者荣耀》里遭遇最多的上单就是周沫呀！但周沫几乎从不会有这样具备攻击性的意图或者说意识。充其量就是队友前来支援，大喊他去引诱的时候，他才会不情不愿地朝着塔外多走两步。

而杨淇呢？她的"狂铁"都直接探到对面野区去了，这是典型的攻击型上单打法。守线之余总会想着多做些事情。

就这么念头一转的工夫，对面"子龙"进入到了二人视野。杨淇的判断没有错，"马可波罗"这样自信地压线，全是因为队友支援随后就到，否则在没有探清敌人动向的情况下带线过深那可是中低端局才会有的错误，他们这级别的比赛显然不会出现。

"诸葛"击败"子龙"！

一个念头之后，高歌的"诸葛"已经再添一个人头。"马可波罗"发现自己等待的队友竟然被伏击，转身要来帮忙时一切都已经迟了，最后只能远远地来了一梭子子弹，终归不敢太过上前。杨淇的"狂铁"却在这时提着大棒直朝"马可波罗"冲去，看得高歌就是一惊。

"还打？"

"马可波罗"有二技能和大招可位移，召唤师技能一般还会带净化，在"狂铁"和"诸葛"这两位英雄手不长且技能已经用得差不多的情况下，想这样正面去抓"马可波罗"还是有些困难的。高歌完全没想到杨淇竟然在这种局面下还对"马可波罗"有企图。

哪知杨淇的"狂铁"就在此时忽然变向，已经埋头朝着自己塔下跑去，一边说道："趁你还在，吓吓他。"

细节啊！又是一个细节！

因为知道对手有两人，且有"诸葛"这个多段位移的英雄，"马可波罗"才在"狂铁"突然表现出攻击意图后仓皇后退。这让"狂铁"顿时就有了空当，没有什么攻击就可以大摇大摆地回塔下清理兵线去了。

带着停不下来的感慨，高歌的"诸葛"也开始回她的中路。但就在河道正中那堆孤零零的草丛就要进入视野时，一种异样的熟悉感涌上心头。

"安琪拉"在草里！

高歌心中下意识地闪出了这样的念头，会有一丝异样，是因为大部分时候，都该是她在那个草丛里，伏击那些去支援又或是支援返回的中路对手。

所以这次摆在高歌面前的有两个选择：进己方蓝区绕路，安然无恙回到线上；还有就是算好距离，闪避"安琪拉"的攻击反打。至于操作方式，杨淇一打三那次其实就是一个很好的示范，用两段位移进行一个折线走位，可以绕过"安琪拉"瞬间打出的一套并贴到"安琪拉"身旁。

这种打法，风险很高，一旦动作稍慢被"安琪拉"的二技能混沌火种命中，那一秒的眩晕足够"安琪拉"的一套技能收割人头了。但是这种打法同时收益很高，一旦成功，技能一套都出去的"安琪拉"只能任人摩擦，她的闪现可是在先前用过的，此时还在冷却中。

所以，上吧！

两种选择在高歌心中只是刹那间的一闪，向来行事果断从不拖泥带水的她瞬间就已经做出决定。"诸葛"看都没看蓝区一眼，继续前进。

"小心埋伏！"

杨淇似乎永远都在关注着所有队友的动态，"诸葛"在多往前迈出一步时就已经出声提醒了。

"明白。"高歌简单回应，注意力已悉数集中到眼前。作为一个喜欢埋伏对手打法的资深爱好者，"安琪拉""妲己"这些草丛小姐妹她玩的次数只多不少，"安琪拉"的技能射程等等她很清楚。她不太清楚的只是"刺猬蜂"的习惯，不知道他蹲人喜欢在多远距离时出手呢？

高歌无从得知，她只能等看到技能的一瞬拼一下反应，着实有些刺激。

一步、两步……

"诸葛"已进入"安琪拉"的攻击范围，但草丛中的攻击迟迟未动。距离越近，那留给高歌的反应时间只会越少，这"刺猬蜂"看来也是个资深的草丛高手，猎物就在眼前却始终保持着冷静。这对高歌来说，她只觉得自己已要达到极限，再近，自己的反应就要跟不上了。

那就直接上了！

果断的高歌从不含糊，对方蹲草不打先手，她干脆就打起先手来。2分钟冷却完一次的珍贵技能闪现也毫不心疼，她是吃准了这个草丛中必有埋伏。

闪现、时空穿梭、东风破袭！

距离近些，对"诸葛"也是有利的，时空穿梭恰好踩出了两段伤害，加上东风破袭贴脸甩出的三颗法球瞬时激活了策谋之刻，法球开始飞舞，跟着元气弹也已经挂上了身。

"刺猬蜂"目瞪口呆。

他确实想着等目标近些再出手，确保万无一失。对方无非也就是探下草，可"诸葛"东风破袭那点攻击距离，来探草时早已不在安全距离了。他万万没有想到，对方草都没探，竟是直接吃准了这里有埋伏，连闪现这样宝贵的召唤师技能都直接交出，瞬间就踩到"安琪拉"的脸上来了。

没了！

飞舞的法球和已经凝聚着的元气弹让"刺猬蜂"清楚自己必死无疑，可是这样直接突进，难道还想全身而退？"诸葛"并无控制技能，虽然打出了爆炸伤害，但这丝毫不影响"刺猬蜂"的操作。就在"诸葛"突然闪现时，他十分惊讶，却也马上意料到接下来会发生什么，"安琪拉"早已在扭身，一套本是用来打埋伏的技能直接正面打出。"诸葛"的大招元气弹需要一点时间来蓄力，这是他的机会，他已经不求自救，所求的只是能跟"诸葛"一换一。

但是，元气弹虽还没射出，"诸葛"新一发时空穿梭就已准备完毕。近有近的凶险，也有便宜，这一步时空穿梭踏出，"诸葛"再度跳到"安琪拉"的身后。此时的"安琪拉"，炽热光辉释放中，180度转身已经不是她这时可以轻易完成的动作了。她只能眼看着已经被打残了的"诸葛"，就差那么一点点伤害就会倒地，可她偏偏无能为力。再跟着她已同元气弹亲密接触，"诸葛"击败了"安琪拉"。

"漂亮呀！"杨淇赞道，"细节很到位。"

"呵呵，我大概就这点强项了。"高歌说。

"小姐姐们带我们飞！"三个电竞男孩眼看两个妹子连拿人头，几乎忘了这是事关他们未来的青训赛，仿佛躺分路人一般欢呼起来。

"你们下路三打二，能不能打点成绩出来呀？"高歌却是不假辞色，不认真的队友，那从来都是她最嫌弃的对象。

第311章
得势不让

"是时候开始我们的表演了!"

三个电竞男孩听到高歌如此说,立即叫了起来。他们不是注意力涣散到已经忘记了比赛,只是在等时机罢了。对面二人显然已经意识到了要被抓,"铠"和"太乙真人"都没有贸然出塔,显然是想防守。三人此时也在观察,寻找着可以越塔的机会。

"推塔就行了,'太乙真人'四级了,强留人容易出事。"杨淇连这三位这边的情形也在关注着,看他们跃跃欲试的架势后提醒着。"太乙真人"这英雄四级的大招大变活人,是可以让自己与附近血量最低的队友死后原地复活。这要使用得当,一个人掰成两半用,看似二打三的局面很可能弄成四打三,再加上塔下防守的地形之利,反杀对面也不是没有可能。

但她话音刚落,这边已经动起手来。塔下防守?不存在的!辅助"苏烈"草中埋伏,蓄起大招,在对方"太乙真人"想要炸一下兵线时,突然用闪现加大招出手,跟着所向披靡,竟是将"太乙真人"从塔里生生推到了塔外,还借着地形边缘眩晕了"太乙真人"1秒。一旁准备就绪的"剑仙"和"孙尚香",剑与炮一起朝着"太乙真人"身上疯狂招呼,就在防御塔下的"铠"眼睁睁地看着这一幕,也就敢上来丢个一技能回旋之刃,万万不敢挺身而出。

"太乙真人"一看，干脆大招都节省了，直接躺平任人宰割，顷刻间交了人头。塔下的"铠"趁着这点时间，倒是把兵线清理了一下，总算是让防御塔无忧，让"太乙真人"没有白死。

"唉……"

在泉水等复活的"太乙真人"微微叹了口气，而在此之前，他们的语音频道已经沉默了有一会儿了。而这突如其来的沉默让"刺猬蜂"十分尴尬。赛前BP时，他这手"安琪拉"引起队友一片惊疑，是他拍着胸脯说了一堆"安琪拉"的可取之处，并要求辅助拿"太乙真人"来与他配合。

因为青训赛中光鲜的战绩，队友最终都选择了相信他。但是结果呢？开局这才几分钟？他的"安琪拉"就已经送出两个人头，队友虽然没有说什么，但是语音频道在"安琪拉"第二次被杀后突如其来的沉默已经很好地传递着队友的不满。

"接下来怎么说？""太乙真人"叹息完问道。他用尽可能平静的口气询问着"刺猬蜂"接下来的打算。

"我发育一下。""刺猬蜂"言简意赅，恍惚间仿佛回到了当初带别人上分的日子。偶有开局不利，被老板怀疑时，他都是这般答复，然后疯狂发育数分钟后给老板一个满意的交代。

队友随即不说话了。"刺猬蜂"知道他们不会怀疑自己的实力，毕竟自己远胜过众人的战绩比起丢掉两个人头的出师不利更加有说服力一些。但是"安琪拉"这个选择，他清楚一定会成为队友此时诟病的地方，他们一定会认为是自己玩脱了。

这种感觉也挺熟悉啊！

"刺猬蜂"不由得想起自己带过的一些人，明明都是求人带的，却偏偏觉得自己水平不错，很懂游戏，时常对"刺猬蜂"的英雄选择指指点点，认为不应该拿这个，应该拿那个那个。

对于这种老板给出的建议，"刺猬蜂"从来都没有理会过。他一直都坚持自己的选择，然后用比赛的胜利来说明一切。当然，偶尔也是会输的，但那也并不能证明老板的建议是正确的，因为绝大多数情况都是"刺猬蜂"拿下胜利，他坚信自己的选择。

所以，"安琪拉"的选择没有错，只是开局有一些不利。对面的上单"狂铁"有些强，听说是职业队的新人，确实实力不凡。至于这个中路"诸葛"，"刺猬蜂"承认自己第一次轻易埋伏到"诸葛"后有些小瞧了，全没想到"诸葛"的反埋伏手段一下子就变得这么强，而且操作得那么果断。照着一个压根就没探明的草丛，直接用闪现冲上来，这是自信吗？不，"刺猬蜂"觉得这是"诸葛"运气好。毕竟根本没有任何征兆显露自己会蹲在那片草丛中，"诸葛"纯粹瞎猫碰上死耗子，这种事总不能一再发生吧。

"刺猬蜂"翻开对战面板看了眼，连拿数个人头的"诸葛"此时经济好得出奇，比他这丢了俩人头的"安琪拉"要高出一千还要多，不是偷袭的情况下着实不好打。

找机会吧！

关闭对战面板后的"刺猬蜂"并不着急。他带人上分，以此为生，比赛中要考虑的从来不是自己爽不爽，而是赢得稳不稳，快不快。游戏胜利，他才有钱赚；游戏赢得快，他才能在同等时间内赚到更多的钱。他习惯了这样计较胜负得失，至于自己的游戏体验，早就被他抛之脑后。像此时这样开局不利的对局，他都数不清自己经历过多少次，他丝毫不觉得这有什么可难受的。他看向小地图，看向自己队友此时的状况，正想从全局上梳理一下局面时，小地图上却突然出现了"诸葛"的人头。

在"诸葛"人头亮起的刹那响起的，是法术爆裂的声音。近在咫尺，就在眼前，从小地图上寻找都显多余，"诸葛"赫然蹲在了中路二塔与野区间的草丛里。在"安琪拉"上线路过二塔时走出来向她问好，一技能东风破袭甩到了"安琪拉"身上。"诸葛"身上早已备好的谋略刻印，在这已经命中"安琪拉"后立即达到五层，五颗法球飞出，直奔"安琪拉"，与此同时，"诸葛"的大招元气弹也已经挂在了"安琪拉"身上。

竟然都埋伏到这儿来了，简直欺人太甚！

"刺猬蜂"对高歌的行为十分气愤，对于"安琪拉"的生死他倒没有十分担心。"诸葛"这种能带节奏的法刺型英雄同样是"刺猬蜂"极擅长的，对"诸葛"在不同等级、装备的状况下能打出的伤害，他都很清楚。这一技能东风破袭若是多擦到"安琪拉"一道，又或者"安琪拉"被"诸葛"的二技能时空穿梭多打了两段，"诸葛"的这一套技能或许有可能将"安琪拉"直接带走，但眼下的伤害并不够。

"安琪拉"最终剩了一点血，"刺猬蜂"却无法因此庆幸，更不可能感到高兴。只这一点血，让他完全没有办法再去线上，他只能回泉水补充状态，刚刚高喊着要发育一会儿，转眼就要损失一拨兵线。

不，不只是一拨兵线。

中路视野，兵线接火，草丛中赫然滚出来了一个"孙尚香"，对着兵线一通狂轰滥炸。对方射手都已经就位了，他这哪里只是丢了兵线，这是要把中塔都直接丢掉了呀！

第312章
无人配合

"安琪拉"刚到二塔就被人打了回去，队友也来不及支援，大家只能一起眼睁睁地看着中路塔就这样被对方推掉了。

"干得漂亮！"耳机里随即传来杨淇由衷赞叹的声音。

"嗯……"高歌点了点头，心中却是若有所思。

如果以她的标准来判断，她刚才打得并不完美，因为没有击杀到"刺猬蜂"的"安琪拉"。可是队友"孙尚香"的及时支援让她这次的埋伏起到了关键作用，并让他们队伍取得了一次推塔的节奏。坦白说，去埋伏的时候高歌可真没想到这么多，她只是觉得有机会再找一下"刺猬蜂"的麻烦。但是在其他队友的配合下，她刚才的埋伏顿时显得意义深远，作用非凡。高歌觉得，杨淇的这一声赞叹多半是冲着"孙尚香"的支援速度来的。

"刺猬蜂"这边呢？"安琪拉"再次从泉水中出来，"刺猬蜂"心里不由得又紧了几分。刚刚说要发育一下，结果中路一塔就没了。接下来发育环境受影响的已经不仅仅是他，连己方打野的野区恐怕也会遭到强势入侵。

果不其然，"孙尚香"大概是觉得自己来一趟中路也不容易，只推掉一个防御塔还意犹未尽，接着就配合队友打起了野区入侵。

“能打，能打，能打！”

在三个电竞男孩的吵闹声中，对面野区瞬间就被打烂，试图防守一下的“刺猬蜂”等人根本不敢跟发育更好的对手野区争霸，试探性地找了找机会，发现再含糊怕是连命都要留下，只能无奈退下。

“欸，把人留下啊！”没拿到人头的“孙尚香”甚是遗憾。

“怎么留，你把野怪清理得那么干净，我想打两下都没有。”“剑仙”也带着气，对于这回合进攻没有人头入账十分不满。

“还可以啦，撤退吧。”“苏烈”说着。辅助总是场上最冷静的那个，眼见射手和打野气势汹汹，大有追进敌方高地的架势，连忙劝阻。

“边路继续推吧。”“孙尚香”说着，三位就势迈出野区，想边路继续推进。这边如果还是“铠”一人镇守，那肯定顶不住这三人暴力拆塔的攻势。可“刺猬蜂”的“安琪拉”在处理完中路后就立即奔到了这里，在塔下丢出火球，快速清理着兵线。

局面已成这般模样，再区分兵线是你的还是我的已经毫无意义，至少在“刺猬蜂”的习惯中是这样的。眼下他需要获取经济，哪怕全队都逆风，只要他是顺风的，他就有信心把局面扳回来，毕竟他所经历的大多数比赛都是这种一个人顺风的比赛。

“辅助跟我吧。”“刺猬蜂”说道。

“安琪拉”不是很能带节奏的英雄，“安琪拉”虽然能打出爆炸伤害的效果，却太依赖二技能的命中率了。一旦二技能打不中，在这种段位的对手身上就不要指望造成什么杀伤了，可能收获的节奏自然也就随着一个放空的二技能燃烧掉了。“刺猬蜂”敢在这级别的比赛中拿“安琪拉”，说明他还是很自信的。不过眼下局面已对他们十分不利，容不得半点马虎，于是他也呼叫起了辅助，多个帮手，相当于多个二技能，多一次出错的机会。

辅助"太乙真人"此时正跟着打野"子龙"，在看到"刺猬蜂"刚要去线上就被打回，跟着便丢了中路一塔后，他心里对"刺猬蜂"已经有些失望了。眼下看到这家伙依旧自居主角，想让自己跟他，顿时更加不忿。

"我先跟一会儿打野吧。""太乙真人"回答道。

"刺猬蜂"愣住了，对于队友如此直接地拒绝，他有些不习惯。平日里他都是带人上分，平心而论，虽然有自命不凡的老板，但到了游戏里，很少有人质疑他，都会尽可能地配合他的节奏和思路。

偶有不服的，"刺猬蜂"只会用漂亮的个人表现去证明自己的正确性。眼下拒绝"刺猬蜂"的辅助，就让他有一种遇到了一个麻烦老板的感觉。随即他也不多说，准备用他惯用的方式来解决问题，让对方知道，这场比赛应该由谁说了算。

然而"安琪拉"终究不是一个靠一己之力就可以打出去的英雄。帮"铠"守了一拨线后，"刺猬蜂"的"安琪拉"蹦回中路二塔下收了中路线，随即看到打野和辅助要去"马可波罗"那一路后毫不犹豫地跟上。跟着队友抓人能拿到助攻，甚至拿到人头，也是一种发育方式。

然而"马可波罗"一路对线的可是杨淇，准职业级的她拥有何等的意识，似是察觉了危险，连头都不露一下，仿佛不要这拨兵线似的。"子龙"和"太乙真人"在草丛中眼巴巴地埋伏了好一会儿，也是很有耐心，终于看到"狂铁"按捺不住冲了出来。两人心花怒放，又强行冷静，直至"狂铁"进了他们的埋伏圈，蓄势待发的二人这才果断冲出，然后就见河道草丛中对手大军也一起冲了过来。

"狂铁"走出防御塔，那不是觉得自己安全了，而是队友支援已到，他开始出塔诱敌上钩了。

反应过来的二人这时想要退走却已经来不及了，"剑仙"突进，利刃之下又是眩晕又是减速，"苏烈"过来又砸又撞，还有"狂铁"挥舞着他的武器，那架势感觉就是没有队友，他一个打两个也全然不害怕。其后的"诸葛"二话没说直接就用出了大招，一副着急抢人头的样子。

　　距离稍远的"马可波罗"一看这架势，连上来打几下都不敢。"太乙真人"眼下纠结的也是他的大招值不值得用、什么时机用的问题。

　　最终两人倒下了，不过"太乙真人"大招用得不错，两人一起站起来，在原地挣扎了两下，又重新倒下了。

　　跟着，高歌一方趁势压塔，"马可波罗"哪里敢守，早已逃之夭夭。正赶来的"刺猬蜂"看到开打那一瞬，就已经扭头向后了。别说他玩的不是刺客，就算是，刚刚也压根没有什么收割机会留给他。"子龙"和"太乙真人"完全是被对面按在地上摩擦。

　　"没有中路视野啊！"死亡等复活的"太乙真人"这时幽幽来了一句，虽没明指，但懂得这个游戏的人都听得出他这是在指责"刺猬蜂"没有守住中路。

　　"刺猬蜂"对此无话可说，确实，中路塔过早丢失会引发很多问题，刚刚不过是问题之一。只是刚刚那一战，两人再耐心多等一会儿，等他的"安琪拉"就位，那未尝不可一战。结果两人对对手耐心得很，对等队友赶来支援却没有表现出同等耐心，生怕人头被抢走了似的。

　　"守吧。"眼见又一座外塔告破，"刺猬蜂"也别无他法。守线，以"安琪拉"的能力是很有优势的，然而一直守下去可是不会给他们赢来什么转机。就阵容来说，他们本局的两个C位，"马可波罗"和"安琪拉"可都不是打后期的英雄，包括他们的打野"子龙"也是一样，前中期优势更大，进入后期后开始逐渐疲软。到了大后期，"安琪拉"更是只能靠控制技能来刷一下存在感，除此以外，攻击力和承受伤害的能力都无法再让人满意。

所以他们不能死守，得在防守中寻找机会。最好是在对方攻塔时绕后。

"刺猬蜂"心中不住地盘算着，但是对手那边已有沟通。

"慢慢消磨防御塔，不用急，别跟'安琪拉'较劲，甩开她推进。"杨淇说道。

第313章
比赛结束，思考未完

行家一出手，就知有没有。

"刺猬蜂"本局的表现从表面上看堪称灾难。除了开局在草丛里埋伏将高歌的"诸葛"逼回泉水助己方争下第一个暴君以外，之后就一直十分狼狈。尤其在没了中塔之后，走往任何方向的步伐看起来都透着一股仓皇。

不过，杨淇到了这种水准，已经不会只看这些现象，而是会从选手的操作细节中读出很多东西。从"刺猬蜂"开局埋伏高歌的"诸葛"那次起，她就多少揣摩出了"刺猬蜂"这局拿出"安琪拉"的意图。在防守自己边路外塔时以一敌三的埋伏，就已经包含了对"刺猬蜂"的针对意味。先逼出"刺猬蜂"的闪现，再在退路中让高歌埋伏，"刺猬蜂"想要的节奏事实上从那一刻起就已经被破坏了。

之后"安琪拉"一次接一次的狼狈撤退，只是节奏破坏后的延续。高手过招就是这样，一步落后，步步落后，偏偏"安琪拉"这位英雄真不是凭一己之力就可以打出节奏带领全队的英雄。"安琪拉"能在KPL这种最高等级的职业赛中登场，却在玩家眼中是一个适用于新人而不适合高端局的英雄，恰恰就说明了这一点。她的发挥，是比较需要队友围绕着她打配合的，职业战队会有相应的练习。可对于大部分非职业选手的玩家，尤其是高端玩家来说，却没有很多与这位英雄配合的经验，毕竟日常高端局的比赛中很少会碰到。

于是在上路看到辅助"太乙真人"是跟着打野"子龙"一起出现时，杨淇便知道"刺猬蜂"这手"安琪拉"因为不佳的表现，已经被队友嫌弃了。一个没了中路防御塔，没有队友协助的"安琪拉"，还能干什么？只能在防守中寻找机会了。

可是对于这一点，杨淇也没有忽视。甩开"安琪拉"的决策在队中坚决执行着，"安琪拉"但凡出现在某座塔下防守时，其他两路的防御塔立即就会成为攻击的重点。

"安琪拉"奔波了几个来回，一点机会没找到，己方反被推到高地，"刺猬蜂"已然发觉对手意图，却一点办法也没有。

"现在怎么说？"队友阴阳怪气的话却是停不下来了。节节败退中，大家都是碌碌无为的。局面是如何崩到这种地步的？那是从"安琪拉"被打崩开始的啊！

"守高地吧，对方如果急躁的话……"

"我觉得他们应该不会。""刺猬蜂"的话还没说完就被队友直接打断了。虽然没有"刺猬蜂"的战绩那么亮眼，但大家怎么说也都是高手。对手打得极具章法，这点所有人都看出来了，之前推进都在耐着性子甩开"安琪拉"，上高地时又怎么会突然着急起来呢？

果不其然。高歌一方是随着特意卡好的三路兵线齐头并进开始推进高地。"刺猬蜂"想在防守中寻找机会，可都到了高地，对方依然不给他这个机会，依然尽可能地避开他。

对手对他是有忌惮的，这成了"刺猬蜂"心中的最后一丝安慰，然后高地接连被破，直至攻破水晶，对手都没有露出丝毫急躁。

输了。看着己方水晶爆炸，"刺猬蜂"有一些不甘，他觉得继续多拖一会儿，他总是会找到一点机会的。可是他的队友看起来已经没了耐心，在"刺猬蜂"喊着"慢点，先别上"的时候接连送出了人头。而后，耳机里传来队友不爽的讥讽声："'安琪拉'，哈？"

"'安琪拉'没问题，是……""刺猬蜂"下意识地就要解释，就好像平时带老板上分输掉比赛时，他一定也要说几句原因。可是这次话说到一半，他就此打住了。他发现自己没有必要在这里解释什么，这些人不是他的老板，也不会是他的长期队友，跟他们沟通这些有意义吗？

所以，"安琪拉"确实没问题，是自己的选择出了问题。自己不该在这样的比赛中拿出要依靠队友的英雄，虽然他认为"安琪拉"是一个可以有效抑制对手节奏的前中期英雄。

所以，吸取这次教训吧。

"刺猬蜂"长出了口气，不再跟队友多说什么，便退出了这场比赛。

"漂亮的一场比赛。"胜利的一方，此时自然其乐融融，杨淇先出声赞叹之后，三个电竞男孩立即跟上节奏，开始大肆赞扬。

"嗯。"高歌稍显冷漠，只是应了一声。比赛结束了，可是她对比赛的思考还没有结束。这场比赛的走势，说实话在他们打击到"刺猬蜂"，争夺到优势后，她就觉得越来越熟悉，这像极了他们浪7战队的比赛，不，更准确地说，这像极了有何遇参与的比赛。先取得一手优势，优势就会逐步扩大，仿佛探囊取物般拿下胜利。

不同的是，如果是何遇在的话，那他真是事无巨细都会交代，给所有人都安排得清清楚楚。这场比赛呢？杨淇的话并不是特别多，更多的时候，就是她的英雄冲在前面带着大家行动。

所以有些地方的内容，高歌要之后回味才会有所察觉，她忽然觉得这场比赛之后自己好像变得聪明了一些，该如何调整自己的打法，她似乎有那么一点模糊的方向了。

"两位美女再见，希望下次我们还是队友。"三个电竞男孩这时已经在跟她和杨淇道别了。

"再见。"杨淇那边应道。

"再见。"高歌也应了一声。

"那我也撤了。下次比赛见。"杨淇说。

"谢谢你，下次比赛见。"高歌说。

"你谢我什么？"杨淇不解。

"感谢你带我赢啊。"高歌笑。

"是你打爆了'安琪拉'带来了节奏呀。"杨淇说。

"那也要从你上路一打三，强行击杀了'安琪拉'开始。"高歌说。

"我注意到你的意图了。"杨淇会心，高歌那一回合的意图，她自己又怎么会不清楚呢。

"好在我没有让你失望。"高歌说。

"论埋伏，你是最强的。"杨淇说。

"还有待提高。"高歌说。

"加油！"

"加油！"

两人又多说了几句，终于也各自退出。高歌翻开三人的小群，想和两位小伙伴分享一下，结果一打开就见周沫在里面嚷嚷："崩了，崩了。"

看时间，已经是1分钟之前的发言。高歌他们这局拿到节奏后就再没给对面任何机会，11分钟结束比赛，称得上是非常流畅顺利，但是周沫这

192

边看起来结束得更早，而且看起来他应该是不幸的那一方。

"怎么崩了？"高歌在小群里问道。

"啊？你也这么快打完了，你是赢了还是输了？"周沫回。

"赢了，你那边怎么了？"高歌问。

"太强了，服！"周沫说。

"谁？"高歌问。

"许周桐。"周沫说。

第314章
下 半 段

今天的许周桐有些不一样，这并不只有周沫发现了，早上第一轮比赛与许周桐同组的队友和对手就已经察觉，最直观的表现就是：在青训赛中一直是打野位的许周桐忽然回归了边路。这本是他在职业赛中一直负责的位置，但在参加青训赛时担任起了打野，谁也不知道为什么，现在也不知道为什么忽然之间许周桐又回到了边路。

青训赛是选拔人才的比赛。新人无法清晰定位自己，在参加过这些比较职业高端的比赛后找准定位是常有的事，所以青训赛中并不排斥选手更换自己的位置。可像许周桐这样已在职业圈中小有名气的选手来说，他并不在新人的这个范畴，他在位置选择上跳来跳去，倒更像是遇到了瓶颈。

然而，即使是打野位上的许周桐，也在青训赛中拿到了超高胜率，丝毫没让人感觉到他的实力受到限制，直至昨天面对何遇一队之后惨败，只有经历了比赛的当事人和观看了比赛的赛事组方面知道他在其中有多狼狈。对于其他人而言，许周桐的胜率早已不是100%，输上个别场比赛也不至于就引起围观。而了解这场比赛的赛事组方面一致认为，就是这场比赛的失利让许周桐意识到了一些东西，所以今天他才会申请回归边路。

然后就是他强势的两场比赛，浪7战队三人小群中的周沫，正眉飞色舞地形容着他所经历的那一局。

"他是上单，二级我们射手就先炸了；打野赶过去支援，跟着射手一起炸了；中单辅助赶过去也没了。开场我们就送出四个人头，你能信？"周沫说着。

"就他一个人？"高歌问着。

"他拿的什么英雄？"何遇掏出小本，了解细节。虽然许周桐这种打过职业赛的选手其实是他比较熟悉的，但人都会进步，都会调整，没有谁是一成不变的。

"'杨戬'。"周沫说道。

"哦，这是他的拿手英雄了。"何遇的小本上没有新增内容，许周桐的"杨戬"早在他的重点标记中了。

"是呀，我想这可能才是职业级的真正实力吧。"周沫感慨。

"你似乎很陶醉的样子。"高歌发了个"斜眼看"的小表情。

"我是向往，向往。"周沫说。

"瞧瞧你那出息，你不向往你的杨梦奇了？"高歌说。

"青训赛打了这么多场了，自己几斤几两也基本掂清了，梦奇大神……"周沫打出一串省略号，流露着内心的惆怅，仿佛痛失所爱一般。

"恶心！"周沫这串省略号的意味，高歌读出来了。

"后来呢？"何遇还在关心比赛，他都打开了笔记本，没往上加点内容，他不甘心呀。

"后来？开局他就拿下四个人头了，你还问后来？后来就是他直接打穿了一路呀。"周沫说。

"再没有什么令人难忘的细节了吗？"何遇问。

"开局就拿下了四个人头！"周沫再次强调，表示自己已经把最令人难忘的环节给说了。

"'杨戬'这位英雄前期本来就有很强的线上单杀以及一打多的能力，他召唤师技能带的什么？斩杀吗？"何遇说。

"是斩杀。"周沫说。

"那真是没什么新鲜的。"何遇说道。

"你要怎样的事才叫新鲜啊？"周沫瞪大了眼叫着。

"我的意思是，许周桐有职业级的实力，'杨戬'是他擅长的英雄，同时也是具备打前期能力的英雄。在他拿出斩杀技能后，你们就该有一些针对性的策略，可现在看起来倒像是你的队友配合着他完成了一出表演，你们是不是看不起他呀？"何遇说。

"这个……"周沫迟疑起来。

"就最简单的来说，你要是开局就跟射手换线，你会被'杨戬'在二级的状态下单吃吗？"何遇说。

"当然不会。"周沫脱口而出，这不是"杨戬"有没有二级的问题。周沫对线，基本不会想着去单杀对手，但是同时对手想单杀他也是千难万难。他是偏防守型选手，又稳健，又酷爱用坦克类英雄，别说单杀了，对面就算来两三个英雄，也经常闹得无功而返。不丢人头又能守塔，是周沫取得胜利的方式。

"那不就是了？"何遇说道。

"啊，先不说了，下一轮比赛要开始了。"周沫叫了起来。300勇士的微信群里，已经开始提醒大家准备下轮的比赛了。

"加油。"

"加油。"

三人互道了一声，便开始奔赴下一轮比赛了。这已是三人这几天以来的日常：比赛，在比赛的间隙闲扯几句，再去比赛。

高歌本来是想在比赛间隙里和小伙伴说点什么的，结果却被许周桐这个话题占据了时间，她也没太在意，就先去比赛里验证自己了。

上午的比赛就这样过去了。午休时间，大家都各自在跟好友分享讨论着上午的比赛。每个人都比较留心自己，此时还没有关注别人的战绩，只有赛事组那边知道，一个新的连胜纪录正在悄然刷新着。

"全能王上午又全胜了。"有工作人员朗声宣布着。

"看来他真是有两下子啊！"

"一个非常典型的团队型选手。"

"有他在的队伍，节奏和效率提升惊人。"

"那头两天是怎么回事？"有人问道。

"大概是因为他还没适应这样的比赛环境和节奏吧。"有人说。

"是的，他的这种素质，一旦适应下来，说实话，这样的高端比赛更有利于他的发挥。"

即便有头两天那吊车尾一般的胜率，但是从第三天开始至今已然30场的连胜，让所有人都不再怀疑何遇的实力。作为青训赛赛事组的工作人员，他们最清楚，其他数据可能有水分，但是胜率是最具说服力的。

"那么线下赛的部分……"有人看向佟华山。线上赛部分已经过半，线下赛的筹备也在进行当中。线下赛部分不会再像线上赛这样让留下的选手随机乱打。线下赛是对选手进一步的考察，淘汰率没有线上赛这么高。而各大职业战队对新秀的认识和了解，也要从线下赛部分正式开始了。

因此，线下赛会更加专业，选手也有会固定的队伍环境以此来考察他们各方面的能力。对于队伍的分配，不再由赛事组来执行，而是会由赛事组选出在线上赛部分表现突出的16名选手作为队长，由他们16人从其他64

位选手中各选4位成为队友，组成线下赛的临时队进行线下赛的征程。

这16位队长人选，在头两天比赛完战绩出现分水岭后就已经有个模糊的名单了，无论如何，何遇在那个时候是绝不可能出现在这名单中的。

可是谁也没有想到，竟然有人可以从第三天起开始强势逆袭。何遇最终会是什么胜率，大家都觉得不重要了，就凭他这足够有说服力的连胜纪录，就足以让他成为16人之一。

所以……大家一起看着佟华山。

"先专心主持好下午的比赛。"佟华山一摆手道。

第315章

柳柳的心思

领导都发话了，大家只好悻悻散去。

至于下午的比赛，对于这些工作多年的工作人员来说，第四天的比赛已经没有什么新鲜感，继续按着程序走就是了。今年的比赛，也就出了一个第三天突然发力的全能王，让所有人耳目一新，也让新鲜感得以延续。可是除此以外，今年的比赛还有什么大不同吗？哦，还真有一个，那就是下午的比赛。

每天下午1点到2点30分，只有这个时间段，这届青训赛的300勇士是全部参赛，除此之外的其他时间，就只有299位选手参加了比赛。这个特殊的人，便是本届青训赛的另一个全能王："薛定谔的猫"，也就是莫羡。

莫羡跟何遇可不一样。他是在第一天就展示出了自己的全能，即便是拿不同的英雄，处于不同的位置，他都取得了胜利。

虽然只有五场，但莫羡技高一筹是肉眼可见的，在已然全是实力顶尖玩家的全国比赛中，他依然可以碾压对手。

这就是所谓的职业级选手啊！

许多人最初都会觉得，像《王者荣耀》这样一个操作并不太复杂的游戏是存在技术天花板的。职业选手和许多顶尖玩家都已经摸到了这个天花板，而职业选手强在团队和配合。

职业选手强在团队与配合，这一点是完全没错的。但要说普通玩家与职业选手同样摸到了天花板，那可得先摸摸良心再说。

职业选手所处的比赛环境与普通玩家是截然不同的。他们在这种环境所练就的意识、反应，以及操作细节，是普通玩家没有办法养成的。随着时间的推移，这一点已经越来越明显了。虽然这两类人都是熟能生巧，但是职业选手所生出的那个"巧"，得是大写的。

所以佟华山最初看到莫羡，一度怀疑这是哪个职业选手报名了青训赛来开玩笑，并不是没有道理的。莫羡的技术是肉眼可见的强，他每天又只打一个固定时间段，颇为任性。但是最后了解下来，莫羡并不是职业选手，但他的强，他那无所谓的态度，是货真价实的。

所以下午比赛要说有什么看点，就是这个每天只打一个半小时，无心成为职业选手的强大选手莫羡了。

这家伙，都打到现在了，有没有改变一点心思呢？

佟华山对莫羡也是念念不忘，这在他眼中其实才是这次青训赛最大的一个难题，一个并不想成为职业选手的参赛选手，怎么才能打动他呢？

正胡思乱想，一个工作人员赶到他身边，低声说了几句。

"直播？"佟华山听完一愣。

"为什么忽然有这个要求？"佟华山问道。

"什么？怎么了？"正因为比赛失去新鲜感而麻木的工作人员一听到似乎有什么事，就像鲨鱼嗅到血腥味一般，立即蜂拥而至。

"是柳柳，她想直播下午的一场比赛。"来向佟华山报告的工作人员说道。他低声报告，不是因为这事是什么机密，只是不想影响其他人而已。结果一看同事这架势，那是生怕听不到啊！他理解大家的无聊，也就跟所有凑上来的人说了。

"直播一场？哪一场？"有人问。

"和莫羡对局的那场。"工作人员说着，又看向佟华山，他知道领导对这位选手的关注。

"莫羡呀……"所有人都已经记住这个名字了。

"等等？啊——'薛定谔的猫'！"忽然有人发出疑惑。

"你干什么？"大家看向他。

"'薛定谔的猫'呀！柳柳有次直播被对手以二打五的局面吊打的事，你们没听说吗？"这人叫道。

"那人就是'薛定谔的猫'？"有听过这事的叫道。

"对，柳柳就是直播的时候与一个游戏主播撞车撞上了，当时那个游戏主播的队友就是'薛定谔的猫'。"

"怎么就成二打五了？"有不了解这八卦的人好奇问道。

"'薛定谔的猫'的另三个队友都是柳柳的粉丝，他们比较胡闹，基本就算挂机吧。"有人答道。

"那柳柳会很尴尬吧……"

"所以呀！"

大家议论着，一边看向佟华山，一些看热闹不嫌事大的已经开始起哄了："让她播！"

柳柳为什么突然想直播这样一场比赛，大家已经不需多问，她无非就是想通过这次对战同样的对手来证明当初那局游戏失利只是偶然，绝非她技不如人。其实，柳柳的实力还算不错，比那些无脑骂她的人所形容的要高出不少，可她要是跟莫羡比，这个技不如人的锅还是得背，而且是结结实实的那种。

佟华山皱着眉头，他不是看热闹不嫌事大的人，就算他是，他现在作为一个决策者也得忍着。青训赛不是娱乐赛，单从性质上看，说它比正式比赛还要严肃都不为过。正式比赛还有商业方面的考量，青训赛则从来没有，所以像直播这些业务，青训赛从来不碰也没必要去碰。

佟华山心中想的不是柳柳作为游戏主播的流量和影响力，而是莫羡。这个对当职业选手毫无兴趣的人，会不会因为卷进一点这样的是非而有所触动呢？这次直播会不会是一个可以改变他态度的契机？这才是佟华山心中所想的。

"这个柳柳居然想打败莫羡来表现自己，她到底怎么想的？难道她对莫羡的实力一无所知吗？不应该吧。"其他人一边起着哄，一边议论着。

"我知道她为什么这样。"有人答。

"快说。"

"你们看赛程分组呀。"这人说。

于是大家纷纷传看柳柳的赛程表，在找到这场比赛的选手名单后，大家很快就纷纷露出了一副了然的神情。

"有心机啊，啧啧。"有人用不以为然的口气说着。

"如果不是这样的分组，说不定她就不会提这样的要求了。"又有人说道。

"我看也是。"认同的人不少，他们流露出的态度都以嫌弃居多。

柳柳看来并不是不知道莫羡的实力，只是这个赛程安排给了她敢直播的勇气。

什么情况？

佟华山也是有好奇心的，听着属下如此议论，也翻出柳柳的赛程表看，很快他也了然了。

这一场的赛程分组中，莫羡是柳柳的对手没错，但是柳柳的队友这边，有一位最近的风云人物——刚刚创造了30场连胜的何遇。

"让她播！"看到这份名单后，佟华山立即敲定了。

之前的犹豫，是因为他觉得柳柳的实力根本不足以对莫羡有什么触动，大家不在一个实力层面，靠柳柳去激莫羡根本是做无用功。用直播去放大这场比赛的影响毫无意义。

但是何遇就不一样了。这位可是能将比赛质量提升到职业级的选手，面对这样水平的对手，莫羡才可能有所触动。无论赢或输，都有可能为莫羡打开最高领域的那扇门。

一想到这儿，佟华山由衷地笑了起来，弄得手下工作人员莫名其妙。

"老大？"有人唤道。

"让她播，嗯！"佟华山再次坚定地说道。

第316章
存 心 的

"赛事组那边同意直播了！"

接到赛事组方面同意的答复后，柳柳立即兴奋地与自己工作室的小伙伴说着。

"啊，答应了吗？那太好了。"小伙伴有一点意外，没想到对方会如此爽快。毕竟柳柳出于私人原因的直播请求，赛事组一看对阵名单便知原因，着实没有必要支持柳柳的直播事业。

"看来咱们柳柳的流量，哪怕是青训赛也不容忽视啊！"

"说不定他们也是想借这机会给青训赛多带来一些关注呢？"柳柳的小伙伴纷纷往这个方向上揣测着。

"咱们都先别聊了，赶紧准备一下吧。"被重视的感觉让柳柳心花怒放，不过现在还是得以工作为重，得意的小情绪可以先放一放。

"准备！"小伙伴忙碌起来。要直播的话，准备工作还是比较多的，比如柳柳，闷头比赛时也就穿了一身居家服，现在要直播，那当然要换一下衣服，还得补一下妆容。直播的镜头、打光，这些柳柳团队的小伙伴都是娴熟专业的，立即麻利地张罗起来。

"'何良遇'那边有什么消息吗？"有小伙伴问着。

"他还是没有加我。"柳柳摇了摇头。

这一次，不是她主动申请添加何遇为好友了，而是在等何遇加她为好友。不得不说，柳柳可能是这次青训赛中除何遇以外，最在意别人实力的人，虽然两人的初衷完全不同，但都整理出了不少情报。

打出全胜战绩的何遇，有赛前主动找队友沟通商量战术的习惯，这一点除了柳柳和她的团队，恐怕还没有选手这么快梳理出来，所以此时，柳柳是在等何遇来找她进行赛前沟通。据他们打听整理的情报，这种事何遇一般头一天就会做了，可时至比赛当天的中午，柳柳还没有获得被何遇添加好友的殊荣。

"他也不是会和每位队友去沟通的。"小伙伴看柳柳有些失落，随即对她说道。

"所以他是只会找比较关键的队友去沟通吗？"柳柳如此理解着，顿时更失落了，那岂不是说明她不是关键人物。

"主要看这一局他的位置，以及这一局他需要跟谁打配合吧。"小伙伴只能继续强行安慰。

"这场比赛他是上单。"柳柳说。

"他可能会是偏防守的思路，所以不太需要与打野联动。"小伙伴安慰得头都快爆炸了。

"那倒是有些遗憾呢！"柳柳说道。

小伙伴都懂柳柳的意思。这一局，"何良遇"是上单，而"薛定谔的猫"作为对手担任的是射手，大概率两人会对线。柳柳司职打野，正好可以与"何良遇"多配合去抓"薛定谔的猫"。在这场比赛里疯狂击杀"薛定谔的猫"，正是柳柳这场比赛最想要的直播效果。

"还是不要这么明显地针对他，这毕竟是青训赛，一切还是以团队胜利为目的。"有小伙伴劝道。

"我明白。"

"柳柳，这边已经准备好了，你先过来做个赛前预告吧？比赛是下午第二轮，万一跟第一轮比赛时间挨得紧就没有时间预热了。"小伙伴唤道。

"好的。"柳柳欣然前往，对着直播镜头，柳柳的直播就这样突然开始了。当然，像是粉丝群之类的地方，工作室小伙伴已经发了预告，她突然开播，立即就有弹幕飞了出来。

"哇，我看到了什么？"

"不可思议！大中午的看到柳柳直播，柳柳吃了吗？"

……

"嗨，大家好啊。"镜头前的柳柳看着这些弹幕，微笑着开口了，"大家很意外对不对？柳柳居然在中午开播了！"

"柳柳！是有什么活动吗？"

"柳柳不是在打青训赛吗？白天怎么会有时间直播？"

"中午的柳柳，爱了！"

直播间的弹幕继续在屏幕上飞过。

"哈哈，是在打青训赛没错，而且我一会儿就要去打比赛了。"柳柳挑选着弹幕里的提问回答着，将内容导向自己想要说的。

"啊，这是要给我们直播青训赛吗？"又一条弹幕飞过屏幕。

"我是要跟大家分享一下比赛，不过不是现在，而是今天下午的第二场比赛。在这里我也要特别感谢青训赛的赛事组，感谢他们同意我直播这场比赛，在这之前，青训赛好像还没有直播比赛的先例。所以，非常感谢。"柳柳说着。

"至于我为什么要直播这场比赛……"柳柳在镜头前深呼吸了一下，"因为这场比赛，有一个对手，他的名字叫'薛定谔的猫'！"

一字一顿，柳柳用十分俏皮的语气把这个名字说了出来。

果然，这个名字一出，弹幕顿时掀起高潮，大片弹幕遮挡住了画面的每一个角落。这个效果让柳柳很是满意，她这只是临时开播，还没开始几分钟就已经聚集了这么多人。

"然后柳柳就想，柳柳和这个人的比赛一定有很多人想看，所以柳柳就专门去找赛事组，申请直播这场比赛。最后我申请成功了，来跟大家提前说一声，下午会有一场比赛的直播，是青训赛哟！"柳柳继续说道。

"时间不太能确定，我们通常1点会开始第一轮的比赛，第二轮比赛几点开始，要看第一轮的进度。第一轮比赛不能直播呀，柳柳只申请了一场比赛，就是第二轮和'薛定谔的猫'那一场。不直播比赛，只放柳柳的脸？这样也行吗？那样的话，我就不是游戏主播了呀！"

"让我去当颜值主播？谢谢这位小伙伴，我就当这是对柳柳的赞扬了，哈哈哈。啊，不好意思，柳柳要去比赛了，大家一会儿见啊！"

柳柳又跟着粉丝交流了几句后，比赛时间也快到了。她急忙道了声别后离开了直播间。第一轮比赛，大抵是心情比较好的缘故，柳柳发挥得很出色，他们队拿下了胜利。在结束这场比赛后，她就立即回到了直播间。

"来了来了！"弹幕开始刷屏。

"上一场比赛赢了吗？"有人问。

"赢了赢了，谢谢大家关心。"柳柳说。

"你们要看比赛数据吗？这个应该可以看吧。"柳柳说着，开始投放游戏的画面。本场比赛亮眼的数据随即呈现在大家眼前，引起大家一片称赞。

"比赛的账号都是赛事组提供的呢！"柳柳也没闲着，继续与粉丝交流。

"是的，英雄、铭文、皮肤都有。把这个账号送给我们？那应该不会，比赛完就要收回了。'艾琳'？这个账号里没有这位英雄。柳柳也挺想要个有'艾琳'的账号。现在就等第二轮比赛了，我们有个专门的群，会在里面通知，然后游戏里也会有人拉我们去比赛的房间。我有点紧张，怎么办？这可是真正的比赛，我好怕在直播中丢脸啊，哈哈哈。"

柳柳一边直播，一边等着接下来的比赛，赛事组这边因为这场比赛要直播，也多了不少关注，甚至看到有工作人员在观看柳柳的直播都没有制止。

佟华山只担心一件事，那就是莫羡突然消失。这家伙虽然说是每天1点到2点30分可以来参加比赛，但从他的口气中就可以发现，他是可以来，但如果这个时间段他有别的事，那也就不会来了。眼下他第一场比赛还未结束，可别打完第一场比赛，人就不见了。

佟华山心怀忐忑，如他这样担忧的人显然不止他一个。莫羡的第一轮比赛刚结束，第二轮比赛的邀请就已经被急匆匆地发来了，大家真的是生怕他跑了。

好在大家担心的事并没有发生，"薛定谔的猫"按时进入游戏房间，等待第二轮比赛的开始，而后他的队友、对手开始相继出现，再然后，就见一位工作人员以百米冲刺的速度，在办公室里奔跑着冲到了佟华山身边说了几句。

"什么？"佟华山大吼，一脸复杂的神情。

"怎么了，怎么了？"喜欢听八卦的众人闻声聚集。

"那个全能王，刚打完了第一轮比赛，说他有要紧事，要请一会儿假，第二轮比赛应该是打不了了。"百米冲刺的工作人员对大家说道。

"啊哈？那柳柳可是失算了呀！"有工作人员乐道，但是马上就被佟华山瞪了一眼，那凶猛的眼神，让这位不禁捂住了钱包，那里的工资卡里有刚发下来不久的年终奖金。

是的，柳柳失算了，但失算的又何止她一个？心心念念想着何遇能给莫羡带来一点不一样的比赛体验的佟华山，怎么也没想到，莫羡没出幺蛾子，何遇倒是掉链子了！

佟华山真是有火没处撒。他们青训赛比较讲人情，要是参赛选手真碰到了突发急事，缺个一两场比赛那也没什么，莫羡还因为才能过于耀眼，每天只打一个半小时比赛都被允许了。

所以，何遇突然请假也没什么，但他早没事，晚没事，偏偏在要打这场比赛的时候有要紧事，他这是存心的吗？

"是的，我是故意的。"聊天小窗里，何遇正得意扬扬地同祝佳音分享着他刚才的操作。

第317章

又打开了一扇窗

"至于吗？！"听了何遇故意请假放柳柳鸽子的操作，祝佳音表示非常震惊，"要是他们取消你比赛资格怎么办？"

"这不至于吧，莫羡一天才打一个半小时都没被取消比赛资格。"何遇说。

"你是不敢跟莫羡打吧。"祝佳音发了个撇嘴的表情。

"你要说'不想'，那还是有一些的，可你说'不敢'，那就浮夸了，大不了就是输！我有什么不敢的？"何遇说。

"我第一次听人把输说得这么掷地有声。"祝佳音说。

"呵呵……"何遇干笑。

"你请假，赛事组真没说什么吗？"祝佳音问。

"他们先是回复了我两个字'了解'，然后说去汇报一下。"何遇说道。

"啊？"祝佳音惊讶了，而后在聊天小窗里发了个截图，"柳柳居然要直播这场比赛。"

"啊？"何遇闻声立即也去搜了下柳柳的直播间，很快看到状态完美的柳柳笑靥如花地出现在屏幕左下角，屏幕主界面是比赛房间的画面，比赛双方的选手正在陆续进入房间，"薛定谔的猫"赫然站在房间中众人的第一位。

"比赛一会儿就要开始了，现在双方正在陆续进入比赛房间备战。因为比赛中柳柳是要跟队友语音交流的，所以就不会和大家说话了。"柳柳说道。

"切换语音频道？哈哈，那不好吧，还是专心比赛比较重要。"柳柳利用赛前时间和发弹幕的人交流。

"人都差不多了，我们这边还缺一位队友，可能是还没完成上一轮的比赛吧。"看到选手纷纷进入，己方这边还缺一人后，柳柳如此说着。

何遇正襟危坐，在手机上敲下了一行弹幕："这个人不会来了。"

无奈柳柳的直播间热度非凡，再加上又是这么一场有话题的比赛，哪怕是临时仓促开播的，弹幕也已经覆盖了屏幕，若不是自己发出的弹幕有特殊标识，何遇打赌连他自己都找不到。如此淹没在弹幕群中的一句话自然没有引起什么反响。但是微信聊天的小窗口立即来了一条消息。

"哈哈哈。"祝佳音狂笑着，然后发来一张截图，只见柳柳直播间那泛滥的弹幕中，有一句"这个人不会来了"。

"是不是你，是不是你？"祝佳音在截图下问道。

"你连这都找得到？"何遇震惊。

"咱可是专业的。"祝佳音一脸自豪。

"厉害！"何遇发了个膜拜的表情。

"看来，她现在还不知道你要缺阵了。"祝佳音说道。

"她不看赛程表的话，其实也不会知道这个人是谁。"何遇说。

"我敢跟你打赌，她知道你是她的队友。"祝佳音说。

"哦？"

"不然她是有多膨胀，敢在这里向莫羡叫板，还申请直播这场比赛。"祝佳音说。

"你的意思是？"

"她知道队伍里有一个超强队友，想抱你的大腿打败莫羡，所以她才有胆子直播这场比赛的，这个道理很复杂吗？"祝佳音说道。

"原来我是超强队友！"何遇的关注点在这儿。

"你拿下了20场全胜，这样的战绩太有说服力了。"祝佳音说。

"加上今天上午的，我已经30场全胜了。"何遇说。

"厉害。"祝佳音回了一个何遇方才用过的膜拜表情，"所以怎么着，你要去英雄救美吗？"

"那不能。"何遇说，"我只是突然发现事情变得有意思了呢！"

祝佳音没再说话，只是发了个捂嘴笑的表情。而直播间里的柳柳尚不知道何遇不会参加这场比赛，还在那里跟粉丝开心互动呢，直至队友名单那里人头一闪。

"队友到齐啦，那我就先不和大家聊了，我得……"柳柳话说到一半忽然止住，屏幕中的柳柳神色一僵，漂亮的笑容在不到1秒的时间里完全凝固了。

"啊，我得去跟队友沟通了。"在镜头前明显僵了一下的柳柳，突然扭头向左看了一眼，似是得到了什么画外音的提醒，慌忙调整神情，把刚刚止住的话给说完了。她的脸上依然止不住地流露着惊讶和疑惑，然而比赛在即，她也压根没时间去了解究竟发生了什么。不过她很快就看清了新进来的这个队友是谁，她恢复镇定，脸上重新洋溢起飞扬的笑容。

许周桐！

"何良遇"没来，代替他的赫然是这位职业选手，这岂不是比何遇更强的队友？一时间，柳柳有些悲喜交加，满脑子都是一句话：当上帝在关上一扇门的时候，总会再打开一扇窗。

她当然不会知道，这扇窗确实是佟华山有意开的，但绝不是为她而开，而是为了对面那个她心心念想要去针对的莫羡。

何遇请假，赛事组也没办法按着他的头来比赛。佟华山的算盘，是要有一个强者来刺激一下莫羡。何遇不打这场比赛让他有些丧气，但是在可以替代的名单中，他意外地看到了许周桐。

许周桐是职业级的选手，可就佟华山想要的效果来说，许周桐还不如何遇。何遇那是能提升整队实力的一个团队型选手，可以将一支队伍带出职业级的节奏。而许周桐呢？他突出的是个人实力，在这一方面，他比何遇优秀得多，可是想在这方面压制住莫羡又未必了。一对一，佟华山不觉得这期青训赛中有任何人可以压制莫羡，这一点，所有同事的看法与他保持一致。

然而，许周桐压不住莫羡不要紧，至少他不会像许多人那样轻易被莫羡碾压吧！尤其他今天回归自己熟悉的边路，展现出了极佳的状态，说不定能给莫羡制造些麻烦呢？

于是最后，许周桐上了，他当然不知道这其中的许多曲折，只当是一次正常的人员调整，欣然上阵。

"喂喂喂，听得到吗？"直播中的柳柳不再与粉丝交流，开始测试比赛语音，很快得到队友的回应。

"大家好，我是柳柳。"柳柳笑容满面地同队友打着招呼。

"我用刺客打野或者射手打野都还可以，不过这局拿不了射手吧？'粥风'要玩射手吧？"柳柳开始同队友商量阵容。她能认出的队友不止一个许周桐，另一个边路ID"粥风"是一个专打射手的边路。

"嗯，好的，可以。"之后显然是队友在说什么，柳柳从善如流地听着，在直播镜头下表现出一副乖巧的模样。

很快，比赛就要开始，柳柳深呼吸，调整情绪。她没有等来何遇，却等来了许周桐，这在她的眼里是一个更好的机会，她一定要把握住。一想到这儿，柳柳的神情不由得凝重了几分，在挽回自己直播颜面这件事上，她是认真的。

比赛进入BP阶段，因为柳柳的直播，这场比赛拥有了罕有的关注度，包括赛事组方面，此时不少人都想方设法留意着这场比赛。一些比赛的裁判甚至一边盯着自己的比赛，一边悄悄用手机打开了柳柳的直播间。

第318章
谁伏击谁

BP进行得很好，不一会儿，双方的阵容就已经敲定。

柳柳一方，上单许周桐选择了"铠"，中路拿了"貂蝉"，辅助"盾山"，射手"孙尚香"，打野在柳柳自己的要求下，拿到了"兰陵王"。

莫羡一队，上单选择了"曹老板"，打野选择了"橘右京"，中路"大都督"，辅助"文姬"，本场轮换到边路射手位的莫羡，英雄一亮，就让柳柳气不打一处来。

"可汗"！

当日那场让柳柳备受质疑的对局，"薛定谔的猫"所选的英雄可不就是"可汗"吗？一时间，直播中的柳柳神情有些不自然，弹幕更是满天飞。这次则是闻风而来看戏的人居多，看到"薛定谔的猫"面对柳柳再度拿出"可汗"，顿时勾起了他们美好的回忆，仿佛过节一般在柳柳直播间欢庆起来，各种阴阳怪气的话，看得何遇都不由得有些同情柳柳了。

"莫羡是不是故意的呀？"难得能观战到青训赛的祝佳音，这时也发消息来问何遇。她知道何遇这轮比赛是告假中，倒是不怕打扰到何遇。

"以莫羡的性格，他怎么会？"何遇说。

"那他顶着'兰陵王'的威胁拿'可汗'？"祝佳音说。

"没位移是有点怕被'兰陵王'抓，但'可汗'有视野，意识足够好的话，其实是反克'兰陵王'的。"何遇说。

"那还有个'盾山'呢。"祝佳音说。

"'盾山'让'大都督'来处理啊。"何遇说。

"莫羡那么全能，我觉得这局拿个战士边会好些。"祝佳音说。

"你就是太忌惮'兰陵王'了，莫羡拿战士打边路的话，对方的'貂蝉'就不好处理了。"何遇说。

"'兰陵王'不可怕吗！"祝佳音承认自己对"兰陵王"是有一点阴影，初学游戏那会儿，她那可爱的"鲁班七号"堪称"兰陵王"的提款机，气得她直接放弃玩射手转进野区学习如何用刺客欺负对面射手去了。

"'兰陵王'就那几下子，以莫羡的水准，买一把名刀·司命就能反杀'兰陵王'，你信不信？"何遇说。

"好吧。"祝佳音不再争辩了，她怕，但是莫羡不怕，这个结论她得认，莫羡就是这么一个气死人不偿命的存在。

"比赛开始了。"何遇说。

"知道。"祝佳音说。

"哈哈哈，这条是你发的吧？"何遇跟着又发来一张截图，是弹幕中飞过的一条"'薛定谔的猫'加油"。

"当然不是。"祝佳音回道，但是很快又回了何遇一个截图。

"这条才是我发的。"祝佳音说着，截图中的弹幕，祝佳音说的是"'薛定谔的猫'打她"。

"可以可以。"何遇笑，比赛这时已经正式开始，因为他们看的是柳柳的直播，只会有一队的视野，而且视角只会跟着柳柳，看了没半分钟，何遇就开始抱怨了。

"她都不拉拉其他地方的视野吗？"这是何遇在抱怨柳柳只顾收眼前的野怪，开局中路双方有过接触，她却也没拉一下视角看看中路的战况，弄得何遇也不知道那边是否有什么机会，很着急。

"她跟中路散了的队友正好可以去抓一下射手啊，只顾升上四级吗？'兰陵王'前期作用都浪费了呀！哦，她去了，可这也晚了呀……"

"你到底是哪边的？"何遇不住的心焦终于引来祝佳音的质疑。

"不好意思，不好意思，这个视角让我代入柳柳这边了。"何遇连忙解释。因为看直播全是柳柳视角，他很有主人公意识地把自己代入了进去。

不过比赛中柳柳的"兰陵王"赶去边路，"可汗"已经及时回塔，让对手的伤害差了那么一点点，终于还是让何遇忍不住向祝佳音吐槽："你看，她是不是迟了一点？她要是早点来的话，这人头很有机会拿下。"

"这可是莫羡的人头！"祝佳音提醒他立场。

"价值千金啊！"何遇已经是比赛思维了。纵观场上选手，基本都记录在他的小本子上。莫羡绝对是这一队的翘楚，如果开局就能收他一个人头，绝对要比击杀别人有价值，柳柳的"兰陵王"姗姗来迟，在何遇眼中就是错过了一个很重要的机会。

"把对手血量压低，直接进攻野区，这个节奏可以。不愧是职业级选手呀！许周桐这边路比他的打野节奏要清晰多了。"何遇继续点评。

"那莫羡该怎么办？"祝佳音立场清晰，柳柳一方打得越好她越着急。

"如果我在莫羡他们队的话，我会建议'橘右京'让一部分野区经济给'可汗'，保'可汗'快速发育。"何遇说。

"哦，怎么说？"祝佳音问。

"抱大腿就该有个抱大腿的姿态嘛！"何遇说。

"……"祝佳音无语，合着并没有什么高深的战术含量，就是给己方最强者最优等的发育机会。

然后他们观战并没有莫羡他们一方的视野，并不知他们会如何安排，只看到柳柳和她这边的上单加辅助要去莫羡一方的红区肆意打猎，却不见莫羡一方的队员冒头。

"莫羡他们完全不见人，这是互换野区了吧。"何遇揣测着。

"我感觉可以再去二塔前抓一下'可汗'呀。"柳柳这时说话了，当然她不是在对看直播的观众说话，而是在与她的队友沟通。

"哦，那我去了。"似是得到了队友的首肯，柳柳先一步从野区中撤出，掐着"可汗"回城补状态的时间，潜向了边路二塔与外塔之间。结果就在这时，一声鹰唳传来，已到二塔下的"可汗"并没有随便出塔，而是先放出了一技能。

猎鹰所过之处，潜行的"兰陵王"的身影也被照得明明白白，"可汗"毫不犹豫向上射出一箭。柳柳的"兰陵王"也不含糊，直朝"可汗"冲去的同时，暗影匕首已经射出，"可汗"扭动着身形，却还是没能避过，移动速度顿时减慢。

"啊！"观看比赛的祝佳音看到这里不由得叫出了声，手速惊人地给何遇一连发去了三个感叹号。

"不慌。"何遇回复得也挺快，不过就这两人消息一来一去的工夫，"兰陵王"眼见已经逼近"可汗"不少，然后就在他用一技能秘技·分身使出的拳刃差一点就可以摸到"可汗"时，"可汗"忽然向后闪现，双方距离再度被拉开。与此同时"兰陵王"脚下陷阱弹起，不知何时被"可汗"布下的百兽陷阱已经咬住了"兰陵王"，然而这还不是最令人生气的，更令人生气的是一个陷阱之后又是一个。"可汗"一共只能储存三个百兽陷阱，竟然一股脑全摆在了"兰陵王"的追击路上，这到底是谁在埋伏谁？

"啊！"直播中的柳柳已是花容失色，惊叫出声。陷阱带来的减速，以及暗影匕首效果的解除，让"兰陵王"已经没可能再追到"可汗"，反倒是"可汗"开始了反击。看起来，"兰陵王"想脱身有一些困难了。

第319章
被排除的打野

射击，射击，射击。

箭矢对同一目标的第四次攻击会造成额外伤害，同时还会给"可汗"一个长达2秒的移速提升。这是"可汗"的一技能赋予他的被动效果，也是"可汗"爆发输出的主要来源，所以一技能才是"可汗"真正的核心技能。有大招就用大招，一技能为主，二技能为辅，是他正确的技能加点方式。许多新手只当一技能是个猎鹰视野，忽视了这个被动效果，进行主二辅一的技能加点，那样的"可汗"输出可是要差着一大截。

眼下，莫羡的"可汗"等级尚低，装备也是一穷二白，但就是凭着这一技能被动给予的移速提升，硬生生地追在"兰陵王"身后，要将"兰陵王"置于死地。

介于敌方边路外塔和二塔之间的"兰陵王"，前后都是死路，唯一可选的方向便只有野区，可是野区之中遍布草丛，更是"可汗"喜欢的主场，柳柳心中已然绝望，眼见队友与自己的距离很远，呼救怕是也来不及。直播镜头在前，也不能失了风度，只能故作冷静地道："我没了，不用管我。"

随后，"可汗"击败"兰陵王"，拿下的还是一血，之前被逼回家所

220

损失的经济，依靠这个人头转眼就补上了。

视角跟随着柳柳，跟着便也失去了莫羡"可汗"的动向，但是有关他的操作的讨论在激烈进行着。

"秀！"

"很秀！"

"非常秀！！"

弹幕中的夸赞还是循序渐进式的，如此夸赞莫羡的，那当然不会是柳柳的粉丝，毫无疑问是她被莫羡反杀后又引起了这些人的狂欢。何遇和祝佳音的聊天小窗口这边，祝佳音的惊呼也跟这些人差不多。

"秀！太秀了！"祝佳音叫着。

"技能距离把握精准，看准了'兰陵王'先升了打野刀还没出鞋的移速差距。先中的那记暗影匕首我怀疑都是他故意的，不中那一击，就不能把'兰陵王'引过来踩上三个陷阱，莫羡想用'可汗'单杀'兰陵王'还是有点困难。"何遇从技术角度分析。

"这么多细节吗？"祝佳音目瞪口呆，她算是个高手了，但是刚才那一回合的细节多到如此地步也是她没有想到的。

"这就是顶尖高手呀！"何遇感慨。

两人说话这工夫，柳柳的"兰陵王"已从泉水复活。前期就丢了人头的打野，节奏自是大损。尤其"兰陵王"这位英雄，前期就是他的强势期，拿了"兰陵王"前期没有打出优势，反被人单杀拿人头，那是在胜利的天平上朝对方的托盘狠踩了一脚。

复活后的"兰陵王"直朝中路进发，野区先前已有队友侦察过，何遇所料不差，未在己方红区现身的莫羡一方野辅是选择了野区交换，他们猜到了对面将边路"可汗"逼退后会趁势进攻红区，索性就转攻对方红区。

无野可清的柳柳来中路寻觅机会，中单"貂蝉"心领神会，也隐入草丛准备一起等候"大都督"出来清理兵线。结果就在这时，一只猎鹰从中路飞过，把草丛中的二位的位置暴露了个明明白白，"大都督"避开两人埋伏的草丛，两人见状也只能悻悻散去，开始朝暴君方向进发。

2分钟暴君刷新，双方的差距却在这时看出来了。

第一回合野区相互交换，看起来谁也没亏，在经验分配方面，却大不相同，柳柳他们这一方无人达到四级，而莫羡一方，打野"橘右京"吃足了野区的经验，已经安然达到四级，剑客在暴君坑之前意气风发，倒是真没什么人敢随便踏进他的领域。

"要抢吗？"柳柳询问队友。"兰陵王"虽然没到四级，但自从某次更新调整，将"兰陵王"的隐身技能从大招中剥离，成为一个开局就可使用的第四技能后，"兰陵王"就不再是个四级才成长起来，而是一级就可以开始抓捕目标的超级前期英雄。眼下争夺暴君，正面战可能会输"橘右京"一个大招，可凭"兰陵王"的隐身和惩击，未尝不可争夺最后一击。

队友看起来也是这样认为的，柳柳问过之后，很快便点着头应道："嗯，那我迟些进场。"

手握大招的"橘右京"率先打起了暴君，"大都督"跟着往暴君坑内铺火，柳柳一方正面突击无疑是占不到便宜的。许周桐的"铠"在外圈游走，旨在吸引一下对手的注意，"盾山"则是他们这一回合的关键，找到机会将对方关键位置的人物抬走之后，"兰陵王"就可以借机从空当位置切入，直取暴君。

以上，是何遇观察柳柳一方英雄站位分布之后的判断，但是还没来得及去跟祝佳音分享，"可汗"的猎鹰再度盘旋而起，伺机在旁的"兰陵王"位置瞬间暴露，"橘右京"仿佛早有准备一般，用一技能燕返借暴君起手，飞速的二段跳跃之后，竟是直朝"兰陵王"突击而来。

"橘右京"5秒刷新一次的被动技能秘剑胧刀恰好在此时生成，利剑直斩"兰陵王"，跟着二技能打出眩晕效果，大招细雪让"橘右京"拔刀连斩。

可怜柳柳的"兰陵王"，吃足了"橘右京"这一套伤害，没有直接暴毙却也离死不远，仓皇向旁撤离时，穿越草丛的"可汗"奔驰如飞，一箭便已再次取下"兰陵王"的人头。

"秀！"

"很秀！"

"非常秀！"

弹幕又来了，直播镜头前的柳柳紧抿着嘴唇，情绪显然有些不好。第一个暴君随着她的"兰陵王"被击杀，随后落入敌手。柳柳一方有些落后，不过她的队友看起来都还行，只有贡献出本场目前为止所有人头的"兰陵王"很是崩溃，眼瞅着经济就要被己方的辅助"盾山"给赶上了。

第二拨野怪在这时开始逐渐刷新，刚拿下暴君全员到四级的莫羡一方毫不犹豫地选择了进攻蓝区。

等级落后且少了"兰陵王"的柳柳一方没有退却。先前暴君争夺他们没有正面开团，外围的游走骚扰反倒是消耗了一点莫羡一方的血量，此时虽然等级落后，但状态完善技能齐全，这回合野区的争夺又事关蓝BUFF的归属，实在是很重要。

在"兰陵王"基本已经崩盘的情况下，他们急需一个核心点来给对方制造一些麻烦。纵观他们阵容，"貂蝉"是不二的人选，但对装备尚未齐全的"貂蝉"来说，蓝BUFF对她战斗力的影响是决定性的。有没有这个蓝BUFF，已然决定了他们一队在接下来2分钟的生存状态。

所以，这个蓝BUFF对柳柳一方来说非常重要。

可是这一切，似乎已经跟柳柳没什么关系了。

直播镜头前的她还在努力让神情不那么难看，但是那份尴尬，直播间里的每一个观众都感受到了。

第320章
已经起飞

"柳柳加油，比赛才刚刚开始！"

真正关心主播的粉丝当然还是不少，此时也看到柳柳开局不利，纷纷发出鼓励的信息，尽可能地将那些阴阳怪气的话给淹没掉。

"谢谢大家的鼓励，我会加油的。"大概是长久以来直播工作养成的习惯，在看到大片鼓励的弹幕后，柳柳下意识地脱口而出，但很快反应过来，她现在在跟队友连麦。

耳机中的队友大概是发出了疑惑，柳柳满脸通红地道："抱歉抱歉。"

她一边说着，一边又冲镜头顽皮地吐了一下舌头，顿时让不少粉丝心都化了，大量弹幕开始赞美柳柳可爱。

然而这些终究不可能解决比赛问题，蓝区双方拼抢激烈。柳柳一方等级虽落后，但在"盾山"掩护下跳动起来的"貂蝉"还是有点不好处理的。莫羡一方"大都督"直接在蓝坑内铺下大面积的火海，许周桐的"铠"趁机朝"大都督"杀去，"大都督"慌忙撤退，换"橘右京"来跟"铠"正面对打，"铠"立即向后退去。"橘右京"还想再追，"貂蝉"的花球却从一旁蜂拥而至，瞬间在"橘右京"身上叠起了四层花之印记，触发了长达3秒的减少敌方90%移速的效果，让"橘右京"的步伐一下变得蹒跚起来。

"橘右京"仗着有"文姬"在旁恢复血量，被"貂蝉"打了一套也不含糊，转身一个一技能，翻过蓝坑石墙直朝"貂蝉"杀了过去，只是没有把握好紧接着使出的二技能的距离，未能打出眩晕效果。"貂蝉"扭身向旁走位，"盾山"横身过来，二技能骤然出手，一下就将"橘右京"摔入后方。

许周桐的"铠"不失时机地切入，用出二技能极刃风暴，挡住了"盾山"击飞的控制效果。尚在蓝坑石墙外的"文姬"此时隔得就有些远了，自身携带的召唤师技能也不是闪现，完全没办法跟上队友治疗，一边急忙绕路，一边弹出二技能胡笳乐。无奈算准技能时间的"盾山"，此时已经再度竖起了石盾，将"文姬"这二技能化解于无形。

身陷敌阵的"橘右京"，纵有大招，却也招架不住"铠"和"貂蝉"两个一起攻击。莫羡的"可汗"这时已从侧翼绕上，弯弓放鹰，丢出了陷阱，然后就见屏幕的视角回到了"兰陵王"身上。

"啊？"何遇气愤不已。看惯了比赛正规转播的他，对这种直播形式实在是嫌弃得紧。视角大部分时候都在主播一人身上，切去其他地方的时长和细节密度，都远远不能达到令何遇满意的地步。再者，在他看来"兰陵王"此时就要全程关注这端的战局，看清每个人的状态，看清楚所有人都交了什么技能，才好决定自己接下来如何操作。结果柳柳正看到关键，只因自己距离接近就要开始准备进场，居然就把视角切回来了。

莫羡的"可汗"进场之后会怎么样？

何遇只能从小地图上的位置和血量变化来判断了。

"橘右京"的血量快速下降，这自然是因为遭到了围殴，但跟着血量又有向上的一个跳动，小头像上标记大招还没用的绿点也已消失，显然是交出了大招恢复了状态。跟着小头像骤然位移了一下，应是一技能的第二段此时才出手，深陷敌围的"橘右京"操作还是挺冷静的。

然后就见"盾山"不住地向右侧，即"可汗"亮相的方向移动，大概是想要来阻挡"可汗"的攻击。但是"貂蝉"此时贪恋"橘右京"的人头，忽然向前使出二技能，追向退却的"橘右京"。"貂蝉"这一跳固然是追到了"橘右京"，可也让她一下子脱离了"盾山"的保护，"可汗"的箭矢开始朝"貂蝉"身上疾射而来。"橘右京"见状也不再惜命，反身拔刀，被动技能正中"貂蝉"。

身无蓝BUFF的"貂蝉"，技能冷却速度不够快的问题在此时对她影响确实很大，心结突上前后并不能很快跳去其他位置。举盾的"盾山"移动起来又是慢慢悠悠，根本无法追上保护。"橘右京"的转身反打再加"可汗"在旁的配合，终于让"貂蝉"支撑不住。不过在这之前，她的花球终于还是顽强地带走了"橘右京"，跟着才被"可汗"的箭矢射杀。

"撤退！"

柳柳的直播视角，倒是可以让观众看到他们这一队发出的这些信息指令。在"貂蝉"被击杀后，许周桐显然觉得这个蓝BUFF的争夺也就没那么紧要了，呼喊大家开始撤退。

"我来偷袭一下吧，我可以隐身，还有惩击啊！"柳柳却是有一些不甘心。

但是队友那边不知说了点什么，柳柳最终还是有些委屈地说了一声"好吧"。她的"兰陵王"终于也没有上前。

"有'可汗'在，隐身有什么用？"何遇点评着，他猜测柳柳队友肯定也是为她指出了这一点，让她不要再冒险。

放弃了这蓝BUFF，"兰陵王"退而杀了小野，转向红区去收野。此时柳柳视野切换倒是挺勤快的，频频观察两个边路。上路是"曹老板"和"孙尚香"两个对线，暴君区以及野区的争夺两人都没能及时参与，双方就在兵线以及河道野怪的争夺中你追我赶。已然四级的"曹老板"那不是"兰陵王"可以有想法的对象，尤其是一个经济比较瘫痪的"兰陵王"。柳柳随便看了两眼，就主要观察下路去了，然后就看到职业级选手许周桐的"铠"，已经被"可汗"射击得不能独自作战了。

"可汗"开局至今已经拿下三个人头，其中一个还是一血。刚刚蓝区一番激战后抢下的蓝BUFF都没给法师"大都督"，而是让给了"可汗"，可想而知他现在尊贵的核心地位。

许周桐的"铠"倒是也已经达到四级了，可是莫羡对"可汗"这攻击距离的把握着实精准。许周桐捏着闪现攒着大招，就想等个机会教莫羡做人，无奈这样的机会始终没有出现，几回合消耗下来，他的"铠"生命已到危险线，看起来很需要回家补一下状态了。

"这'可汗'已经起飞了呀！"

"许周桐都压不住。"

"这还是得要'兰陵王'找机会切啊！"

赛事组这边明里暗里关注这场比赛的人极多。偷偷看的，那只是从直播中看柳柳视角，但像佟华山那当然是有观战视角可供选择，同时还听着莫羡一队的语音。

没有什么交流，莫羡的话少得出奇。但是他每次不打招呼地进场、支援、配合，都会让队友发出由衷的赞叹。包括"橘右京"丢了人头那次，"橘右京"对莫羡的处理也是积极地大喊了一声"漂亮"。蓝BUFF给射手也是"橘右京"说出来的。

而被佟华山寄予厚望，希望他可以让莫羡体会一下真正职业水准的许周桐，此时看来有些不给力。

这也不能怪许周桐。他的"铠"在各方面的处理都已经很到位了，但在"可汗"身上依然占不到便宜，此时更是一对一被逼回塔下，纠结要不要回城，实在是因为"可汗"发育得太好，而莫羡的操作处理看起来也没有任何毛病。

这还能怎么处理？佟华山心里也在琢磨。

"铠"开大招闪现强切，那"可汗"肯定是一点办法没有。可是这种方式许周桐显然早已想到，从"铠"升上四级后，他就一直在寻找这样的机会。然而莫羡同样也清楚这一点，他的"可汗"一步都没有踏入过这样的危险距离，百兽陷阱的分布也甚是精彩，如眼线一般，两次化解了许周桐想尝试的偷袭。

看来，想靠许周桐来技术压制这莫羡，果然是不大可能啊！

佟华山心下哀叹，也不由得想起了自己心目中的那个最佳人选，团战型的全能王何遇。

如果是那小子，在上单位对线这个"可汗"会如何处理呢？

一想到这儿，佟华山脑海中不由得响起了一个声音："师姐救我！"

没错！如果是那小子的话，他恐怕也对付不了这个莫羡，但他会毫不要面子地呼救，用人数、团队、配合来以多打少，一定是这样的！

第321章
无济于事

"我们要针对'可汗'，不然管不住了。"比赛语音里，许周桐的声音有一些焦躁。对线一个没有位移的射手，他本是有十足信心的。在职业赛上，这类射手往往都不会一个人发育，辅助、打野都会时常过来照看。毕竟射手前期战斗力有限，别说是被针对了，就是单独对线，稍有不慎就会被对线的战士给单杀。

可眼下，许周桐尽了最大的努力，结果还是无济于事。"可汗"经济好太多是主因，若真是职业场上的职业对手，这么大的经济差距，许周桐多半会选择防守姿态，让自己英雄的等级和装备到一定阶段再说。

但是青训赛中的对手，许周桐见识得比较多的还是失误、冒进、上头等等不智之举，于是他的"铠"到四级后就想着偷袭。他死卡着双方的距离，每次就等"可汗"再上前一步便要发起突袭，可"可汗"就是不肯迈出这一步，几个来回后，他的"铠"一直处于被动，许周桐也意识到了这个对手的难缠，不得已开始呼叫队友了。

"好嘞！"柳柳非常积极地响应着。与上单一起往死里针对"可汗"，这正是她梦想的剧本。哪知开局将对方压回家一次后，她便在得寸进尺中被反杀。之后暴君争夺再死，蓝区激战没她什么事，一个本该在比赛前期为队伍建立起优势的英雄"兰陵王"在比赛前期毫无作为。弹幕中早有人声称，柳柳这"兰陵王"是打出了"兰陵王"的最大特点：隐身。

着急证明自己的柳柳，此时听到队友也提出针对"可汗"，哪有不开心的道理。上方红区清理完毕的"兰陵王"，不远万里向下路赶来，一起过来的还有辅助"盾山"。"兰陵王"打野并不太需要辅助跟随的，"盾山"本局却跟得较多，此时听到许周桐呼唤便也一道来了。

许周桐的"铠"此时状态并不太好，鉴于"可汗"输出达到了高爆发，他都没太想靠一技能去回血，已有回城的打算。但看到风驰电掣的队友对他的呼唤响应得如此积极，就要赶到，顿时又觉得自己的血量倒是一个勾引"可汗"的好机会。

于是许周桐放弃了回城的打算，继续摆出先前要教对手做人的架势开始在兵线上晃悠，谁知这次"可汗"没有现身，倒是"橘右京"提着剑从塔下冲了出来。

"橘右京"的技能带控制效果有位移，这个阶段的爆发可比"可汗"强多了。许周桐敢在安全距离外调戏一下"可汗"，可不敢去跟"橘右京"刀剑相接，连兵线都要离得远些，以免"橘右京"使出一技能燕返，用兵线当跳板，二段之后那可就直接踩他脸上了。

"撤退！"

看对方打野先一步抵达支援，许周桐发出信号，认为已无再打的必要，哪想信号刚刚发出，就听到正往这方向赶的柳柳惊叫了一声。

"啊……"柳柳的"兰陵王"直穿对手红区，是想看情况决定是从塔后包抄还是从草丛偷袭进塔，哪想路过红坑时便踩到了一个百兽陷阱，"可汗"跟着已从下方草丛探出身来，箭矢接连朝"兰陵王"射去。

"我被埋伏了！"柳柳叫着。

许周桐飞速切屏朝这边一看，便知这并非埋伏，而是射手"可汗"已经要换入野区发育，而将"橘右京"派去线上。这是保核心射手发育经常会有的套路，而且，既然对方已经是锁定了"可汗"为核心，那恐怕辅助也不会离他太远了。

　　许周桐刚这样想着，"可汗"身后草丛里已经弹起了一曲胡笳乐，一束音波直朝"兰陵王"飞去，后者刚踩到百兽陷阱正处于减速中，哪里闪避得过，顿时又被眩晕了0.75秒。

　　百兽陷阱从被触发到造成伤害是有一个短暂延迟时间的，反应够快的话，这点延迟时间已经足够逃出百兽陷阱的伤害范围，可在接了"文姬"这曲胡笳乐的眩晕技能后，一切就不一样了。"兰陵王"被百兽陷阱咬住，又被"可汗"的箭矢接连射中，柳柳欲哭无泪，直播的镜头中没有她操作的双手，但只从她肩膀在这一刻的晃动都可看出她有多手忙脚乱。

　　秘技·暗袭！

　　"兰陵王"交出了大招，却不是要上来拼命，而是把这当成位移技能，直接突进了暴君坑，想要借墙体的阻挡逃走。然而"可汗"全然不给他逃走的机会，反杀"兰陵王"拿下一血时所施展的闪现再次立功，直接越墙跟上，箭矢不停。柳柳慌忙开启技能隐匿，想要进入隐身状态，结果"可汗"猎鹰飞出，照亮了"兰陵王"的踪影，也照得柳柳心如死灰。

　　"可汗"击败"兰陵王"！

　　系统消息弹出，这已是本场比赛的第三次。通常把射手当作提款机的"兰陵王"，在莫羡的"可汗"面前却成了送分机器，这已是送出的第三个人头。

　　"帽子戏法啊！"

　　"这节奏，本场不送10个人头就算我输！"

弹幕又出现了起哄的话，柳柳此时真是一点也笑不出来，望着跑出暴君坑几步便倒下的尸体，一脸无可奈何。

"真狠啊！"何遇向祝佳音发起感慨。

"难道莫羡是知道这位跟咱的过节，才如此卖力？"祝佳音说道。

"那我们只有赛后采访一下才知道了。"何遇说道。

通过直播观看着这场比赛的观众，这时也终于有了一些正常讨论了。

"这个'可汗'有些强啊！"

"那个'铠'是许周桐呀，嘉南战队的许周桐。"

"啊？他怎么也来打青训赛了？"

"通常是没有队伍要，职业选手才会如此吧……"

弹幕公然聊了起来，甚至都触及了许周桐无队接纳才打青训赛的八卦话题。

"不管怎么说，那他也是正经职业级的选手啊！"

"刚刚对线可是被'可汗'压制，差点就单杀了。"

"'可汗'的经济太高了，许周桐也没办法。"

"'铠'四级越经济单吃射手很稀奇吗？"

"你说的是站着不动等你来砍的射手吧。"

"'可汗'确实有点东西。"

"毕竟他曾经二打五。"柳柳的黑粉又出来活动了。

柳柳虽然更多是在集中精神比赛，但是知道处于直播中，免不了会扫几眼弹幕，眼见这些夸对手的弹幕内容越来越多，为她打气鼓励的声音越来越少，便知目前为止糟糕的表现让最忠诚的粉丝也没办法昧着良心说什么了。

"'兰陵王'别轻易出手了，辅助接下来恐怕都要跟他了，你一个人抓不到他。"耳机里这时响起队友的声音。

"好的。"柳柳应着声，心下酸楚。

"后期打团，你能把他换掉，咱们就好打。"队友接着说。

"咱们还有'盾山'限制他呢。"柳柳说。

"总之，'可汗'或者'大都督'，你能换掉任何一个人都可以。"队友说着，俨然已对柳柳这"兰陵王"不抱太大期待。

"节奏还是要再快些，等他们买名刀·司命、辉月、贤者的庇护这些装备后，就真不好打了。"许周桐这时说道。

这就是"兰陵王"这位英雄的为难之处，他前期优势极大，也不需要依赖什么装备，可以把更多的经济让给更需要发育的队友。但这些优势换来的便是相对短暂的强势期。六神装之类的大后期，那都全然不在"兰陵王"优势阶段了，正如许周桐所说，当对手的装备栏里出现名刀·司命、辉月这类可以抵御一套秒杀的装备后，"兰陵王"就会非常难受了。

"那到底怎么办呢？"柳柳这时也无奈了，一边说后边团战的时候，让她的"兰陵王"去换掉一个就行，一边又说节奏要加快，那言外之意自然是指还要继续针对性地抓人限制对手发育。

"你多去野区骚扰吧，能不能打你自己判断，起码多些叹号警告。"许周桐说。

第322章
鸡肋"兰陵王"

许周桐这番话，让柳柳心下直接一凉。

所谓叹号警告，是指当"兰陵王"接近敌人时，敌人的头上会出现警告的叹号标识，也就是对手虽然还是看不到"兰陵王"，但至少知道"兰陵王"已经在自己附近，此时得防备一下，可"兰陵王"未必就会发起进攻，如此的情况就成了叹号警告。

这种骚扰是"兰陵王"的常规操作，柳柳自然清楚，让她心里一凉的，是许周桐话里的"自己判断"四个字，这意味着队友不会给她过多支援，需要她一个人完成破坏对手发育节奏的重任。

若还是开局时，柳柳还会信心满满，斗志十足，可现在呢？已经正面领教过"薛定谔的猫"的厉害，清楚"可汗"的鹰眼和百兽陷阱对"兰陵王"有多克制，更知道"文姬"此时很可能就在"可汗"左右保护，这种情况下，只让她一个人去骚扰，她实在不知道怎么办。

这便是食之无味、弃之可惜的鸡肋啊！由着自己去对面野区，能做点什么就是什么，她这个"兰陵王"，这是已经成了弃子。

更要命的是，她这场比赛还在直播，无数眼睛都紧紧地盯着，她去对手的野区骚扰若是真没什么建树，那些看她热闹的人哪里会去理会这其中难度，自然弹幕又是这些人的狂欢啊！

柳柳纠结又为难，再看己方队友，"孙尚香"已经开始进红区拿红BUFF，收野怪，蓝区那边，蓝BUFF在"貂蝉"这位英雄被选出后，开局能给"兰陵王"一次就已经是不错的待遇了。己方野区都已经要让给两个输出位发育了，她这"兰陵王"真是已经无处可去了。

柳柳只得硬着头皮去进攻，"兰陵王"的步伐似乎都受她的情绪影响，变得没那么轻盈了。这才刚一接近敌区，就听到一声鹰唳，"兰陵王"原地就转了个圈，慌得有些不分东南西北。然后就见"可汗"在视野中露头，柳柳知道"兰陵王"的身形此时是在暴露状态，急忙向后退却。

心下默数了几秒，"兰陵王"反身再上，"可汗"却不见踪迹。柳柳追着对方可能去的方向，继续深入野区，忽然，"啪"一声，百兽陷阱弹了出来。

秘技·暗袭！

柳柳这次的反应迅速极了，立即用大招向后反扑，仿佛自己是个远程射手，需要快速跟对手拉开距离一般。

结果这次"可汗"并没出来追杀她，柳柳这惊弓之鸟一般的快速操作再度沦为一些人的笑柄。

"柳柳不要强上了，用惩击能抢点野怪就好。"

观众中也不乏会玩的，此时也看出"可汗"与"橘右京"换线发育，以及柳柳要进野区骚扰的意图。于是提醒柳柳发挥自己打野位带惩击的优势，不求杀人，能抢点野怪就好。

但是这种来自粉丝的热心提示，柳柳看得也是又气又委屈。

自己又不是新手，哪里不知道这是自己最能占到便宜的优势。可打从自己进野区开始，先是被"可汗"的猎鹰照了出来，然后又踩了百兽陷阱暴露。自己连野怪的一根毛都没见着，根本抢不到野怪。

交了大招的"兰陵王"，此时有些没方向，就近往中路凑了下，"大都督"走位小心，丝毫没给"兰陵王"偷袭的机会。

"可汗"和"文姬"此时却在上路露头，跟"曹老板"一起率兵线压塔。"孙尚香"急忙发出请求集合的消息，从中路赶往的支援却也不比人家直接进塔快。"文姬"围着"曹老板"，直接顶着"孙尚香"的火力向前。"孙尚香"只能不住向后，深知自己走位只要稍有不慎，"曹老板"一个闪现就会直接跳到她脸上，开始切瓜剁菜的表演。

上路塔就这样被破，柳柳的"兰陵王"赶来，看着在"曹老板"和"文姬"左右护卫下的"可汗"，根本一点想法也没有。她没有暴露"兰陵王"的位置，保持好距离游走着，想看对方是否会分散，给她一个可乘之机。结果"可汗"又放出一只猎鹰，柳柳赶忙让"兰陵王"转身撤离。

"我根本没机会抓呀……"柳柳说道。对她此时的处境而言，这话更多的已是对直播观众，而非对队友说了。

"不着急，等我方法师和射手发育，你保持对对面的威胁就好。"许周桐说道。

许周桐的决策没有什么问题，这一点柳柳是清楚的，也正因如此，此时的她极度后悔，她后悔自己选择了"兰陵王"这位英雄，后悔自己在前期太不谨慎以至于崩盘。此时的她已经不敢幻想击杀对手，只希望自己在直播中的表现不要太尴尬，只希望观众可以理解此时她处境的艰难，能看到她的骚扰就算没有进攻没有杀人也能制造出的微妙影响。

去野区埋伏？

柳柳想着，先发制人，先去草丛埋伏。然后，一只猎鹰又一次照亮了"兰陵王"的身形。

惩击在手，伺机夺下BUFF？

柳柳这样想着，"兰陵王"便步向蓝坑，想抢最后一击，结果，蓝坑空无一人，草丛中似有箭声，但是没有视野，惩击无处释放。"兰陵王"在草丛里用出二技能，暗影匕首飞出，命中目标，带的效果是自己身形暴露。草丛中箭如雨出，对于"兰陵王"临近对方不慌不忙，"兰陵王"抱头鼠窜。

"兰陵王"再去抢暴君、去抢主宰。

柳柳不是没有想法，不是没做尝试，但是每一次都狼狈收场。抢主宰时她最后一刻不顾一切地突进，想用命换到这重要的远古生物，但是最终搭进去的只是自己这颗价值已经不如一辆炮车的人头。

"啊！我差一点就可以抢到的！"直播中的柳柳抱怨着。

"柳柳加油。"粉丝的鼓励从不缺席。

"0-4，可以放心大胆地送人头了，'兰陵王'献祭流！"看热闹的人也是不失时机地嘲讽柳柳。

柳柳此时都顾不上跟这些嘲笑她的人怄气，还在泉水中等复活的她，看见对方在拿到主宰后开始大肆推进。"可汗"的发育终究没有受到任何影响，除去"盾山"的盾，他们已经没有任何方式可以抵抗"可汗"的攻击了，任何人挨上两箭，弹出一个爆击的数字就会扣掉大半的血。

许周桐的"铠"绕至侧翼，寻找着进场的机会，但是对手没有给他这个机会。"可汗"始终没有脱离他队友的保护，许周桐预判自己的"铠"就这样直接切入的话，大概率会被"可汗"直接收割。对方名刀·司命都已经买好，可扛一次致命伤害；闪现在握，可拉开一次距离。还有"橘右京"，此时十足的蓝领（不吃经济的打野位）做派，仿佛带刀侍卫一般贴身护在"可汗"左右，他的二技能像是被删除了一般，在许周桐寻找机会的这时间里就一次都没有施展过。

他是在等什么？

就是在等一直没有出现在战场上的"铠"。他们知道"铠"一定会从某一个方向切入，"橘右京"的剑就是为此而准备的。

这真是……

这一刻，许周桐都觉得有些无奈了，那么接下来就是双方耐心的较量了。他正这样想着，"可汗"头上猎鹰飞起，朝他想伺机而动的方向飞了过来。

"铠"的位置这下彻底暴露，对方阵形马上做出调整，在明确了"铠"位置的同时，进攻也有了重点。"大都督"的火焰铺入塔下，逼得对手只能后退。队员紧密团结在"文姬"的乐曲光环内，突进推塔。而此时"铠"的位置看起来已然不像是要与队友包抄，孤零零的更像是脱节了一般。

但是，"盾山"在此时站了出来。二技能直接突入火场，一个抱摔直接抓走二人，跟着便是用大招将对手分隔开来。

"貂蝉"和"孙尚香"开始疯狂输出，然而被抱过来的两人不慌不忙。"曹老板"开启了大招，"文姬"也开启了大招，在"盾山"身后死死地抵抗。

莫羡的"可汗"这时从侧面飞快向上，几箭先点爆了防御塔，跟着继续向前。开了大招的"盾山"不能移动，防卫范围固定，眼看着"可汗"从自己的身侧绕上前，一阵攻击就带走了"孙尚香"。"貂蝉"的舞步随即看起来像是挣扎，在"可汗"这样爆炸性的输出方式面前，"貂蝉"那反复拉扯消耗的打法看起来一文不值。

柳柳一方的两个输出位接连倒下，开大招的"盾山"身躯再庞大，此时看上去也不过是个孤独的小可怜，很轻易地就被收割了。

而在这样的攻势中，许周桐依旧没找到进场制造威胁的机会。他想针对的"可汗"距离始终是那么的遥远。但在飞快击杀他们的双输出位加辅助后，"可汗"开始朝他所在的方向靠近，飞出的猎鹰指引着方向，全队一起朝着"铠"包围过来。

第323章
欲哭无泪的结局

这该怎么打?

看到对手一个都没死就换掉了己方的三位英雄,攻破了己方的防御塔,然后一股脑便朝自己围来,许周桐想也不想,掉头便走。他心里正盘算着走什么路线摆脱追兵的围剿,却看到中路高地塔外围,骑着苍狼的"可汗"已在那里虎视眈眈地等着兵线进塔了。

许周桐的"铠"转身又想返回,立即看到包抄过来的追兵。对方并没有停止对他的围剿,只是兵分两路罢了,这是要拖住他阻止他回城,然后直接推水晶吗?

看着队友的复活时间,许周桐心中计算着,然后就看到柳柳的"兰陵王"复活走出了水晶。

"清理兵线!"许周桐急忙叫着,他不认为"兰陵王"独自一人能守住攻势,但是用命来换下这拨兵线,似乎勉强还是可以做到。

又是当炮灰。

柳柳气恼不已,可她也知除此之外也没别的办法。只是快速冲至高地塔处,对手留下攻塔的是"大都督""可汗"。柳柳的心开始狂跳,她的"兰陵王"发育确实不怎么好,但这位英雄不太需要经济,一套输出对脆

241

皮英雄就有足够的威胁。眼下自己或是可以一举击杀掉这两人，直接将高地塔守下，那大抵会是大大挽回颜面，同时也挽回比赛局势的操作。

但是，柳柳打开面板，扫了一眼对方这两位英雄的装备后，顿时有些绝望了。

"可汗"身上带着名刀·司命，"大都督"更过分，出了法术装备辉月不说，还穿着一件防御装极寒风暴，两人都不是"兰陵王"一套伤害可以带走的。"兰陵王"自己是个脆皮，一套带不走人家的话，那就只能被带走了。

所以就只能用命去换个炮车了吗？自己这"兰陵王"真成献祭的了？

看着自己这0-4的悲惨数据，柳柳终究心有不甘。兵线是要清，但是清兵线的同时她希望给对方制造一点威胁，尤其是"薛定谔的猫"！

于是她走位，寻找合适的出手角度，然后就踩中了百兽陷阱。

"她想太多了啊。"看着柳柳操作的何遇连连摇头，有些同情地和祝佳音说着。比赛画面中的"兰陵王"，在暴露之后就被"可汗"瞬间带走，一个技能都没能交出来。

"距离差不多了，'兰陵王'可以直接用大招上去，还有机会把兵线给清了，柳柳她这是还想打人。"何遇接着说道。

"没办法，这么多双眼睛盯着呢。"祝佳音不是柳柳那样的专职主播，但终归也算同行，还是有些了解这一刻柳柳的心态。换作任何一场比赛，柳柳恐怕都不会这么干，只会像何遇说的那样直接用大招清理兵线。

可这场比赛，柳柳的对手是"薛定谔的猫"，她选择了直播这场比赛。她已经清楚，自己刚刚的表现已经让这次直播雪上加霜。她迫切地想有一次逆转式的表现，可惜事与愿违。

"坦白说，"听了祝佳音对柳柳的心理分析后何遇接着说道，"真要这么容易有逆转式的表现机会，也轮不到她，许周桐早就这样做了。你别看他先前那个'铠'蹲在侧翼最后成了观众，跟着又被追得到处跑很尴尬，那一回合，莫羡他们但凡有一点疏忽让许周桐的'铠'进场打出伤害，那就是柳柳一方可能翻盘的节奏。"

"既然这样，他当时不如强行上了，现在这不都要输了？"祝佳音回道，"可汗"加"大都督"推塔的速度极快，转眼高地塔已被破，先前阵亡的三位最快的还要5秒才能复活，许周桐的"铠"被另外三人不顾一切地咬着，压根也没有回城的机会。

"应该是没机会了。"何遇看着"大都督"直接顶着水晶的伤害进去推塔，"可汗"和兵线随后进入，疯狂进攻水晶。

5秒钟到，"孙尚香"复活，急急翻滚冲出泉水，早在这一侧的"大都督"突然闪现过来，一个东风浩荡就把"孙尚香"又吹了回去……

随后水晶终于爆炸，比赛结束时间定格在了11分27秒，莫羡一队赢得了胜利。比赛后的统计面板弹出，这里是柳柳视角的直播，大家也看不到更多的数据，只看KDA的话，这场双方爆的人头并不多，但柳柳"兰陵王"最终的0-5无疑是最扎眼的了，她也是愣了好一会儿，才抬起头朝着镜头挤出了个尴尬的笑容。

"上次是被对手二打五，这次是让己方四打五，柳柳你是跟五打五有仇吗？"

只是这样的结局当然是被那些看热闹的人各种嘲讽。可怜柳柳这时候也不能直接一走了之，面对直播，她终究还是要说点什么。

"不好意思，这一局柳柳打得不太好。"沉默了一会儿后，柳柳终于开口了，"不过一场比赛的胜负也不能说明什么，柳柳会继续加油的。"

"已经是两场，不是一场了哟。"弹幕大量飘过。这两场所指的是哪两场，那自然不言而喻，柳柳有些气不过，正准备再说什么时，却被一旁的小伙伴叫住，示意她这时候还是不要再说什么。

直播中的柳柳看起来气鼓鼓的，但终于还是没有发作。最后努力朝镜头挤了个笑容道："柳柳要去准备下一场比赛了，大家再见啊！有机会的话，我再直播比赛给大家看啊。大家可以看到，青训赛无论队友还是对手的实力都很强，比赛质量非常高呀。好啦，今天这场临时的直播就只能到这里了，大家再见。"

柳柳挥了挥手后，切断了直播，努力挤出的笑容在这一瞬荡然无存，扭头看向镜头外的小伙伴时，委屈得眼泪都快掉下来了。

工作室里一片沉默，这场直播堪称搬起石头砸自己脚的典范。大家其实从比赛中段就已经开始想要怎么安慰柳柳了，可真到了这时候，所有人也都无话可说。他们所能做到的只是阻止了柳柳在直播中辩解，然而这场比赛造成的影响，恐怕不是他们保持沉默就可以消化的。

有小伙伴已经在网络平台发现那些让他们恨到咬牙的人，早在柳柳比赛开局不利时就已经开始搬运消息到处扩散了，如今这些帖子、话题正是讨论得热闹的时候，然后就有人送来了柳柳已经落败，面对镜头欲哭无泪的描述的帖子。

"柳柳啊……"好长一段时间的安静后，终于有人说话了，"我想这次青训赛，你可能不好打完线上赛就退出了，后边你也得好好拼一拼才行。"

第324章

太 难 了

当职业选手从来不是柳柳的目的，哪怕在报名青训赛，跟她的粉丝交代时，也仅仅在谈想证明和挑战自己，至于对于职业圈的憧憬和梦想，那是谨慎到连一个字都不敢沾的，她这是一早就给自己铺着退路呢。

而今天这场比赛，在柳柳和她的团队看来是绝佳的一次机会，当她们在青训赛的300勇士中看到"薛定谔的猫"这个ID时，就一直在期待这一刻的到来，这将是她们对柳柳遭遇的那次翻车危机最有力的回击的机会。这场比赛对他们的意义，甚至可以说超过了整个青训赛。

可是结果不尽如人意。回击是不存在的，这场比赛只是雪上加霜，火上浇油。柳柳已经离开了直播间，可是弹幕依然疯狂滚动，占满了屏幕，各大媒体也接连不断地有消息和评论涌现。

比翻车更惨的，是在同一个地方又翻了一次，柳柳已经解释不了了。

所以，柳柳只能用行动，用青训赛的表现来证明自己。先前柳柳和团队考虑的是只打线上赛，之后不管有没有进入线下赛部分，都找理由退出比赛。可是现在看来，线上赛已经不够了，更重头的线下赛部分大概才足以让柳柳渡过危机。毕竟线下赛部分较为公开，并且会有职业战队的教练进场，参与指点，在这里得到的好评将是整个王者圈中最具说服力的。

但是，柳柳一开始就不准备参加线下赛，那也是跟团队商量之后的决定，原因大家都心知肚明。一是柳柳的实力够不够进线下赛都很难说；二是假设她进了，又要被职业级的眼光评价，说实话，大家心里都没底。

可是现在，完全没底的事也要拼命去做了。柳柳看向伙伴的眼神里满是哀怨，最后也只能无奈地叹了口气："到时再看吧。"

柳柳这边的气氛沉重到了极点，何遇这边呢，在看到柳柳一方最终惨败后还是很开心的，不过仔细看了看柳柳关闭直播后依旧持续的字幕后，他不由得有点同情柳柳了。

"惨啊。"何遇和祝佳音说道。

"惨不忍睹。"祝佳音同意。

"她又何必直播呢。"何遇发了个连连摇头的表情。

"我好像已经分析过她直播的原因了。"祝佳音回。

"我不是疑问，就是感叹。"何遇说。

"那你有没有问莫羡是不是针对人家？"祝佳音问。

"我正要问。"何遇看着很多骂柳柳的言论，也有点同情柳柳了，然而他内心的八卦之魂依旧在燃烧，他点开了跟莫羡的对话框。

"你知道刚才那场比赛的对手有谁吗？"何遇问。

"听说有一个职业选手。"莫羡回得挺快，比赛刚结束，也还没放下手机。

"你注意到的就这个？"何遇问。

"还有值得注意的吗？"莫羡问。

"那个打野'兰陵王'呀。"何遇说。

"那个，不行呀。"莫羡说。

"你注意到她是谁了吗？"何遇说。

"我听说了，柳柳，是你和祝佳音撞过车的那个主播吧。"莫羡答。

"对对对，你这是怎么听说的？"何遇有点奇怪这个。

"队友说的。"莫羡说。

"好吧。"何遇发现自己有点犯蠢。这比赛中队友都有很多交流，莫羡话少不代表他听到的少，对面是柳柳这样的名主播，即便莫羡不认识，队友也会说起的。同理，对手有个职业选手这个消息，莫羡八成也是这样听来的。莫羡哪知道这些呀。在莫羡眼中，他就是纯用技术实力来分析人家，对方是男是女，他可能都没有太关心，最终柳柳得到的评语只是"不行"，对职业选手许周桐的评价倒是从莫羡的字里行间可以听出是"值得注意"的。

不过，就冲莫羡这没有感情的评价来说，柳柳被骂成这样确实也有点委屈。毕竟在莫羡眼里，她只是"不行"，这个"不行"，以何遇对莫羡的了解，莫羡肯定是拿这些天比赛遇到的选手与柳柳横向对比得出来的。而在这些人中再怎么不行也是广大玩家中的顶尖高手了。至于真正"不行"的那些人，莫羡给出的评价通常是"不会"，对此深有感触的当属赵进然。跟着浪7战队玩了这么久，他也有进步，打低端局也是威风八面的，可在莫羡眼里，赵进然就属于"不会"的那一类。柳柳比赵进然，那柳柳的实力不知要高出多少了。而当下这满屏的嘲讽，仿佛柳柳都不配给赵进然这类人提鞋一样，实在是过了。

这些话，何遇没跟莫羡说，因为他知道莫羡也不会关心。跟祝佳音感叹了两句后，得到了只是"啧啧"的回应。祝佳音也是游戏主播，她深知主播在直播镜头前实力的好与坏都会被放大无数倍，好的地方会被喜欢的人吹上天，而一点不好的地方会被贬到一文不值。人气越高的主播，越容易面对如此的境地，这是做这一行都需要面对和承受的。祝佳音虽然没有柳柳那么高的人气，也没有柳柳那么多经历，但这个道理她是早就想明白了的。

此时看着柳柳输了场比赛就仿佛过街老鼠一般，她不由得有些唏嘘。

祝佳音觉得，自己是挺喜欢在直播中跟其他人分享自己的游戏过程和体验的，可假设有一天自己也到了柳柳这样的位置，恐怕也没办法做到只受人待见而无人反感。就像她直播时不开镜头这件事，已经有不少人揣测镜头背后的她一定长得没法看。可她若是开了呢？说漂亮小姐姐只是花瓶，其实技术不怎么样的声音就一定不会有吗？

正被大家嘲笑的柳柳就是活生生的例子，明明她的实力已经不错，至少绝对比她直播间中的绝大多数观众要强，可结果呢，还是会有那么多人去挑她的错，挑她难堪的场面，以此来证明柳柳是个技术一般的花瓶。

这些人何必这样呢？

祝佳音无心追究这些观众是什么心态，只是在想假设自己置身于这样的漩涡中心时会如何自处。她觉得自己应该不会像柳柳这么有心计，这样多手段，可是柳柳那种迫切想证明自己的心态，她觉得自己也一定会有。那么最终呢？她大概只会一直疲于奔命下去吧。

至于那些嘲笑的人，祝佳音觉得，就算柳柳拿了KPL的总冠军恐怕都不能堵了他们的嘴。说到底，这些人真正在意的并不是主播如何，他们在意的只有自己的看法。

主播这件事，自己还要不要做下去呢？

在卷入跟柳柳的纠纷，导致直播间被叫停后，其间也有一些小平台不知是否有蹭热度的心态，联系祝佳音并邀请她去他们那儿直播。祝佳音不是签约主播，来去倒是自由，可那时的祝佳音在生气之余也一直在想自己该如何继续，至今她也没有想出答案。身边浪7战队的几个伙伴都去追寻职业选手的梦想了，她却觉得KPL太残酷，那不是她想要追寻的。可是现在的直播也不再是单纯分享快乐，也有很多复杂的东西。

做什么都太难了。祝佳音心下叹息着，又收到了何遇的消息。

"我去比赛了啊，回头聊。"何遇跟她打着招呼。

这家伙怎么就能这样没心没肺啊？！

看着何遇发的那个眉飞色舞地飞奔离去的表情，祝佳音心下感慨万千。如此艰难的比赛，如此激烈的竞争，可在何遇这里她感觉不到压力。哪怕何遇愁眉苦脸地跟她抱怨自己输了比赛时，祝佳音都从没看到他因此有什么负担，他总是转身就又干劲十足地进行下一场比赛去了。

"加油。"祝佳音只能给予鼓励了。

"那必须的。"急急离去的何遇又回了她一条消息。

第325章

试图安排

柳柳直播的这场比赛让本次青训赛的线上赛部分十分罕有地引发了一些话题，不过这都不是赛事组方面关注的，在比赛结束后，佟华山一脸遗憾的表情也丝毫不是为了她。

果然，如佟华山赛前安排时所想，想靠单人技术压制莫羡委实难度太大。他安排了许周桐上，本也就指望许周桐可以跟莫羡打个有来有往，无奈打野柳柳像饲养员一样将莫羡的"可汗"急速喂胖，在双方经济有如此差距的情况下，他也不好再抱怨许周桐发挥不佳了。

况且，莫羡也没有丝毫大意，在线上已经具备巨大优势的情况下，依旧跟打野换位，进野区发育。如此既提高了安全性，又让自己发育水平进一步领先，让"可汗"可以灵活支援，多方发挥作用。莫羡他们这一队在团队性上也比他们的对手做得更加到位。

可惜啊！一场"众目睽睽"之下的比赛，没有如佟华山所愿成为一个触发莫羡的节点，至于柳柳直播翻车再遭危机什么的，他哪里关心这个。柳柳的名气再大，可从技术角度来看，她的实力也就那么回事。更何况，她这种名牌主播来参加青训赛的心思，佟华山心里也是清楚的，只是不好设置门槛。看到柳柳这类选手狼狈淘汰，他心里其实也是有点暗爽的。

"老大，全能王回来了。"这时手下又跑来向佟华山汇报。

"这么准时？"佟华山一愣，对于何遇这时间点卡得如此精妙也是有些疑惑。

"啊？"手下没那么多心思，只是觉得赶在又一轮比赛前尽快处理完事情很正常。

要不要临时调整何遇的赛程让他去跟莫羡打一场呢？佟华山紧跟着心里就动了这个心思。

"莫羡今天打了几场了？"他一边看着时间一边向手下确认着。

"两场。"手下说道。

第三场比赛的通知现在估计已经下去了，要调换名单还要向被替换的选手解释也是麻烦，要不，第四场？

佟华山是个行动派，一有主意，马上就开始实施，他翻看了下赛程表后，叫来手下将他的意思吩咐下去。

老大想看全能王战莫羡！

这个消息很快就在工作室里传开，而两个优秀选手的碰撞也恰恰是所有人都感兴趣的，不过如此特意调整安排的碰撞，在大家的印象里，青训赛还从未有过，由此也可以看出佟华山有多看重这两位了。

而这两人，事先可只是名单中默默无闻的两位，甚至在此之前，"全能补位"和"都可以"这两个属性，一度是让大家嗤之以鼻的。

想不到啊。所有工作人员此时都是如此心情。历届青训赛上抢眼的选手还是以战队培养的新秀为主，再不济也是名声在外，被赛事组特意邀请前来的。像何遇和莫羡这样自己报名能战至最后的人那是相当少见，更别提他们的实力还这样抢眼了。

这场对决，大家都是相当感兴趣，只可惜这次不会网络直播，想看的人也只能看赛后录像，可没办法看实况了。

调整对战名单不是什么难事，尤其何遇这样的全能王，位置随意的选手。赛事组很轻松就从他下午的赛事中抽了一局进行了调换，将何遇塞到了莫羡今天比赛的第四场比赛里。

"两个人都是打野。"安排妥当后，手下又向佟华山汇报了一声。

"嗯。"佟华山对两人对线打野位的安排也很满意。对线是面对面地直接交锋，而打野对线，比拼的层面可就更多了，更能看出问题。

很快，下午第三轮比赛战罢了。佟华山不由得又紧张起来，唯恐莫羡这时候提前下线，而何遇也有了请假的前车之鉴，在佟华山眼里，这两位都是不按常理出牌的家伙。他来到盯这轮比赛的工作人员身后，在看到"薛定谔的猫"和"何良遇"两个ID相继进入比赛房间后，终于松了口气，接过了工作人员递来的耳机，然后就听到耳机中传来的何遇一队语音交流的声音。

"咦，这是什么情况？"有人疑惑地叫着。

"啊？"

"怎么了兄弟？"

"名单不对呀！"何遇叫着。

"什么名单？"其他队友都不懂，对于绝大多数选手而言，都是要进到房间的那一刻才知道自己的对手和队友是谁，是熟悉的单排上分的味道。

"对阵名单啊，这是怎么回事？"何遇继续叫着。其他人根本不在意这件事，甚至连赛程表之类的都不会问工作人员。但对何遇而言，这可不一样。每天比赛完别人都已经休息时，他还在忙忙碌碌，就是为了准备第二天的比赛，他拿着赛程表去研究对手，与队友沟通。现在突然间发现比赛的对手和队友跟自己赛前沟通的根本不一样，那自然是一件十分不能忍受的事。

跟着就见"何良遇"暂时离开了游戏房间，处在了"等待准备"的状态，很快，就有工作人员小跑到了佟华山身边："老大，全能王问对阵名单为什么跟赛程表不一样。"

对何遇的大呼小叫处于疑惑状态的佟华山听后随口道："我们调整了一下，他有什么问题？"

"他问为什么没有提前通知，他是根据赛程表准备的，现在临时更换了名单……"手下报告着。

佟华山愣住了。他并不觉得何遇小题大做，因为青训赛工作组的他们都是服务KPL的，是职业圈思维。这种变动就好比一时光战队正在积极准备与嘉南战队的比赛，但到了选手出场时，突然发现对阵的居然不是嘉南战队，而是天择战队，这对两个战队的影响可是非常大的。职业圈若真搞出这样的事来，那算得上是一次事故，不是随口一句"调整了一下"就可以了事的。

眼下非职业赛，一天20场比赛的强度在佟华山他们看来也是来不及备战，但何遇偏偏就这样做了。这实际上正是他们这些人习惯的、欣赏的、支持的职业圈行为。他现在怎么跟何遇解释？难道跟他说赛前的准备不重要，临时调整一下对阵名单无所谓吗？这完全是自己打自己耳光，打职业圈的耳光。

"老大？"看佟华山愣在那里出神，手下又唤了一声。

"哦。"佟华山回过神来，而这发呆的片刻，他已经将思路理清。何遇既然是根据赛程表来准备的，那么他们这临时调整对其他选手来说可能无所谓，对他来说却真的很不合理，很不公平，佟华山没有办法对此做出合理的解释。

"你就跟他说弄错了，换回去吧。"佟华山说。

"啊？"听到这里的工作人员都有点傻眼，这来来回回地折腾，有些搞笑呀。

然而，佟华山的神情看起来挺严肃的："他既然有赛前准备，那我们这临时调整就有点不合适了，把他的比赛都按赛程表恢复吧。"

第326章
进化未完

特意安排的对决，这是青训赛中前所未有的，转眼又被取消，那更是前无古人。

在了解了缘由之后，对于佟华山的这种原则性，大家还是佩服的，不过大家更欣赏的还是他的原则并不死板。在以为选手都是随机单排时，他也没去强调公平原则，随意地安排调换了。但当他得知何遇是有备而来后，立即给予纠正，直接改了回来。这及时认错修正的态度，若不是此时大家都忙着，怕是都要蜂拥而来给点掌声了。

而后名单改回，因为涉及的人并不多，也是三两下就换好了。对选手解释是拉错了人，大家也压根无人在意，何遇在进入自己有备而来的对阵房间中后，自然也没了意见。至于莫羡，他看到了何遇进出游戏房间，也没太在意。对手是谁不重要，而何遇应该知道对手是谁，这是他觉得重要的事情。

第四轮比赛随即开始，这点小插曲最终没有引起任何波澜，分别进行比赛的莫羡和何遇各自都赢得了比赛。其间又有工作人员过来询问佟华山，之后的比赛还要不要安排莫羡跟何遇对战。

"不要了。"这一次佟华山没有犹豫。在明确知道何遇是盯着赛程表准备比赛后，无论何遇准备到了何种程度，在佟华山心中，都不会动何遇的赛程表了。除非出现一些无法避免的原因，比如与何遇同阵的其他9人都有急事请假了，那佟华山倒是丝毫不介意把何遇临时丢进与莫羡的对阵当中。至于眼下，就这样进行吧。

第四轮比赛战罢，莫羡和何遇各自的队伍都取得了胜利，大抵是心思还在两人身上的缘故，佟华山这轮主要是观看了这两人的比赛。两相对比，同在打野位的两人，迥然不同的风格更加清晰。莫羡仿佛一个机器，他的操作总是那么精准、到位，一人带领队友走向胜利说的就是莫羡这种选手；至于何遇，他的角色哪怕阵亡，本人指挥的声音也是遍布整个峡谷，讲究的是团队作战。

于是，佟华山对这两个人忽然有了新的期待，他突然觉得这两人其实非常适合在一个队伍里。一个是优秀的团队大脑，一个是锋利的团队尖刀，这种经典组合真是想想都让人觉得兴奋。

后面的赛程里，二人会同队吗？佟华山先前只关注两人会不会是对手，全没关注他们会不会成队友，有了期待的佟华山马上调出赛程表亲自查看起来。照说以青训赛的比赛量，每两位选手之间至少会有一次成为队友或对手的经历，可莫羡的参赛时间少啊，每天就打四五场。

佟华山查看之后，觉得有些遗憾。

现在已经是第四个比赛日，线上赛部分一共就是一周时间，对莫羡而言接下来最多只有15场比赛，这15场比赛的队友中没有何遇。

佟华山也没有再动安排的心思，只是有些可惜无法看到这样的组合。虽然之后还有线下赛的部分，但线下赛的队伍组织并不由他们做主，而是由线上赛部分表现最优的16名选手担任队长，由他们各自挑选队友组成16支队伍。以实力来论，何遇和莫羡都有可能是队长，那这就意味着他们绝无可能同队。

不过相比起选拔优秀人才，这点好奇心对佟华山实在不算什么，他还是更担忧莫羡无法被比赛打动，无法改变自己的想法。这不，第四场比赛打完，莫羡又一次麻利地下线消失了，对比赛没有表现出丝毫留恋。赛事组这边给莫羡排赛一般会排到五场，这会儿不得不临时调整一下。不过大家都已经习惯了。莫羡的每一场都早有备选选手，大家对莫羡的特殊性，安排得相当到位。

第四天的赛事随后也波澜不惊地结束了，最引人注目的还是何遇。不是因为他今天突然请假一场，而是除去这一场以外的19场比赛，他再度拿下全胜，也就是说，他已经拿下了39场连胜。这样的成绩，所有工作人员不用去查任何资料，都可以肯定这绝对是青训赛上从未有过的强势连胜。

"这也太恐怖了吧！"

"他太稳健了。"

"就是他这前后的反差，我还是有些无法理解……"

"我从未见过这样的选手。"

"真想看看是个什么样的人。"

"听说他还是个在校的大学生。"

整理着这一天下来的战报，所有人都在议论何遇。而他缺席的那一场大家都没太当回事，也没有人觉得这会影响到何遇连胜的含金量。

"老大。"有人将今天一天比赛下来的一些重点环节的资料递到了佟华山手里，这其中的头条当然就是何遇的19场全胜了。

如此看来，这小子要赛程表备战，还真是起到作用了。

今天何遇对临时调整对阵名单反应强烈一事，让佟华山想起了何遇当初索要赛程表的举动，那时他对此不以为然，可现在从结果上来看，何遇的做法还真是起到很大的作用了。

或许，以后的青训赛就应该事前就把赛程表提前准备给所有选手，说不定就会有像何遇这样将这个条件好好利用起来的选手呢？佟华山心下琢磨着，却不知自己这样其实想太多了。假设他第一天就把赛程表发到何遇手中，头两天何遇的战绩也不至于多么有起色。通过赛程表掌握接下来比赛需要对阵的选手和合作的选手是谁固然重要，但更重要的是了解这些选手。这些可是不会写在赛程表上的。何遇真正可怕的能力，其实并不在这两天的连胜。而是能在头两天胜率近乎垫底的40场比赛里观察到大量的信息。

这40场比赛，何遇共合作了160位选手，对抗了200位选手，而青训赛加上何遇一共就300人。这要不是各位置的选手人数不同，无法做到完美搭配，两天共40场比赛，其实就已经足够300位选手以队友或是对手的身份在比赛中打照面了。

而何遇就是通过这些机会，观察到了大量信息，对相当多的选手进行了分析记录，他的这份才能，才是他这个KPL五年高端看客独有的。

佟华山等人只注意到了何遇拿到赛程表之后的连胜战绩，却对何遇在开始两天低胜率下完成的工作一无所知。

现在随着赛事的继续进行，何遇掌握的信息和资料还在进一步完善。在这个封闭赛事圈中，他的实力还在提升进化当中。能清楚认识到这一点的，就只有何遇自己。

第327章
需要的胜利

"今天大家怎么样呀！"又一天大获全胜的何遇，神清气爽地在小群里吆喝着，这是他们三人每天比赛之后的日常聊天。

"还不错。"高歌跟着答道。

"哇！"何遇顿时惊叫上了。比赛第四日，这是高歌首次给出这样的答案，之前三天她的回答分别是"不怎么样""垃圾"和一声"唉"，弄得一直稳定优秀的周沫在群里都不敢明目张胆地高兴。如今终于有了"还不错"这样的答案，何遇惊讶完，周沫就跟着发了一个瞪大眼的表情。

"我感觉找到一些节奏了。"高歌知道这两人为何如此反应，跟着便说道。

"胜了多少？"何遇问道。

"也就10场，但感觉不一样了。"高歌说道。

"恭喜恭喜。"何遇说。

周沫却没说话，从高歌表现不佳开始，他便一直为高歌担忧着。现在终于得知高歌今天表现有了起色，他由衷地松了口气，可在听到有起色的表现也只是胜了10场后，周沫立即又担忧起来。

线上赛的比赛一共是一周，也就是七天，现在四天打完，已过大半，

259

高歌却在第四日才打出50%的胜率，这个成绩实在无法让他感到乐观。线上赛最终是从300人中选出80位，淘汰率高达73%，50%的胜率根本不足以跻身前80，更别说因为前三天不佳的表现，高歌目前的总胜率肯定还不到50%。如此一来，之后的三天，高歌得赢下多少比赛才能大幅提高胜率，让她的成绩看起来不那么惨淡呀？

周沫一边替高歌想着，一边点开了计算器。

高歌前三天各赢了多少场，他是知道的，算上今天赢的10场，四舍五入一下，大约是41%的胜率。

而能从线上赛部分脱颖而出的，胜率至少也有60%，这是周沫多方留意打探到的情报。假设本届和之前一样，也需要60%的胜率，最后三天的比赛，高歌需要赢下多少场才能将41%的胜率拉到60%？周沫在计算器上一通计算，最后跳出的数字让他心里顿时一酸。

51场。

高歌要将目前41%的胜率，提高到60%的话，那么她需要在接下来三天的60场比赛中，拿下共计51场胜利。这，还是假设本届青训赛线上部分的通过门槛就在60%的情况下，万一今年的门槛更高……周沫已经不敢去想了。60场比赛里要赢51场的话，胜率要高达85%，这是青训赛迄今为止从来都没有出现过的恐怖数据，而现在，高歌竟然要拿出这样的表现才有可能继续她的梦想。

这不可能……

客观事实这样坦诚地提醒着周沫，但是他不接受这个事实。一直以来，高歌都是两人中更优秀的那一个，怎么会有自己都能做到的事情，高歌却做不到的呢？

一定会有奇迹的，高歌就是会创造奇迹的人！

周沫这样告诉自己，然后再看回微信群的消息时，发现何遇和高歌已经聊了好几页了……

高歌的心情看起来确实不错，话也多了许多，难道她现在还不知道自己的处境，还没算接下来她需要赢下51场比赛吗？

周沫很纠结，不知道自己该不该把这个恐怖的事实告诉高歌。跟着便收到微信提示，聊了几页不见他人，高歌开始点名了。

"你怎么没声音？今天打得不行？"高歌一向直来直去。

"也还可以。"周沫小心回答。

"几胜？"高歌问。

"13。"周沫说。

"不错，保持。"高歌表扬。

周沫不知该说什么，何遇却是积极得很："不问问我吗？"

"问什么？"高歌故意道。

"几胜！"何遇说。

"你这么想说就说吧。"高歌看出何遇势必又取得了惊人的胜率。

"19！"何遇恨不得用语音大喊着宣布。

"那你激动什么？比昨天差了一场呀。"高歌看到有机可乘，无视19胜也是极其恐怖的数据，非要盯着没赢的那一场说事。

"因为我请假少打了一场。"何遇说。

"请假？为什么？"

"那一局要跟柳柳组队，我干脆就请假了。"何遇没提对面正好还有莫羡的事，毕竟就他请假的动机来说，跟莫羡一点关系都没有，这可以算是后话。

"幼稚……"对何遇这手操作，高歌没有给予过高评价。

"哈哈。"何遇一笑置之。

"那什么……"看着两人欢声笑语，在旁纠结很久的周沫，终于还是忍不住要来打破一下气氛。

"什么？"两人一起等他说话。

"高歌你现在胜率是多少啊？"周沫引导提问。

"40%左右吧。"高歌说。

"那个，我听说，线上赛晋级到线下赛的选手，胜率基本都是在60%以上的，这是我听说的，不知道是不是真的。"周沫说道。

"啊，这样的吗？"何遇闻声，立即打开了计算器。他头两天只赢了13场，但之后就是全胜，今天请假了一场，何遇不知道这种会怎么统计，就姑且算成是输，最终他得出了总胜率——65%。

"65%！我通过了！"何遇欢呼着。

"别大意，还有三天的比赛。"周沫提醒着，却是"项庄舞剑意在沛公"，高歌才是他真正想去提醒的人。

"还有三天，60场比赛，那师姐……"何遇这边高兴完自己，立即也意识到高歌目前的处境了，还没关上计算器，立即算了起来。

"你现在的胜率是多少？"高歌问起了周沫。

"目前是67.5%。"周沫答道。

"那你问题不大了呀！"高歌说道。

周沫没吱声，他很想告诉高歌，自己现在更操心的是高歌的胜率。

"我的话……接下来得赢51场，这是在如果要求是60%胜率的情况下。"高歌接着说道，而何遇这边一通计算后，计算器上跳出的也正是这个数字。

"这还是假设的60%的胜率，如果这届优秀的选手较多，还会更高。"高歌接着说道，"有点难，我只能尽力而为了。"

"你早就已经算过了，是吗？"周沫这时问道。

"当然，难道你以为你会比我更关心我自己吗？"高歌笑道。

说不定呢？周沫心里下意识地想着，但他没说出来。

"放心吧，就算我这次不过，还有下次，我无非就是比你们迟到一点点而已。"高歌说道。

"争取这次过吧！师姐，我这里已经搜罗了不少情报，要不要我帮你出谋划策？"何遇说道。

"我还是用我自己找到的方式吧，你那一套……还是用来忙你自己的吧。"高歌说道。

"师姐威武！"何遇只能精神鼓励了。

"一定要赢啊！"周沫说。

"大哥，这是比赛，哪有什么一定的事？"高歌说道。

第328章

报应来得快

周沫无奈。

清醒理智的高歌像是开了净化这个召唤师技能一般，对各种心灵鸡汤免疫，安慰和鼓励这种事她甚少去做，也极少会接受，周沫最后只能默不作声。

从小到大，周沫一直受高歌的关照，他很想有机会也关照高歌一下，可是高歌遭遇的难题总让他有心无力。在东江大学组建浪7战队的时候是如此，现在青训赛遇到困难又是如此。组建浪7战队不顺时，他至少还可以做高歌唯一的同伴，眼下他空握了67.5%的不错胜率，却没法贡献出哪怕1%给高歌，只能眼巴巴地站在一边干着急。

"话说师姐，你说你找到的方式，是什么呀？"何遇这时还在八卦。

"还有待验证。"高歌说。

"哦。"何遇没追问。

"你觉得我存在的问题是什么？"高歌说。

"就是那天周进说的那些吧。"何遇说。

"在他说之前，你就不觉得我有那些问题吗？"高歌问。

"说实话，我没有特别明显的感觉。可能我们在一起打得比较多，已经找到了互相适应的方式和节奏，当局者迷。"何遇说。

"是啊，我们在一起打得太多了。"高歌说。

"对啊，从我正式接触游戏开始，啊不对，从我草率地第一次接触游戏开始，就是跟你和师兄一起打了呀。"何遇说。

"嗯。"高歌只是应了一声，看起来并没有继续聊下去的意思。何遇却从这一个"嗯"字里，感觉到高歌是在思考着什么，他随即也没有再说话，于是这个字孤零零地成了这一晚聊天的结束语。

晚饭之后，何遇又开始了针对第二天比赛的备战工作。随着对选手的进一步了解加深，他备战愈发得心应手起来。尤其两天下来，他已经加了不少选手，再重复相遇之后，连沟通都变得畅快了许多。何遇两天比赛全胜的战绩，有心的选手都已经注意到了。都已经开始打听何遇是何方神圣。而那些与何遇在两天比赛中当过队友的选手，也在交流中印证着与何遇一起比赛的感觉，最后大家大体上一致的感觉，就是俩字：顺利。

比赛的整个过程很顺利，偶有在开局时稍有不利，也总是快速抢回节奏，而在节奏掌握到己方手中后，跟着便是摧枯拉朽般的胜利。

那种感觉……

"就像是进了车队。"选手"不知山"的总结一下子说到了所有人心里。他也对自己的这个比喻满意极了，立即打开了与何遇的私聊小窗口。

"明天有我的车位吗？"

正忙活的何遇，突然收到一条消息，一看是曾经合作过一局的中路选手"不知山"，说的话却让他很是莫名其妙。

"啥车位？"何遇回道。

"大家都在说，你是在开青训赛的上分车啊。""不知山"说道。

"哈哈，这要从哪儿说起啊。"何遇谦虚地道，连忙打开300勇士群看了一眼，并没有看到什么有关他的讨论。

"两天比赛，一场没输，这不是上分车队，是什么？""不知山"说道。

"哪儿能啊，我请假了一场比赛呢。"何遇说。

"所以，我来问问明天的车有我的位置吗？""不知山"说。

"这个……"

"你不是有赛程表吗？""不知山"说。

"是有啊，但问题是……明天咱们是对手。"何遇说。

然后就是良久的沉默，就在何遇以为"不知山"已经不准备说话时，"不知山"突然又发来一条消息。

"你是怎么请假的？有惩罚吗？""不知山"问。

"你是认真的吗？"何遇有些无奈。

"我请假会不会太明显？""不知山"问。

"我不知道呀。"何遇道。他没想到报应来得这么快，今天自己刚刚用请假拒绝了与柳柳同队，马上就有人想用这一招来针对自己。不得不说，何遇其实挺怕的。就今天他自己请假的那一场比赛来看，赛事组的应对方案是找相应位置的选手来替补保证比赛顺利进行，假设那个位置已经没有其他选手，结果会怎样他也不得而知。

总之，在有人请假的情况下，比赛还是会正常进行，但这时对手阵容就有可能改变。这对于有针对性思考和部署的何遇来说当然是极其不利的。而这还只是一人请假的情况，但谁能肯定，想出这招的就只会是一个人呢？万一对手有两人请假，甚至三人请假，那临时调整出的对自己来说岂不会是一支面目全非的队伍？

应该不至于这样。这种事真要频繁发生，目的性明显，赛事组会有所察觉的，应该会阻止用这种可耻的方式来避赛的行为。

何遇罔顾是自己率先使出的这一招，心里已经大义凛然地谴责起这种行为来。而"不知山"在何遇说"不知道"后就也不再吱声，他是不是真的要施展此招，让何遇心中也是捏了把汗。

要不要看看，如果"不知山"请假的话，替补选手会有谁啊？

何遇手握的赛程表是赛事全程，不是只有他一人的。倒是真可以数出同一轮比赛中没有轮换到的选手有哪些，如此也可以看到一个中单选手无法参赛的话，有哪些人可以轮换。

但是，假设轮换席上坐着一排中单，自己难道还将他们每个都琢磨一遍，然后再把每个中单的情况与队友沟通一遍？一想到这儿，何遇抛弃了这不切实际的未雨绸缪，只能把希望寄予在赛事组主持正义，察觉出这些人的避战阴谋上了。

其他选手可不知，此时因为何遇率先使用的请假大法，弄得他自己都心慌起来，他们犹自在讨论着这位把青训赛打成上分车队的奇葩选手。

"能把临时凑起的队友整合成这样，应该是个大局观和节奏意识很强的指挥型选手了。"

某个微信群里，有人这样总结何遇。

"我和他同队过，他话是多，会尽可能地安排队友。"有人应道。

"他的节奏确实安排得好，基本拿到一点优势后就会利用起来，将其迅速变大。"

"这还真是上分车队一样了……"

"许哥，你怎么看啊，你也应该跟他一起打过吧。"有人在微信群里点名，被点名的正是这期青训赛中称得上最资深的职业选手许周桐。而这群人，或跟许周桐一样，是暂时没着落的前职业选手；或是"随轻风"、杨淇这种战队的新秀，总之都是已经与职业级挂钩的人。在青训赛开始时，他们就拉了这么一个微信群。在他们眼中，他们与其他选手是不一样的。他们是已经身在职业圈的人，参加青训赛只是走一个迈入KPL门槛的过场。他们的实力和格局早在其他人之上，他们彼此之间的争斗就将是这期青训赛的最高水平。

可是现在，这群最高水平的人在讨论着一个"其他人"，那个"其他人"所创造的胜绩，是他们这些实力和格局更高的人都没有办法做到的。而那位，极有可能继续扩大他的战果。

第329章
精 神 胜 利

　　"意识不错。"被点到名的许周桐回想起了与何遇对阵那局时，自己的"兰陵王"被"百里守约"周密的视野装置安排得明明白白，输得有些抑郁，却又不得不服。因为那场比赛不只是"百里守约"对他起到了限制作用，他同时也感觉到了对手队伍的整体性。身为职业选手的他最清楚这种整体性的杀伤力，遇到这样的队伍，输也在情理之中。

　　现在看来，就是全靠这个人？是他把五个散兵游勇捏合成一支团队？

　　哪有这么夸张？许周桐想着，不由得摇了摇头。职业战队的选手长时间在一起训练、磨合，才练就出来的整体性，怎么可能是凭借一个人在一场比赛中三言两语就能做到的？这个人，无非就是有点不错的大局观和整体意识，能给队伍一些清晰正确的意见。而这些意见在目前这种好似大乱斗一般的比赛中比较难得，所以一下就有了不一样的效果。归根结底，比赛环境是主因，青训赛里的队伍都仿佛单排一样，太不整体化。而有何遇指挥的队伍，就像车队一样，这个比喻还真是挺恰当的。

　　如此想着，许周桐对何遇的评价顿时又下调了几分。

　　"大局观也还可以。"他又补了一句，评价措辞已从"不错"下调成了"还可以"。

"我觉得主要还是比赛环境。"这时有选手说出了许周桐刚刚想到的主因，"比赛是随机组队，然后每个人又都有努力表现自己的心态，这样的队伍遇到一个团结的团队，可不容易被击破吗？"

"你说的是啊！"许周桐立即表示赞同。每个人努力表现自己的心态？这一点他都有点忽略了，青训赛事实上是对每个人能力的考核，相比起比赛的胜负，个人实力的突显更加重要，很多人都是这样理解的。带着这样强烈的个人表现欲，甚至忽视获胜该有的正确节奏，那无疑也会拖累队伍。

如此看来，还真是青训赛这个大环境的存在才让何遇这类选手如鱼得水啊！

结果就在许周桐刚想踏实，新秀之中最亮眼的"随轻风"却在这时补了一句："那头两天呢？"

群里忽然安静了。

要说青训赛的比赛环境正好适合何遇的话，那头两天他的战绩为何那么糟糕？比赛环境和他的能力，总不可能在这样短短几天里发生质变吧。

"我听说他每天都会与第二天比赛的队友联系，是不是这个原因让他和队伍建立起了良好的沟通？毕竟随机进队的话，你指东指西的，队友也未必全听呀。"一个选手说道。

"所以头两天他没这样做，说也没人理，后来赛前花时间找队友沟通，于是就有了效果？"

"对啊，他指挥得再好，要是队友没人听，那不也是白忙活吗？"

"看来就是这样了。"

所有人再次找到了原因，纷纷长出了口气，像是赢下了一场比赛。杨淇同样在这个群里，她默默地看了大家讨论何遇的全过程，未发一言。

她可以感受到这些准职业选手对何遇的情绪，有嫉妒，有不服。对于何遇这样惊人的战绩竟然不是由他们这个群里的人创造出来的，大家感到十分震惊。

所以他们很在意地分析何遇，这不是因为他们有多重视、多在意何遇，他们只是在为自己为什么没能打出这样的战绩找理由。

而现在，他们找出的这个理由让大家很满意。因为这个理由说明不是他们不够优秀，而是这个赛场更容易放大何遇的优势。

那么等到了正规的职业赛场上，何遇的优势会无从发挥，而他们依然是他们，大家就是这样想的，所以才会释然吧！

"等到了线下赛，这小子可能就没这么舒服了。"结果有人想的比杨淇以为的还要超前一些，都没到正式比赛，只是线下赛部分，就觉得何遇要原形毕露了。

"嗯，线下赛是固定队，大家事先就会有商有量，再不会如一盘散沙任他拿捏了。"

聊到这里，大家也就没有再继续关注何遇，开始聊线下赛了。各队的新人对青训赛的规则都是挺清楚的，知道线下赛将如何运作。在他们眼中，他们就是青训赛里最强、最优秀的一群人，他们这些人中会有一堆队长，没当上队长的，那也该是优先被挑选的队友。大家互相开着玩笑，与何遇他们那种三人微信群的氛围完全不同。他们这里可是完全没有人会担心自己无法通过青训赛。

何遇这边，怀着对"请假"这一手段的忐忑和不安，终于还是完成了与第二天队友的沟通工作。他希望"不知山"只是开了个玩笑，如果不是……

"输个几场比赛也不至于影响很大吧。"何遇如此想着，最后渐渐也就没那么担心了。

随后的第五天、第六天、第七天……

何遇担心的事并没有发生，哪怕是直言要请假避战的"不知山"，事实上也准时出现在了比赛里。不过何遇全胜的战绩终究还是没有保持住。第五天，何遇输了两场比赛，他的连胜纪录不算请假那场，最终定格在了48场。

第六天，何遇输得更多一些，足足输了四场比赛。即便如此，20战16胜，那也是80%的超高胜率了。但在这两天的比赛中，何遇明显感觉到了对局环境的变化，对手竟然开始针对他了。

这种通常是输出位选手才有的待遇，何遇站在辅助位上竟然都体会了一把。即便他在泉水等复活，他也依然可以指挥，但对手这样的针对还是颇具影响。毕竟指挥也不是可以让队伍四打五的神器，况且频繁被针对，何遇的注意力也会分散，试想，当你正想拉左上方小地图的视角观看一下别处的具体状况时，数个大汉向你逼近，那你也得赶紧顾及一下眼前吧？

总的来说，对手针对他对他有一定的影响，却也没有很致命。80%的胜率就是最好的证明。在意识到会被针对后，何遇也会相应地注意一下这方面。凭他出色的分析和判断力，说实话，进攻时可能因为操作太多细节心有余而力不足，但要跑路回避一下还是绰绰有余的。而且这种针对何遇的打法相当于对手把他们的意图清晰地摆在何遇面前了，如何反制反针对，凭何遇那脑瓜，他1秒就有好几个主意出来，很快就被他化解。第六天比赛早上还输3场，下午就只输1场。到了第七天上午，他全胜的战绩就又回来了。

再然后，青训赛的线上赛就只剩半天的比赛了。所有人的成绩其实都已定型，最后半天的10场比赛，已经不足以对一百多场比赛的数据产生什

272

么太大的影响了。何遇眼下比较担心的早已不是自己被针对的问题，而是高歌。

第五天比赛打完，他们就知道在剩下的比赛里赢下51场终究太难。即便高歌的胜率相比之前确实好了不少，但是距离这个胜率早已经没戏了。

受此影响，一向稳如泰山的周沫表现竟然有所波动，第六天表现急剧下滑，最后这一天的中午，更是被高歌严厉呵斥了一顿。

第330章

为你担心

　　三人的微信群里，气氛有些紧张。昨天晚上周沫报上战绩时，就被高歌数落了几句，但完全是她日常奚落周沫的口气，气氛如常。可在最后一天的上午，周沫表现仍然没有起色后，高歌的口气可真就不一样了，她的措辞认真而严厉。何遇仔细回忆了一下，自从他认识这二位以来，高歌打击周沫的次数确实数不胜数，但她真的没有这样严肃过。高歌显然是真的生气了，之前还嘻嘻哈哈打了几句岔的何遇眼下可是大气都不敢出了。

　　"我的胜率差不多够了，输几场比赛也不会有太大影响。"周沫还在努力为自己辩解。

　　"我是在说你的胜率吗？我在说你的态度问题！到了冲刺的时候，你开始松懈，关键时候掉链子！"高歌呵斥道。

　　"你光说我在关键时候掉链子，那你呢？"周沫反驳道。

　　何遇瞪大了眼，开始有些惶恐。在高歌前所未有的怒火面前，周沫竟然也破天荒地反抗了，这……不会最后没法收场吧。自己不能继续看着了，得想想办法呀！

　　何遇疯狂开动脑筋，高歌这边的回话却已经泼墨般洒回："我？我的战绩可是在向上走！哪怕知道自己没什么希望了，我也绝不可能像你一样

274

松懈！”

“我……我错了。”周沫说。

何遇虚惊一场。他还以为周沫也被激起火要大肆发泄了，哪里想到，就一句话的工夫，周沫就认错了。不过说起来，师兄这不是什么态度问题啊！这分明是因为过分担心高歌的状况所以无法集中精神比赛吧。师姐难道想不到吗？何遇正琢磨呢，哪想到跟着就被点名了。

“何遇你说几句！”高歌点名。

这是你让我说的！何遇见状，也是一咬牙，豁出去了，实在也是有些同情周沫担心高歌却要挨骂的处境。

“师兄这也是担心师姐你呀……”何遇说道。

“我什么时候需要他来担心了？”高歌说。

周沫发了个苦笑的表情，对此完全无法反驳，两人从认识到现在，高歌有需要他担心的时候吗？真没有。

结果就见何遇小心翼翼地回了一个：“此时此刻？”

“此时此刻，担心还有用吗？”高歌说。

“这种情绪上的事，是不能讲道理的。”何遇说道。

“你今天很会说话啊！”高歌将怒火转向何遇。

“师姐，是你让我说几句的！”何遇惊恐万分。

“你难道看不出，你应该向着谁说话吗？”高歌说。

“我错了，师兄你打起精神来，师姐的状况担心也没用，不如我们一起来为她祈祷。”何遇说。

“那倒也不用，你俩专心顾好你们自己。”高歌说。

“这点我做得挺好的。”何遇说。

“这才是我想让你跟他说的！”高歌说。

"向我学习，师兄。"何遇立即附和。

"行了，我知道了。"周沫说着，口气看上去淡淡的。

"何老师不是早就告诉过我们，打职业首先要学会面对失败，习惯失败吗？"高歌的口气这时听起来也平和了一些。

"明白。"周沫说。

"既然明白了，就去做。"高歌说。

"我只是不习惯看到你失败。"周沫又说。

群里再度沉默了，气氛发生微妙的变化，只是又多了些不一样的情绪。何遇挠头，他感觉自己这时似乎退出群聊会比较合适……

"你总是要习惯的，不如就从现在开始。"结果高歌的沉默并没有很久，很快就有了回复。

"好吧。"周沫答道。

之后高歌再未回复，何遇挠了半天头，没有退出群聊，却也没办法在这个气氛下插话了，似乎任何字眼都会打碎某种意境。

午休的时间没有很长，很快下午的比赛就要开始了。赛事组的工作室里，大家整个中午都在忙碌，很多人连饭都没有顾上吃。

这最后一天的比赛，除去继续采集比赛数据以外，工作人员还会额外注意一些东西，一些需要到这最后一天才会呈现出来的东西。

因为青训赛的赛制和目的，这最后一天的比赛其实有些消极比赛的味道。选拔是从300人中选80，而这80人之间并无名次之争，表现最好与表现最差的结果一样，都是进入线下赛继续努力。那么到了这最后一天，或者第六天，就有一些表现十分优异，又或是十分差劲的选手，提早就锁定了他们的位置。他们的表现在好坏两端，他们深知，即使自己在最后的一天、两天甚至三天表现不怎么积极，结果都不会有多大的影响。

于是，很多选手的心态在这时就会发生一些微妙的变化。打得好的或许会变得没有那么集中精神，打得不好的也可能意兴阑珊，开始破罐子破摔，当然，也有因此没了得失心，放松心态后反倒超水平发挥的。

这种因为心态变化而产生的成绩浮动，青训组不会对每个选手进行深究，但是特别显眼的大多会拿出来分析一番，而这，也是会影响到最终选手评价的。

午休时间，通过对上午乃至第六天比赛的统计和观察，一份名单便已经送到了佟华山手上，都是最后阶段表现起伏较大的选手。说实话，佟华山有点怕看这份名单，他不希望自己看好和期待的一些人的名字出现在上面。因为以他们的经验来看，这个阶段，选手中比较普遍的还是因为松懈而出现战绩下滑的情况，放松心态超水平发挥逆袭的情况比较罕见。

于是在拿到名单时，佟华山第一眼没去看名字，先去扫了一眼胜率。

22位选手的名单，粗略一扫，胜率多在50%以下，这让佟华山心里踏实了一些。他只是担心优秀的选手在这一关上失分，至于那些本就不怎么样的，破罐破摔的，他并不怎么在意。

也是本着这份关心，他的目光马上落向上方的高胜率选手，扫向他们分成几列的胜率数据。这几列分别是第一到第五天的均值，以及第六天和第七天上半天的数据。

第一组数据，就让佟华山遗憾不已。

头五天胜率，67.5%，不算拔尖，却也相当优秀，在本期选手中进入前80问题不大。

可从第六天开始，胜率急转直下。

第六天胜率：45%；第七天上午胜率：50%。

这个跌幅不可谓不大。赛事组会在今天的比赛完成后，将这部分最后阶段起伏较大的选手的信息专门整理出来，找到具体的原因。那些从差变得更差的选手，工作人员就不会深入剖析了。

但是像这类由好转坏的，他们都会专门研究一下他的比赛表现来给出结论。如果被确定是心态问题的话……

67.5%这个胜率级别，在这期选手中还没优秀到不可取代啊！

佟华山想着，心下叹息，目光左移，他看向了这位选手的名字。

周沫？

这个名字他没有什么印象，但是依稀也觉得自己是听过的。

第331章

下 降 与 上 升

"这个周沫，你们谁比较了解？"对周沫没有什么印象的佟华山很自然地问道。

这一问，一片哑然，七天的时间实在有些短暂，没有人能对这么多选手如数家珍。不过在片刻的安静后，终于有人举手发问："是上单吗？"

"是的，你知道他？"佟华山看向这位部下，从他的口气中，佟华山也听出来了，这位对这个周沫大概也是不敢称"了解"，所以回答得有些犹豫。

"他比较多用坦克打边路，偏防守型，进攻方面稍欠缺，不过好在稳健，试图针对他这一路的对手，经常会浪费前期节奏。算是一个特点鲜明，需要配合团队思路来打的选手吧。"这位部下回答道。

"你说他很稳健？"佟华山有些疑惑。

"是的。"部下对其他方面似乎还有犹豫，但对这一点看起来信心十足，十分确定地点着头。

"你看他这两天的战绩。"佟华山招呼这位过来。稳健的选手却出现了这么大的起伏，这让佟华山觉得有些不科学。

那位凑上来，一看周沫这两天胜率的下滑，也是惊讶不已，迟疑了一下后道："他是真的很稳。不过他的打法确实比较依靠队友，是不是他这最后两天的队友有一点散漫了？"

佟华山一听，觉得这人说得有理。

一个偏防守的坦边，不能指望他们Carry全场，如果真是其他队友因为赛事大局已定，开始敷衍比赛，那他确实也没办法带起全场的节奏。

"那就你来负责，回头仔细看看他这两天的比赛。"佟华山吩咐下去。

"好的。"部下领命。

佟华山继续看手中名单，却不想周沫之后，立即跳入眼中的是一个他认识，并且并不算太陌生的选手。

赵进河。

来自天择战队的新人，司职打野，五天的胜率比周沫略低——65%。不过佟华山清楚，职业队的新人来打青训赛，大多就是走个过场，他们不会觉得自己无法通过，甚至在有战队的保证后，都不太担心选秀大会上无人挑选。已经比较熟悉职业圈的他们，更在意的是选秀大会上挑中自己的是不是自己向往的战队。

所以在其他选手为了每天的比赛胜负焦虑时，他们倒是更关注选手大会上各大战队的选秀顺位。自己想去的战队位于第几顺位？他们今年希望补充的是什么位置？诸如这些在青训赛线上赛部分根本还不会谈及的问题，却是他们早就开始关心的。

所以这部分比赛，你要说他们敷衍，那也不至于，大家的比赛态度都还是很端正的。但是相对而言技高一筹的他们也确实没有那么大的危机感，没有铆足了劲争取更多胜利。

大概是基于这种心态，这些战队新人选手的表现一般也不会有太大起伏，但是这次这赵进河赫然出现在了这份名单上。他和周沫一样，第六天和今天上午的比赛，胜率突然明显下滑。

"这个赵进河是怎么回事？"佟华山认识赵进河，不过这两天恰恰没有看过他的比赛，于是又问了起来。

这一问，知道的人就多了，大家七嘴八舌说了起来。

"进河他在尝试一些新套路。"有人说着，只听这称呼，便知道有工作人员跟这些战队新人选手还是熟悉的。

"新套路？"佟华山不解。

"这不是马上又要版本更新，增添新英雄了吗？我看进河这两天的打法，似乎已经是在尝试新版本的节奏了，这和当前版本还是有些不匹配，所以他的战绩有些不稳吧。"这人接着道。

"他这不是乱来吗？"佟华山哭笑不得，也不知是该感慨赵进河心大，还是气他把青训赛当试练场。不过佟华山心里也清楚，别看赵进河胜率看上去比那个周沫还要差一点，但他战队新人的身份真就相当于一把名刀·司命，可挡一次致命伤害。周沫有可能会因为态度松懈一类的问题被剔除出名单，但是已经被战队考核培养过的新人不会因为这样的原因被淘汰。

"要提醒他一下吗？"这时部下问着。

"线上赛就剩半天了，随他去吧，他要是最后把他的评分都拖下去了，那也是他咎由自取了。"佟华山半笑着说道，让大家也弄不清楚老大到底是不是严肃的。老实说战队送来青训赛的新人，貌似还没有连线上赛都无法通过的吧。

佟华山不理大家的反应，接着看名单。而后几个名字都是半生不熟，也是了解了一下后就吩咐了下去。再之后那就是战绩本就不起眼，最后两天更是雪上加霜的选手，那也没必要多做了解了。但是就在佟华山准备将目光从名单上移开时，忽然又从胜率列表里瞅到了一丝异样。

五天胜率，43%。

但是第六天胜率，忽然升至了60%。第七天半天的胜率，也是60%。

相比起其他人在最后两天因为失去斗志而胜率开始下滑，这位看胜率已经没什么戏的选手，胜率在最后两天反倒在上升。

这样的人也并不是没有。有些人就是在适应了青训赛的比赛节奏后，渐渐地越打越好。青训赛会审视前后胜率的变化，初衷本就不是为了找出谁会得意忘形，而是不想错过那些起初不太适应比赛节奏，但逐渐适应后越打越好的人。结果从执行这方案以来，这种越打越好的没看到几个，越来越放松导致胜率降低的反倒成了主流，想不到，这期青训赛竟然出了这样一位吗？

佟华山想着已经看向这位选手的名字。

高歌？

看到这个名字，一声"师姐救我"顿时在佟华山的耳膜边隐隐振荡起来。他飞快扫了一眼名单上的所有名字后，抬头来看向送来名单的工作人员问道："何遇没在这上面吗？"

"何遇？"那工作人员迟疑了一下，"他有必要吗？"

"他的胜率前后差距不大吗？"佟华山问。

"他，要说的话，那真是算得上大起大落了。但是他还需要放到这名单里来吗？"

"我就是随便一问。"佟华山摆了摆手，确实以何遇创造的连胜战绩已经不需要再用这些细枝末节去检验他的实力了。只是在看到高歌后，佟华山下意识地就想到了何遇，同时也想到，如果何遇在这名单里，那么他会是一个适应后发力的典型。

所以这个高歌……

佟华山记得因为看何遇的比赛，还是有看过这位选手比赛的。高歌是位女选手，打中路，但表现说不上让他有什么印象深刻的地方。

不过难得有这种越打越好的选手，仔细看看吧。佟华山想着，一边放下名单，一边安排了下去，高歌比赛的前后变化，也找人专门关注一下。

第332章

被惯坏了

最后半天的比赛没有发生什么吸引眼球的事，线上赛部分就这样在波澜不惊中结束了。佟华山亲自现身300勇士群，和大家交代着之后的事宜，无非就是等待放榜之类的。但是许多人看起来已经知道自己的结局，佟华山话还没说完呢，就已经有人悄然退出了300勇士群。

佟华山没有理会这么多。对于落选者，他们会有一些安慰和鼓励的话，但也都是在群里统一进行，除非是有什么特别原因需要交代的才会单个谈话。

"七天的高密度比赛，辛苦大家了，感谢大家对我们比赛的支持。"佟华山最后说着，群里众人发出一连串的表情回应后，逐渐安静下来。

隔壁的三人小群，何遇一直暗中窥视，发现无人说话，也不敢率先吱声，实在也是不知道说什么比较合适。结果率先打破僵局的还是高歌，直接点名周沫。

"下午比赛如何？"高歌艾特周沫问着。

"赢了八场。"周沫说。

"看，骂你还是有用的。"高歌看起来有些得意。

周沫无言以对，发了个苦笑的表情。

"那你就去那边等我吧。"高歌说道。

何遇明白高歌的意思，可她这话听着怎么就这么瘆人呢？

"我也不一定就能通过吧。"周沫说。

"那我们就下一期一起，问题不大。"高歌说。

"何遇应该没问题吧。"周沫艾特何遇。

终于轮到自己出场了！何遇深呼吸，故作镇定："应该还行吧。"

"也不知道苏格、杨淇他们如何。"周沫开始操心其他认识的人。

"莫羡不是也有参加吗？"高歌说。

"那他可真的是'参加'。"何遇感慨。

"他不准备线下？"高歌说。

"应该不准备吧。"何遇猜测。在300勇士群的日子里，他也了解到了一些有关线下赛部分的内容。知道线下赛部分再不能像线上赛这样随意，不可能再允许莫羡这样一天只打一个半小时的现象存在。如此一来，比赛的时间势必与莫羡的时间表发生冲突，重要性对他而言为零的游戏，当然会被他毫不犹豫地舍弃了。

三人这正聊着，忽然集体收到消息提示，转群一看，浪7战队的大群中，赵进然艾特了他们三人：恭喜我们浪7战队的三位豪杰，朝职业选手生涯又迈进了一步。

何遇再度紧张起来。这赵进然竟然掐着他们青训赛线上赛部分结束的时间给他们送祝福，也算是相当有心了，但问题是，送祝福之前得先把事情搞清楚啊！他们三个可不是都向前迈进了一步，高歌很可能是要原地踏步啊！

不知赵进然是突然反应过来还是收到什么提示，忽然就见刚刚发出的消息被撤回了。

是师兄提醒了他？何遇正猜呢，赵进然的消息又重新发出了，这次是点名了两个人。

"恭喜我们浪7战队的两位豪杰，朝职业选手生涯又迈进了一步。"赵进然发着消息，一串撒花的表情，看得何遇欲哭无泪。

"这个赵进然，真是要把人气死了！"小群里高歌叫道。

而那些在看着群消息的，看到前后两条消息不一致的，如何还能不明白？何遇马上就收到了来自祝佳音的私聊："什么情况，师姐她？"

"她的胜率不太乐观，有可能进不了下一轮。"何遇说。

"不会吧！"祝佳音惊讶。

何遇回了个无奈的表情，这还能说什么？

"赵进然这真是……"祝佳音跟着也对赵进然刚才的行为无语起来。

"也没什么，师姐大气着呢。"何遇看着小群那边高歌发的消息说着，心里很佩服高歌。

浪7战队的大群那边，说实话就是没有前后不一致的两条消息，单看赵进然最后这只点名了何遇、周沫，而没有高歌的消息，大家也基本猜出是什么情况了。所有人都表现出比赵进然更加优秀的情商，都假装不知道这说明了什么，一起对何遇、周沫表示着祝贺。

然而当面没有表露，却不代表私下不吱声，这个消息很快就从浪7群扩散向校内，与高歌相识的人也第一时间注意到了这个信息。

"什么情况？"来自室友兼好友的李秋玫立即询问高歌。

"什么？"高歌还没反应过来。

"连周沫都能通过的选拔，你是怎么回事？"李秋玫问。

"你这话说得，好像周沫很糟糕似的。"高歌说。

"那他也不至于比你厉害吧？"李秋玫说。

这大概是很多人的感觉吧。高歌看着这条消息，沉默了有一会儿才道："其实就是这样的呀。"

"你没事吧？"李秋玟觉得高歌现在的问题有一些严重了。

"我最近在发现自己的一些不足后也一直在琢磨这是怎么回事，为什么我会形成这样的习惯和打法。"高歌说。

"啊？"

"参加青训赛后，我终于找到答案了，我是被某人惯坏了。"高歌说道。

"你在说什么呀？"

"我打的对局里，大多数对局的上单都是他。我们这边的上路基本不需要我的支援，反倒是攻击这一路的打野、中单或者辅助最后灰溜溜地撤离，让我在河道、在对面红区有了埋伏他们的机会。于是渐渐地，我就有了这样的习惯和打法。"高歌说。

"姐姐，你说的每个字我都认识，但是放在一起，我看不懂呀！"李秋玟焦虑，她不是《王者荣耀》玩家，即使跟高歌很熟悉也无心关注，高歌这一上专业术语，李秋玟立即云里雾里。

"总之就是，我一直以来洋洋得意的独特风格，其实是要有他在身边才成立。"高歌说。

"所以这次，你的队友不是他，你就……"

"我在努力。"高歌发了个笑脸。

"好吧。"李秋玟无奈。她与高歌是从大学才开始熟识的好友，从认识高歌第一天起，高歌身边就总出现周沫这么一位看起来并不怎么出众的男生，高歌说东他不敢往西，看起来有些好笑。

物理系的学生，最清楚力的作用是相互的。看起来高歌独立自主，周沫逆来顺受，可这何尝不是周沫对高歌的迁就。这一点太多人看不到，两个人自己也早就习惯成自然。可是通过这个游戏，高歌率先有了清醒的意识。

有关游戏的内容，李秋玟一个字都听不懂。可是看起来很强大的高歌对周沫有多依赖，李秋玟从认识他们的第一天起就感觉到了。

于是在游戏场上，没有高歌的周沫，依旧是那个可靠踏实的上单。可是没有了周沫的高歌，失去了这份踏实，她的打法就显得有些局限了。

这样的话，两人在一个战队不就好了吗？

李秋玟本能的反应便是如此，可是即便她对游戏了解不多，也知道在严肃的职业场上，不是两个人想在一个战队就能在一起的。

"也还好啦。"于是，李秋玟笑道，"这样的话，你也只能乖乖回来陪我了。"

（本册完）